Le secret d'un ambulancier

*

L'espoir du Dr Morgan

ALISON ROBERTS

Le secret d'un ambulancier

Traduction française de
VIRGINIE CANTIN

BLANCHE

HARLEQUIN

Collection : Blanche

Titre original :
SECRET SON TO CHANGE HIS LIFE

HARPERCOLLINS FRANCE
83-85, boulevard Vincent-Auriol, 75646 PARIS CEDEX 13
Service Lectrices — Tél. : 01 45 82 47 47 - www.harlequin.fr
ISBN 978-2-2804-9078-8 — ISSN 0223-5056

Composé et édité par HarperCollins France.
Imprimé en mai 2023 par CPI Black Print (Barcelone)
en utilisant 100% d'électricité renouvelable.
Dépôt légal : juin 2023.

FSC www.fsc.org
MIXTE
Papier issu de sources responsables
FSC® C159065

Pour limiter l'empreinte environnementale de ses livres, HarperCollins France s'engage à n'utiliser que du papier fabriqué à partir de bois provenant de forêts gérées durablement et de manière responsable.

1.

C’était un pavillon situé dans une rue ordinaire d’une banlieue ordinaire du nord de Bristol, pas très différent de celui que Brianna Henderson habitait elle-même.

Alors qu’elle poussait le portail qui menait vers l’étroite allée bordée de rosiers soignés, rien ne laissait présager que quelque chose de très inhabituel se passait derrière la porte et que tout pouvait changer en une fraction de seconde…

Brianna avait l’impression de vivre un rêve éveillé. C’était son premier appel, sa première garde officielle en tant qu’ambulancière récemment diplômée – l’accomplissement d’un rêve qui aurait pu être considéré comme irréalisable il y a quelques années encore…

Certes, il ne s’agissait que d’une alarme médicale personnelle – comme celles qu’utilisent tant de personnes âgées, fragiles ou handicapées pour demander de l’aide. Son collègue, Simon, avait levé les yeux au ciel quand l’appel était arrivé.

— Ne te réjouis pas trop vite, avait-il prévenu. Je te parie que la personne a appuyé sur le bouton de son bracelet par accident. Ou alors elle est tombée de sa chaise et a besoin d’aide pour se relever.

— Dans ce cas, les personnes âgées ne devraient-elles pas contacter d’abord les membres de leur famille ou les voisins ? Ce que nous avons là, c’est un appel prioritaire.

— La personne a dû oublier de mettre son appareil auditif et n’aura donc pas entendu notre appel préalable…

— Et si on frappe à la porte ? Si on crie, elle pourra nous entendre ?

— Je parie qu'une télé est allumée dans une autre pièce. Très fort…

Simon avait fini par comprendre que Brianna ne rejetterait pas cet appel de crainte de perdre son temps, mais voudrait en avoir le cœur net.

— Tu vas conduire, lui avait-il dit avec un sourire. On pourra jouer avec la sirène…

C'était aussi l'occasion pour Brianna de faire ses premiers pas et de prendre des initiatives, songea-t-elle avant d'inspirer profondément et de frapper à la porte légèrement entrouverte.

— C'est l'ambulance ! Où êtes-vous ?

Simon se tenait juste derrière elle, le défibrillateur dans une main et une bouteille d'oxygène dans l'autre. Il pouvait s'agir d'une fausse alerte, mais le protocole imposait d'emporter tout ce dont ils pourraient avoir besoin s'ils se trouvaient confrontés à une situation aussi grave qu'un arrêt cardiaque.

Le silence qui répondit à l'appel était le premier signe que quelque chose n'allait pas. Une personne seule qui attendait de l'aide répondait toujours, si elle en était capable. Si elle n'était pas seule, quelqu'un aurait dû attendre à la porte ou au portail, pour guider les secours.

Ils s'avancèrent jusqu'à un escalier menant à l'étage où se trouvaient très probablement des chambres et une salle de bains. Brianna supposa que la porte située à droite du couloir ouvrait sur un salon et sur une cuisine-salle à manger, comme dans sa propre maison et, étant donné l'heure de la journée, il était plus probable que son occupant soit au rez-de-chaussée. Avec un regard par-dessus son épaule pour confirmer que Simon était d'accord avec son choix, elle poussa la porte…

— Ce sont les secours ! lança-t-elle de nouveau, craignant d'effrayer une personne âgée en faisant irruption sans prévenir. Il y a quelqu'un ?

Il ne lui fallut qu'une fraction de seconde pour découvrir la victime, mais une autre pour assimiler le tableau inattendu qui s'offrait à sa vue.

Une femme âgée était assise sur un canapé, droite comme un I, devant la baie vitrée qui donnait sur la rue. Brianna aperçut l'ambulance qu'elle conduisait il y a moins d'une minute, garée au bord du trottoir. Elle avait éteint la sirène bien avant de tourner au coin de la rue, mais le gyrophare clignotait toujours sur le toit.

Terrifiée, la femme avait la main sur la poitrine, comme si elle souffrait d'une crise cardiaque, mais elle ne regarda pas Brianna. Ses yeux restaient fixés droit devant elle, sur une femme beaucoup plus jeune qu'elle, qu'un homme tentait d'étrangler ! Le visage écarlate, les yeux exorbités, elle agrippait désespérément les deux mains serrées autour de son cou. Quand l'agresseur se tourna vers Brianna, son regard exprimait une rage inouïe.

Lors de sa formation, elle avait appris qu'il fallait quitter les scènes de crime aussi vite que possible. Sa sécurité et celle de son équipe étaient primordiales, car, s'ils étaient blessés, ils ne seraient pas en mesure de faire leur travail et d'aider qui que ce soit. Mais juste derrière elle, Simon bloquait la porte et n'avait pas encore tout à fait assimilé ce qu'il voyait.

Soudain, la jeune femme cessa de lutter et tomba au sol, immobile, alors que l'homme lâchait son cou et la repoussait en lâchant une bordée d'injures. Sur le canapé, la vieille femme cria de peur en le voyant se diriger droit vers Brianna, qui s'écarta instinctivement du chemin de l'agresseur. Se rappelant soudain son entraînement à l'autodéfense, elle fit glisser le sac à dos de ses épaules et le tint devant elle, prête à l'utiliser en le jetant sur l'homme ou comme protection en cas d'attaque au couteau.

Mais l'homme en colère ne songeait qu'à s'échapper. Il se précipita vers la porte, poussant Simon avec une telle force que celui-ci bascula en arrière. Brianna entendit sa tête taper durement contre une marche de l'escalier.

Aussitôt, il se redressa, et ordonna en se frottant la nuque :

— Appelle des renforts et sors d'ici !

Près de la fenêtre, la jeune femme tenta de se relever, et se mit péniblement en position assise. Sur le canapé, l'autre femme pleurait, se tenant toujours la poitrine.

— Je ne te quitterai pas, répondit Brianna d'une voix tremblante.

— Il pourrait revenir…

Brianna déglutit avec peine, tandis que son esprit s'emballait. La dernière chose à laquelle elle s'attendait, c'était de voir sa propre vie menacée dès son premier service. Comment sa mère s'en sortirait-elle si le pire se produisait ? Et comment diable avait-elle pu croire que s'engager dans une telle carrière était une bonne idée ? À l'époque où elle travaillait comme standardiste pour la compagnie d'ambulances, elle trouvait toujours frustrant d'essayer de gérer des situations critiques au bout d'une ligne téléphonique : expliquer aux gens comment pratiquer une réanimation cardio-pulmonaire ou leur conseiller de se mettre à l'abri quand elle sentait que leur vie était menacée. Elle ne se serait jamais pardonné si la poursuite de son rêve finissait par ruiner l'existence des personnes qu'elle aimait le plus au monde. Sa mère et son fils…

Mais elle ne se pardonnerait jamais non plus d'abandonner des gens qui avaient besoin d'aide. Brianna savait qu'elle n'avait pas le choix, mais elle devait réfléchir vite et éviter que la situation ne dégénère.

Sans perdre une seule seconde, elle verrouilla la porte d'entrée, puis attrapa la radio accrochée à son épaule et appuya sur le bouton. Sa voix ne tremblait plus quand elle dit :

— Unité 403. Code noir. Je répète… Code noir.

C'était un code qu'elle n'avait jamais pensé utiliser aussi vite. Il alerterait les véhicules d'intervention à proximité qu'une assistance était nécessaire et qu'il s'agissait d'une urgence vitale.

— Compris, unité 403, répondit la voix.

— Agression violente ayant fait au moins deux victimes, ajouta Brianna en s'accroupissant à côté de Simon. L'agresseur est toujours dans la zone.

— Bien reçu. Les renforts sont en route…

Simon essaya de se lever mais il retomba en gémissant.

— Ne bouge pas ! ordonna Brianna. Je reviens tout de suite. Je vais voir les autres…

La crainte pour sa propre sécurité s'évanouit tandis qu'une poussée d'adrénaline galvanisait Brianna. Elle se précipita dans le salon. La femme âgée n'avait pas bougé du canapé.

— Il est parti ? Vraiment parti ? balbutia-t-elle, terrorisée.

— J'ai fermé la porte, assura Brianna. Les secours sont en route. Je vais vérifier la porte de derrière, maintenant. Savez-vous qui est cet homme ?

— Mon mari…

C'était la jeune femme qui avait parlé, alors que Brianna passait devant elle pour gagner la cuisine. Sa voix était très rauque et Brianna perçut un sifflement quand la victime reprit son souffle. Quels dommages respiratoires cette strangulation avait-elle causés ?

Par la porte entrouverte à l'arrière de la maison, Brianna aperçut une silhouette qui traversait le jardin à la hâte. Les mains tremblantes, elle verrouilla la porte, juste au moment où, de l'autre côté, l'homme secouait la poignée.

— Je t'aurai ! cria-t-il en tambourinant contre le battant. Tu ne perds rien pour attendre…

La partie vitrée de la porte vola en éclats et Brianna pressa la main contre sa bouche, s'attendant à voir l'homme défaire le verrou.

— Aïe…, gronda-t-il soudain, je me suis coupé ! Tout est ta faute…

Brianna retint son souffle. Le hurlement d'une sirène déchirait le silence, et elle espéra que c'était la police qui avait répondu en premier à son appel. Avec un délinquant violent toujours présent, il faudrait sécuriser les lieux aussi vite que possible avant de laisser entrer d'autres secours. Simon n'était pas capable d'agir, la femme âgée semblait dans un état sérieux évoquant une crise cardiaque, mais c'était la jeune femme agressée qui avait besoin des soins les plus urgents. La détresse respiratoire figurait en haut de la liste des urgences vitales.

Les sifflements aigus s'accentuèrent encore lorsque Brianna s'agenouilla près de sa patiente, qui était maintenant assise et penchée en avant – un autre signe de détresse respiratoire.

Brianna ouvrit sa trousse.

— Je vais vous mettre un masque à oxygène, d'accord ?

— Elle s'appelle Carla, dit la vieille femme, sur le canapé. C'est ma fille. Elle est venue ici pour fuir son mari. Je ne savais pas quoi faire… C'est pourquoi j'ai appuyé sur le bouton de mon dispositif, quand il ne regardait pas…

— Vous avez fait exactement ce qu'il fallait, assura Brianna en déroulant le tuyau d'un masque pour le fixer à la bouteille d'oxygène.

Mais, avant même qu'elle ait pu l'approcher du visage de sa patiente, celle-ci perdit connaissance et sa tête bascula sur le côté.

Au même moment, Brianna entendit un bruit de verre dans la cuisine, puis la porte du salon s'ouvrit. Son cœur manqua un battement lorsqu'elle leva les yeux, mais la vision d'un uniforme suffit à la rassurer : ce n'était pas le mari violent de Carla qui était de retour, mais, contre toute attente, un ambulancier qui travaillait seul, au sein d'un service de sauvetage aérien ou d'une station comme celle où Brianna avait eu la chance d'obtenir un poste. Les ambulanciers urgentistes disposaient de véhicules bien équipés, avec un matériel et des compétences qui leur permettaient d'intervenir en cas d'événements majeurs en fournissant le plus haut niveau de soins préhospitaliers.

C'était la meilleure chose que Brianna pouvait espérer, mais cela ne l'empêcha pas de pâlir en reconnaissant le visage de l'homme qui venait d'entrer.

Ce n'était pas possible… n'est-ce pas ?

Jonno ?

L'homme qui avait fait basculer sa vie en l'espace d'une seule nuit ?

Le dernier homme qu'elle aurait cru revoir un jour ?

— Que s'est-il passé ? lança-t-il.

Déjà, il s'était accroupi à côté de Carla et lui secouait l'épaule.

Brianna n'eut pas le temps de lui répondre avant qu'il ne reprenne la parole, sans un regard pour elle :

— Vous m'entendez ? demanda-t-il à Carla. Vous pouvez ouvrir les yeux ?

N'obtenant aucune réponse, il fit basculer la tête de Carla en arrière pour dégager ses voies respiratoires, puis examina les marques rouges sur son cou et chercha son pouls, concentré sur sa respiration.

Enfin, il glissa un coup d'œil de côté en direction de Brianna.

— Alors, que s'est-il passé ? J'étais juste au coin de la rue quand l'alerte au code noir a été diffusée.

— Tentative de strangulation, répondit Brianna.

Avait-il reconnu son visage ? Sa voix ? Est-ce pour cela qu'il lui avait lancé un regard aigu ? Brianna en doutait, en même temps qu'elle essayait désespérément d'ignorer la réponse instinctive de son corps, mais aussi d'oublier les éventuelles conséquences de ces retrouvailles sur sa propre vie. Elle ne pouvait pas se laisser aller à cela. Pas encore.

— Elle était consciente et parlait, mais le stridor s'est aggravé, expliqua-t-elle, et… elle a perdu connaissance il y a quelques secondes.

— Donne-moi un masque, s'il te plaît, Brianna, demanda-t-il d'un ton calme. J'ai aussi besoin d'une voie respiratoire orale et nasale, et d'oxygène. Quinze litres.

Il l'avait reconnue, et, comme pour le confirmer, il lui jeta un coup d'œil par-dessus son épaule. Mais il resta strictement professionnel et n'ajouta pas un mot.

La mère de Carla le dévisageait, et Brianna le vit froncer les sourcils alors qu'elle lui tendait la voie aérienne, le tube en caoutchouc souple et le masque muni d'un sac de ventilation. Il mit en place les dispositifs destinés à maintenir les voies respiratoires ouvertes, puis s'adressa à la mère de Carla.

— Vous avez une douleur à la poitrine ?

Elle hocha la tête.

— C'est la première fois ? Êtes-vous cardiaque ?

De nouveau, la vieille dame hocha la tête.

— Oui… Vous croyez qu'il faut que j'utilise mon spray ? Il est dans ma poche.

— Oui.

Jonno sourit à la vieille dame et, si Brianna avait eu le moindre doute sur le fait qu'il s'agissait de l'homme dont elle avait gardé un vif souvenir, il se serait dissipé à cet instant. Elle avait parlé à Jonathan Morgan assez longtemps par l'intermédiaire d'une radio pour développer envers lui une forte attirance, mais ce n'est que lorsqu'elle l'avait rencontré, à cette soirée, et qu'il lui avait souri, qu'elle était vraiment tombée amoureuse de lui. Follement amoureuse. Leur idylle avait duré l'espace d'une nuit inoubliable. C'était il y avait presque sept ans maintenant, et elle n'avait jamais revu Jonno depuis…

— Nous nous occuperons de vous très vite, dit-il à la mère de Carla.

Puis il se tourna vers Brianna, tout en scrutant les environs d'un regard attentif.

— Tu travailles seule ? demanda-t-il.

— Non, mon coéquipier, Simon, a été attaqué. Il est dans le couloir. Conscient, mais il a reçu un gros coup sur la tête et il est trop étourdi pour pouvoir bouger.

Comme pour appuyer ses dires, un gémissement se fit entendre dans l'escalier, suivi d'un bruit de vomissement.

— Le type qui l'a attaqué est peut-être encore dans les environs, prévint Brianna. C'est pourquoi j'ai lancé une alerte noire. Il a essayé de s'introduire par la porte de derrière juste avant ton arrivée !

Jonno haussa les sourcils. Se rendait-il compte de l'énorme frayeur qu'il lui avait faite en entrant ainsi par la porte donnant sur le jardin ?

— La police ne va pas tarder, assura-t-il. Ne t'inquiète pas de ce qui pourrait ou non se passer à l'extérieur. Nous allons devoir travailler seuls ici pendant un certain temps, jusqu'à ce qu'ils aient sécurisé la scène. Tu comprends ?

Brianna hocha la tête.

— Je suis contente que tu sois là, murmura-t-elle.

— Moi aussi, répondit brièvement Jonno, avant d'élever la voix : Simon ? Vous m'entendez ?

— Oui…

— Tenez bon ! Je serai près de vous dans une seconde.

Puis il s'adressa de nouveau à Brianna.

— Il est conscient et il parle, donc ses voies respiratoires sont libres. Notre priorité, c'est cette jeune femme, dit-il en pressant le sac pour diffuser plus d'oxygène dans les poumons de Carla. Ces marques sur son cou suggèrent une blessure des tissus mous qui pourrait causer un œdème suffisant pour bloquer ses voies respiratoires. Peux-tu préparer l'oxymètre et les points d'ECG ? Mesurer la pression sanguine, aussi. Je vais poser une intraveineuse et je pense qu'il faudrait l'intuber le plus tôt possible.

Brianna mit en place les électrodes pour surveiller le cœur de Carla et fixa la sonde de saturation en oxygène sur son doigt pendant que le tracé sur l'écran se stabilisait. Puis elle enroula le brassard de tension artérielle autour d'un bras et appuya sur le bouton pour effectuer une lecture automatique. En voyant Jonno sortir de sa trousse du matériel et des médicaments qu'elle ne serait pas autorisée à utiliser avant des années, elle se sentit nerveuse. Était-elle même capable de l'assister pour pratiquer un geste aussi invasif que l'intubation d'un patient ?

Jonno dut percevoir sa nervosité quand il leva les yeux, car il ajouta d'un ton parfaitement calme :

— Peux-tu venir t'occuper de l'oxygène pendant que je pose la voie veineuse, s'il te plaît, Brianna ?

Sans un mot, Brianna s'agenouilla au-dessus de la tête de Carla, maintint fermement le masque sur sa bouche et son nez d'une main pour s'assurer que l'air ne pouvait pas s'échapper, puis pressa le sac de l'autre main pour faire entrer l'oxygène.

Malgré la gravité de la situation, elle ne pouvait ignorer la sensation de picotement dans son corps. Après tant d'années, Jonno n'avait pas oublié son nom ! Se souvenait-il d'autre chose à propos de cette nuit ? Avec l'énergie du désespoir, Brianna repoussa les souvenirs qui remontaient à la surface. Pas maintenant… Pas maintenant…

Jonno travaillait rapidement. Avec une maîtrise parfaite, il glissa une canule dans une veine du bras de Carla et la relia à une poche de solution saline. En surveillant de près les chiffres du défibrillateur, Brianna comprit que la patiente était dans un état critique. Le rythme cardiaque augmentait régulièrement et le niveau d'oxygène était en baisse. Ce qu'ils faisaient pour essayer de maintenir ouvertes les voies respiratoires de Carla ne fonctionnait pas assez bien.

— Je vais préparer les médicaments dont j'ai besoin et nous allons mettre en place une intubation en urgence, dit Jonno. J'aurai besoin de ton aide, alors essaye de rester concentrée, d'accord ?

Comme elle allait répondre, une voix masculine se fit entendre au-dehors.

— Sortez les mains en l'air ! Nous avons encerclé la maison.

La mère de Carla se pencha pour regarder par la fenêtre.

— Ils sont armés ! souffla-t-elle.

— Asseyez-vous, madame…

Jonno avait parlé avec douceur, mais le message était on ne peut plus clair.

— Laissons-les faire leur travail, dit Jonno. Avez-vous votre spray ?

— Oui.

— Comment va cette douleur à la poitrine ?

— Mieux, répondit la vieille dame en se laissant de nouveau tomber sur le canapé. Et Carla ? Qu'est-ce que vous lui faites ?

— Elle a un peu de mal à respirer, alors on va l'aider en insérant un tube dans sa gorge.

Jonno capta le regard de Brianna.

— Prête ?

Elle hocha la tête. Les bruits extérieurs n'étaient plus qu'un vague bourdonnement, et elle oublia tout sauf sa patiente. Ils devaient tout faire pour sauver la vie de cette femme, et un seul coup d'œil de Jonno avait suffi pour que Brianna trouve la confiance dont elle avait besoin.

Elle pouvait le faire.

Techniquement, elle savait qu'une intubation en urgence était un moyen de sédater et d'immobiliser rapidement un patient incapable de maintenir ou protéger lui-même ses voies respiratoires.

— Bien. Tu peux exercer une pression sur le cricoïde, s'il te plaît ? demanda Jonno, une seringue à la main.

Brianna avait fait ce geste plusieurs fois, mais seulement à l'entraînement, sur un mannequin. C'était très différent sur une personne réelle, mais elle savait qu'elle devait trouver la structure dure et annulaire située sous le cartilage cricothyroïdien. Elle savait également que cette manœuvre était utilisée pour éviter l'aspiration du contenu de l'estomac, une complication potentiellement mortelle. Elle serra l'anneau entre son pouce et son index et exerça une pression.

— C'est du curare, murmura Jonno quelques instants plus tard. On attend quinze secondes avant d'injecter la kétamine.

Brianna savait qu'il fallait augmenter la pression une fois que les médicaments avaient fait effet. Jonno fit basculer la tête de Carla en arrière et, avec la même douceur et la même assurance que pour poser la voie veineuse, il inséra le laryngoscope dans sa bouche. Puis il se pencha et posa ses doigts sur ceux de Brianna. Elle savait qu'il avait besoin de voir plus précisément ce qu'il faisait. Il allait trouver la meilleure position et ce serait ensuite à elle de la maintenir jusqu'à ce que la sonde endotrachéale soit placée et le brassard gonflé pour la maintenir en place.

Quelques secondes plus tard, l'intubation était terminée. Il tendit le masque à Brianna, puis prit le stéthoscope accroché à son cou.

— Attendons quelques respirations avant de stabiliser tout ça. On va bientôt avoir de la visite.

Le bruit de fond revint soudain au premier plan. On frappa à la porte de la maison, et la voix de Simon assura aux policiers qu'ils pouvaient entrer en toute sécurité. Au même moment, quelqu'un fit irruption par la porte arrière, en criant « Police ! ».

Une autre équipe paramédicale arriva dans la foulée, à laquelle Jonno fit aussitôt son rapport, les yeux rivés sur l'écran du défibrillateur.

— Tachycardique à 1,22 et pression artérielle toujours inférieure à ce que je souhaiterais, mais la saturation en oxygène augmente et le taux de CO_2 est de 42, ce qui est exactement ce que nous voulons.

Il sourit à Brianna.

— Bon travail !

Une autre équipe d'ambulanciers arriva, suivie par de nouveaux policiers et, bientôt, la maison fut bondée. Une fois la mère de Carla prise en charge, on lui fit passer un électrocardiogramme à douze dérivations pour établir un diagnostic cardiaque précis. Simon fut également examiné avec soin, et Brianna soulagée de voir qu'il avait l'air d'aller mieux. Elle resta à son poste, aidant Carla à respirer, jusqu'à ce que le chaos se calme un peu et que la nouvelle équipe prenne le relais.

— On dirait que votre coéquipier a une bonne commotion cérébrale, lui dit un ambulancier alors qu'elle se levait pour qu'on puisse hisser Carla sur un brancard. Il va avoir besoin d'un scanner et restera en observation. Pourrez-vous ramener le véhicule à la station ?

Brianna hocha la tête.

— Bien sûr. Et la mère de Carla ?

— Elle est stable. Aucun signe d'infarctus, et sa douleur à la poitrine a disparu. Une autre équipe va la transporter à l'hôpital pour un examen plus approfondi, cependant. Jonno, tu peux nous suivre ? Nous allons à l'infirmerie centrale.

— Oui, confirma Jonno, occupé à ranger son matériel. Où est ta station, Brianna ?

— Pas trop loin. Je travaille pour les Ambulances Westwood.

— Ah oui ? répondit Jonno. C'est là que je suis en poste, moi aussi. Comment se fait-il que je ne t'aie jamais vue ?

— Peut-être parce que c'est ma première garde ? rétorqua Brianna.

Jonno laissa échapper un rire surpris.

— Eh bien, tu parles d'un baptême du feu ! dit-il en refermant sa trousse. Mais tu travaillais au standard avant, n'est-ce pas ? Il y a longtemps ?

— Eh bien…

Il fouillait visiblement dans ses souvenirs pour se remémorer cette nuit qu'elle n'avait jamais pu oublier, et qui hantait encore ses rêves…

— Je me souviens de toi, tu sais, dit doucement Jonno.

L'éclair dans ses yeux disparut aussi vite qu'il était venu, mais il avait brillé assez longtemps pour que Brianna prenne conscience que, entre eux, l'attirance était toujours là. Le picotement qu'elle avait ressenti précédemment, quand elle avait compris qu'il se souvenait de son nom, n'était rien comparé à la sensation qu'elle éprouvait maintenant…

Jonno baissa la tête pour dissimuler un sourire alors qu'il se tournait pour suivre l'équipe qui emmenait Carla.

— Et si on se retrouvait à la station pour discuter un peu ? lança-t-il soudain.

Il partit avant que Brianna ne puisse répondre, mais qu'aurait-elle pu dire, de toute façon ?

« Super ! Ça fait trop longtemps » ?

Ou alors « Non, je ne pense pas que ce soit une bonne idée, car je n'ai pas envie que tu découvres que tu es le père de mon fils » ?

2.

— C'est moi !

Le cri de joie qui retentit quand Brianna ouvrit la porte de chez elle et entra dans la cuisine fit naître un sourire sur son visage, malgré la fatigue et l'inquiétude qui l'accablaient.

Comme elle se penchait vers son fils de six ans assis dans son fauteuil roulant, celui-ci jeta les bras autour du cou de sa mère et l'étreignit si fort qu'elle sentit sa gorge se nouer. Était-elle à ce point soulagée de le retrouver, ou son émotion avait-elle quelque chose à voir avec le retour de Jonno Morgan ?

— Maman, j'ai tout fait tout seul aujourd'hui ! J'ai monté Bonnie tout seul !

— Vraiment ? répondit Brianna, impressionnée. Felix Henderson a monté un cheval tout seul ?

Rayonnant, Felix hocha vigoureusement la tête, mais le sourire d'Elsie, la mère de Brianna, rassura cette dernière.

— Ne t'inquiète pas, je marchais d'un côté et Kylie de l'autre…

— Mais quand même ! insista Felix. J'ai tenu les rênes et fait marcher Bonnie. J'adore Bonnie !

Puis il leva les bras pour réclamer un autre câlin.

— Je t'adore aussi, maman.

Brianna embrassa les boucles douces de son fils et redressa la monture en plastique rouge de ses lunettes avant de se lever. Puis elle caressa les oreilles du chien qui regardait Felix avec adoration – à moins qu'il ne soit intéressé par le plateau posé sur les accoudoirs de son fauteuil roulant ?

— Tu n'as pas donné à Dennis les lasagnes de Nana, n'est-ce pas ?

Felix secoua la tête en souriant toujours, tandis que Dennis se léchait les babines.

— Il fallait bien fêter ton premier jour de travail ! intervint Elsie. C'était comment ?

— Inoubliable !

Brianna esquissa un sourire.

— Je te raconterai quand notre champion en herbe sera au lit.

— Qu'est-ce que ça veut dire, en herbe ? demanda Felix.

— Ça veut dire « débutant » répondit Elsie. C'est ce que tu es, Felix : un champion débutant !

— C'est tout à fait ça, confirma Brianna. Mais les futurs champions doivent manger leurs brocolis pour être sûrs de bien grandir !

— Mais je n'aime pas les brocolis ! lança Felix en regardant son assiette avec une grimace de dégoût. Et Dennis non plus.

Elsie piqua dans le légume à l'aide d'une fourchette.

— Tu es le dinosaure et ceci est un arbre. Prouve au monde que tu es capable de l'avaler d'un coup !

— Je crois que je pourrais manger le reste de tes lasagnes en une seule bouchée, dit Brianna. Je meurs de faim !

— Assieds-toi, dit Elsie. Il reste assez de brocolis pour nous deux !

— Merci, maman, mais je vais d'abord enlever mon uniforme, puis faire couler un bain à Felix. Pourquoi ne pas te mettre à l'aise et prendre un verre de vin ? Tu as eu une journée chargée aujourd'hui, avec l'équitation après l'école !

L'équitation pour handicapés n'était qu'une des nombreuses activités thérapeutiques de Felix, et c'était sa préférée. Il aimait bien aussi les séances de kinésithérapie, d'orthophonie ou les cours de danse. C'était un petit garçon heureux depuis qu'il était arrivé au monde, un enfant qui aimait la vie malgré les difficultés quotidiennes liées au spina-bifida.

Le plus souvent, Felix n'avait pas besoin de son fauteuil roulant, mais il s'en servait pour parcourir de longues distances ou lorsqu'il avait besoin de se reposer, comme après une journée de poney. Il avait déjà enlevé ses attelles, et ses béquilles étaient posées dans le couloir.

Quelques instants plus tard, Brianna porta son petit garçon dans l'escalier et le regarda se déshabiller et entrer dans la baignoire, ce qu'il insistait pour faire tout seul ces derniers temps.

C'était le jour du shampooing, et Felix ferma les yeux et bascula la tête en arrière pour que sa mère puisse rincer la mousse.

— Ça coule sur ma figure !

Il aspira une gorgée d'eau qu'il recracha avec force.

— Regarde, maman, je fais comme les baleines !

Brianna rit en lui versant un dernier gobelet d'eau sur la tête.

— Bon, je crois que tu es bien propre. On va te sortir de l'eau et te mettre en pyjama !

Felix bâillait déjà lorsqu'elle le retourna pour lui frotter le dos. Comme toujours, la vue de ses cicatrices – séquelles de ses multiples opérations, dont une avait eu lieu bien avant la naissance de l'enfant – lui serra le cœur. Elle eut à peine le temps de lui lire deux pages de son histoire préférée, celle d'un poney appaloosa appelé Nobby qui s'était enfui pour rejoindre un cirque, avant qu'il commence à somnoler. Elle alluma la veilleuse, remonta sa couette et se pencha pour déposer un doux baiser sur son front.

— C'est l'heure de faire un vœu ?

Felix hocha doucement la tête et récita tout bas un petit

poème. Brianna sourit en voyant son petit visage se crisper tant il était concentré.

— C'était quoi, ton vœu ? lui demanda-t-elle.

— Je ne peux pas te le dire, maman, tu sais bien…

Il sombra aussitôt dans le sommeil, et Brianna s'accorda un instant pour regarder ce petit être qu'elle aimait tant qu'elle en avait presque mal.

Felix avait été une bénédiction depuis son tout premier souffle. Il aimait le monde et le monde le lui rendait bien, à travers sa mère et sa grand-mère qui l'adoraient de tout leur cœur. Il était la raison de vivre de Brianna, et rien ni personne ne pourrait jamais changer cela.

C'est alors que le nouveau défi auquel elle se trouvait confrontée de façon tout à fait inattendue resurgit dans son esprit. Alors Brianna fit ce qu'elle avait toujours fait en cas de difficulté.

Elle alla demander conseil à sa mère.

Elsie Henderson avait travaillé comme infirmière toute sa vie – même s'il y avait eu quelques interruptions, notamment à la naissance de Brianna puis, beaucoup plus tard, lorsque celle-ci était devenue mère célibataire d'un enfant handicapé et avait eu besoin d'aide.

Ce n'était que récemment qu'elle était retournée travailler, cette fois à l'hôpital pour enfants Saint Nicholas de Bristol, en tant qu'infirmière pédiatrique. Elle occupait un poste à temps partiel, et elle et Brianna s'efforçaient de jongler avec leurs horaires de travail afin de pouvoir toutes deux s'occuper au mieux de Felix tout en exerçant un métier qui les passionnait. L'avenir professionnel de Brianna, censé lui apporter une certaine stabilité financière, s'annonçait prometteur, mais Elsie n'avait pas prévu que sa fille aurait un début de carrière aussi mouvementé.

— C'est horrible ! dit-elle quand Brianna lui eut

raconté son intervention. Tu es sûre que tu ne préfères pas retourner au central d'appels ? Tu es capable de gérer n'importe quelle situation par téléphone !

Brianna secoua la tête en prenant une nouvelle bouchée de lasagnes.

— S'épanouir en restant assise derrière un bureau est impossible quand on a été formée pour affronter le terrain. Essayer d'apprendre à des gens à faire un massage cardiaque ou à arrêter une hémorragie importante à distance est très frustrant. Aujourd'hui, par exemple, tu crois que j'aurais pu expliquer par téléphone à la mère de cette jeune femme comment maintenir sa fille en vie jusqu'à l'arrivée des secours, alors qu'elle souffrait elle-même de douleurs thoraciques ?

— Dieu merci, tes collègues sont arrivés vite ! Tu as dû être soulagée de voir intervenir les urgentistes.

— Oui…

Brianna posa sa fourchette. Elle n'avait plus faim, tout à coup.

Ce bref silence suffit à Elsie pour comprendre que sa fille lui cachait quelque chose.

— Qu'est-ce qui ne va pas, ma chérie ? demanda-t-elle simplement.

Inutile de tourner autour du pot, décida Brianna.

— Jonno est de retour en ville et travaille comme ambulancier urgentiste. C'est avec lui que j'ai fait équipe aujourd'hui.

Cette fois, le silence se prolongea. Sans prononcer un seul mot, Elsie se leva et alla ouvrir le réfrigérateur.

— Je vais enfreindre ma propre règle et prendre un autre verre de vin. Je peux t'en servir un ?

Brianna ferma les yeux.

— Oui, s'il te plaît. Juste un petit.

Elsie revint s'asseoir à la table.

— Alors… tu as revu Jonno Morgan, hein ?

— Mmm…

— A-t-il un parent qui travaille à Saint Nicholas ? Anthony Morgan ? On dit que c'est le meilleur chirurgien cardiaque pédiatrique de la ville. Je ne l'ai pas encore rencontré, mais je me suis occupée de quelques-uns de ses patients et je sais à quel point les gens l'estiment. Il est assez âgé pour avoir un fils de trente ans.

Brianna secoua la tête.

— Quand j'ai rencontré Jonno, il m'a dit qu'il partait parce que rien ne le retenait à Bristol. Il n'a pas de famille ici.

Elsie prit une gorgée de vin, puis laissa échapper un soupir.

— Morgan est un nom très courant. Alors… que vas-tu faire, chérie ? Quand vas-tu lui dire ?

— Je ne sais pas, dit Brianna. Je ne sais pas si je dois lui dire.

Stupéfaite, Elsie la regarda.

— Tu ne peux pas ne pas lui dire, voyons ! Il a un enfant. Et Felix a un père !

Brianna tenta de chasser le sentiment de panique qui l'envahissait.

— J'ai essayé de l'informer de ma grossesse ! J'ai fait tout ce que j'ai pu. Quelqu'un m'a donné son numéro de téléphone, mais il avait déjà résilié son abonnement. Mes mails me sont tous revenus. Lorsque je l'ai finalement retrouvé grâce aux réseaux sociaux et que je lui ai demandé de me contacter, il n'a jamais pris la peine de répondre. Mes messages n'ont même pas été marqués comme lus ! Et personne ici ne savait où il était, à ce moment-là. Tout le monde disait qu'il était arrivé au camp de base du mont Everest, au Népal, mais, le temps que ma lettre l'atteigne, il avait dû repartir. Elle m'a été renvoyée avec la mention « retour à l'expéditeur » après la naissance de Felix.

Brianna secoua lentement la tête.

— Quoi qu'il en soit, c'est à peu près au moment où j'ai

posté cette lettre que nous avons découvert la pathologie de Felix, et contacter Jonno m'a paru soudain moins important. J'ai dû faire un choix : interrompre ma grossesse, subir une opération *in utero* ou attendre la naissance… C'était déjà assez difficile pour nous deux d'avoir à faire face à cela.

— Je sais, dit Elsie. C'était une période horrible.

— C'est à ce moment-là que j'ai arrêté d'essayer de contacter Jonno parce que la dernière chose dont nous avions besoin était que quelqu'un d'autre soit confronté à un choix aussi pénible. Inconsciemment, j'avais déjà décidé de faire tout ce que je pouvais pour sauver mon bébé.

Elsie sourit.

— Dès que tu as appris que ton bébé était malade, tu l'as protégé comme une lionne…

— Et peut-être que j'ai encore besoin de le faire maintenant, maman. Et si Jonno voulait le voir ? Ou pire, être impliqué dans sa vie ?

— Il en a le droit, dit Elsie calmement. Et Felix a celui de connaître son père. Il est assez âgé maintenant pour savoir que quelque chose manque dans sa vie. Bientôt, il commencera à poser des questions que nous ne pourrons pas ignorer ou balayer d'un revers de la main…

— Je n'ai jamais souffert de l'absence de mon père, moi, murmura Brianna.

— C'est complètement différent, et tu le sais. Ton père est mort avant même que tu sois née. Il n'y a pas un seul jour où je n'aie pas souhaité qu'il soit là pour rencontrer l'adorable bébé que tu étais, puis la jolie fillette et, plus tard, la jeune femme que tu es devenue. Je suis certaine qu'il t'aurait aimée à la folie.

— Oui… Et si Jonno n'éprouvait pas la même chose pour Felix ? S'il le rejetait ? S'il n'arrivait pas à oublier les béquilles et les grosses lunettes ? Si Felix se sentait soudain… inférieur *sous le regard de cet adulte…*

— À un moment de sa vie, c'est une situation qu'il devra affronter, tu sais…

— J'en suis consciente. Et c'est déjà le cas avec les enfants de l'école qui lui mènent la vie dure. Mais ce serait bien pire avec un père super-héros qui sauve des vies et qui, à ses heures perdues, saute d'un avion en parachute, fait du deltaplane, de la plongée sous-marine ou un Ironman à Hawaï !

Brianna s'interrompit, incapable de dérouler la liste encore longue des activités de Jonno Morgan.

Aussi troublée qu'elle, Elsie demanda :

— Tu vas le revoir ?

— Il travaille pour la même compagnie que moi. Il m'a dit qu'il viendrait me voir pour discuter un peu.

— Et… qu'en penses-tu ?

Brianna ne put retenir un léger sourire. Une partie d'elle-même avait été flattée qu'il se souvienne de son nom. Au fil des ans, elle avait rêvé de Jonno, de la nuit torride qu'ils avaient passée ensemble, et voici qu'il revenait, juste au moment où elle avait presque cessé d'espérer !

— Cela me fait très peur, répondit Brianna. Et si quelqu'un lui dit que j'ai un enfant de six ans ?

— Il ne saura rien si tu ne lui apprends pas toi-même.

Brianna déglutit avec peine.

— Je n'ai pas le choix, de toute façon. À un moment ou à un autre, je vais devoir le lui révéler.

Sans rien ajouter, Elsie posa sa main sur celle de Brianna pour lui signifier qu'elle la soutiendrait quand elle serait prête.

Mais ce n'était pas encore le cas. Loin de là.

— Je dois trouver le bon moment, dit-elle doucement. Il faut d'abord que je sache combien de temps il compte rester dans la région, que je prévoie sa réaction. Et s'il était marié et avait déjà des enfants ? Cette histoire pourrait affecter d'autres personnes que nous.

— Je n'avais pas pensé à ça, avoua Elsie. Mais plus tu attends, plus il pourrait être difficile de lui parler. À l'avenir, Felix voudra en savoir plus sur son père. Et s'il découvrait que Jonno vivait ici et qu'on ne lui avait jamais parlé de son existence ?

Brianna prit une grande inspiration.

— Je le lui dirai, promit-elle. Mais pas tout de suite.

3.

Jonno eut une idée qu'il se promit de soumettre dès le lendemain à Dave, son chef de service.

Ce n'est qu'à ce moment-là que Jonno se rendit compte qu'il n'avait jamais su le nom de famille de Brianna, ce qui était un peu étrange, étant donné l'intimité qu'ils avaient partagée. Même il y a sept ans, il avait eu l'impression de la connaître avant même de la rencontrer, tant sa voix, entendue si souvent à la radio, lui était familière. C'était la première chose qu'il avait reconnue, hier…

Brianna était l'une des meilleures répartitrices du central d'appels, mais il ne s'était pas attendu à ce qu'elle soit aussi jolie. Le soir où elle s'était présentée à son pot de départ, il avait été séduit par cette douce cascade de boucles encadrant un visage d'elfe qui faisait paraître immenses ses beaux yeux. Des yeux qui brillaient d'un même éclat que les siens. Entre eux, tout était allé très vite…

— Henderson ?

Dave leva les sourcils.

— La nouvelle qui a géré l'incident du délinquant violent hier ?

— Oui.

Dave laissa échapper un petit rire.

— Pour sa première garde en tant qu'ambulancière diplômée, elle a été gâtée ! Cet épisode restera dans les annales de la compagnie. Pourquoi me parles-tu d'elle ?

— Comment va son coéquipier, Simon ?

— Il s'en sort avec une vilaine commotion cérébrale. Il pourrait être en arrêt de travail pendant quelques semaines… Je croise les doigts pour qu'il ne souffre pas du syndrome postcommotionnel, qui pourrait durer des mois !

— Où vas-tu affecter Brianna ? C'est sa deuxième journée de travail aujourd'hui, non ?

— Oui. Elle sera là d'une minute à l'autre. Je n'ai pas encore décidé, en fait. Nos équipes sont au complet et je n'ai personne pour lui servir de tuteur, mais je ne veux pas qu'elle s'occupe du transfert des patients. Elle pourrait revenir au central d'appels, mais personne ne s'est fait porter pâle aujourd'hui.

— Et si elle travaillait avec moi ?

— Quoi ? Tu ne fais que des interventions d'urgence !

— Et je suis tout à fait qualifié pour lui servir de tuteur.

— Oui, mais tu es censé encadrer des gens qui sont sur le point de terminer leur formation en soins intensifs, pas des débutants. Ce genre de poste pourrait décourager quelqu'un qui manque d'expérience.

— Elle n'a pas craqué hier. Elle a fait du bon travail. Pourquoi ne pas la laisser acquérir une véritable expérience, jusqu'à ce que tu aies un poste vacant ou que tu lui trouves le coéquipier idéal ?

Jonno sourit à son supérieur.

— Je promets de ne pas être trop dur avec elle…

Ce matin-là, Jonno attendit que Brianna arrive au travail. En partie pour lui présenter son nouveau poste, mais aussi parce qu'il n'avait pas cessé de penser à elle depuis la veille.

Une fois de retour dans l'appartement qu'il habitait tout en le rénovant pour le vendre, il s'était remémoré dans le détail leur brève, très brève aventure…

Il y a sept ans, il n'avait qu'une envie : s'échapper. De cette ville. De cet appartement, vestige du mariage raté de ses parents et du style de vie que sa mère avait souhaité pour lui. Mais il voulait surtout s'éloigner de l'homme qui prétendait faire partie de sa vie et représenter pour lui une figure paternelle, ce qui était la dernière chose dont Jonno avait besoin.

Il avait trouvé son chemin dans la vie, en suivant ses propres règles. Sans famille, sans personne à charge, il était libre comme l'air et pouvait donc pratiquer n'importe quel sport extrême sans avoir de comptes à rendre à quiconque. Il aurait pu dilapider l'héritage de sa mère à sa guise, mais il avait préféré la satisfaction de sauver des vies au quotidien, comme il l'avait fait hier.

Alors qu'il arrachait des lambeaux de papier peint des murs de sa chambre, il avait songé qu'il y avait de nombreux avantages à être célibataire et trentenaire. Il n'était pas – et n'avait jamais été – prisonnier d'une relation sérieuse. Il n'avait pourtant rien d'un don Juan, et était prêt à s'engager s'il estimait que la relation en valait la peine. Pas assez longtemps pour que ça devienne sérieux, bien sûr, mais assez pour apprécier chaque minute…

Or il avait le sentiment que Brianna était le genre de femme avec qui il pourrait s'engager. Mais cela n'avait rien à voir avec le souvenir de la nuit qu'ils avaient passée ensemble, dans cet appartement même. S'il avait suggéré qu'elle l'accompagne en intervention rapide lors de ses prochaines gardes, c'est parce qu'il avait été impressionné par la façon dont elle s'était comportée la veille, et qu'il trouvait à Brianna Henderson de nombreuses qualités professionnelles. De plus, il était curieux de connaître la femme qui avait choisi de quitter la sécurité du central d'appels pour se retrouver en première ligne. Au front, comme on disait dans le métier…

Devant l'expression choquée de Brianna au moment où elle avait découvert avec qui elle allait travailler aujourd'hui, il s'était interrogé : pourquoi était-elle aussi nerveuse ? Avait-elle peur du travail, ou de lui ?

Il lui avait alors offert son plus beau sourire.

— Ne t'inquiète pas, avait-il dit. Je vais m'occuper de toi.

Être aussi proche de Jonathan Morgan était… eh bien, c'était troublant.

Il conduisait plus vite qu'elle ne l'aurait cru possible dans le trafic dense de la grande ville, en ce jour de semaine chargé. La conduite de Jonno était à la fois rapide et prudente. Il semblait avoir un don inné pour anticiper les difficultés, les ralentissements… Il repérait les conducteurs paniqués qui faisaient un écart dans le mauvais sens pour laisser passer l'ambulance, ceux qui décidaient de s'engager dans un carrefour pour s'écarter du chemin, et les livreurs qui ouvraient leur portière sans regarder. C'était un peu comme les montagnes russes, décida Brianna. Effrayant, mais excitant.

C'était tout de même un étrange concours de circonstances, avait-elle d'abord songé, que son coéquipier ait été blessé lors de sa première garde, que toutes les autres équipes soient au complet et que ce soit précisément Jonno qui dirige l'unité d'intervention rapide à laquelle le directeur de la station avait choisi de l'affecter…

Était-ce le destin qui les avait réunis, ou Jonno avait-il quelque chose à voir avec cette décision ? Brianna savait qu'il n'était pas courant d'envoyer un débutant effectuer ce genre de mission, en tout cas…

Se tournant vers Jonno, elle songea que c'était peut-être lui qui avait suggéré cette idée parce qu'il voulait qu'elle l'accompagne ? Parce qu'il avait envie d'être proche d'elle ? De renouer le fil de l'histoire qui s'était rompu sept ans auparavant ? Cela ne se produirait peut-être jamais, mais elle se plaisait à imaginer qu'il l'avait un instant envisagé en lui proposant de prendre ces nouvelles fonctions.

Pour Brianna, cette situation n'était pas facile à gérer. Elle était à la fois ravie et sur la défensive. Elle aurait voulu être ailleurs, mais se sentait privilégiée d'être au cœur de l'action et d'avoir ainsi l'occasion d'apprendre et de progresser dans son travail.

Rien ne faisait penser que c'était Jonno qui avait choisi d'être son coéquipier, et rien ne laissait présager autre chose qu'une relation professionnelle, mais ce n'était pas vraiment le moment de songer à ça. Dans quelques instants, ils seraient les premiers sur les lieux où un incident domestique s'était produit : un enfant de trois ans avait avalé par mégarde des médicaments censés soigner la maladie cardiaque de son grand-père…

— Un ou deux comprimés d'un inhibiteur des canaux calciques comme celui-ci peuvent se révéler mortels pour un enfant de dix kilos, déclara Jonno en remerciant d'un signe de la main le chauffeur du bus qu'il était en train de dépasser. Les médicaments cardio-vasculaires figurent parmi les vingt-cinq premiers produits potentiellement toxiques par ingestion et arrivent en troisième position parmi les substances causant le décès de jeunes enfants.

Il jeta un regard en coin à Brianna alors qu'ils quittaient l'autoroute pour se diriger vers une banlieue résidentielle.

— Quel genre de symptômes devons-nous craindre ? demanda-t-il.

— Une modification de la fréquence et du rythme cardiaque ?

— Oui. Quoi d'autre ?

Ils étaient arrivés à destination. Jonno éteignit la sirène tandis que Brianna essayait de se souvenir de ses cours sur l'empoisonnement.

— La pression sanguine change, ajouta-t-elle. Hypotension ?

— Oui, c'est le symptôme le plus courant. Le pire

scénario est un collapsus cardio-vasculaire. Il vaut mieux être prêt à tout, dit Jonno en ouvrant sa portière.

Au grand soulagement de Brianna, ils ne constatèrent aucun signe d'effondrement cardio-vasculaire imminent lorsqu'ils entrèrent dans la maison. Assis devant la télévision, le bambin regardait tranquillement un programme pour enfants.

Sa mère était beaucoup moins sereine.

— Enfin, vous êtes là ! s'écria-t-elle. Je suis folle d'inquiétude…

— Que s'est-il passé exactement ? demanda Jonno.

— Je préparais le pilulier de mon père, qui est atteint de démence et vit avec nous, quand je l'ai entendu m'appeler depuis la salle de bains. Il ne savait plus comment refermer le robinet. Je suis allée l'aider et, quand je suis revenue, il y avait des pilules partout… Je ne sais pas combien il en manque.

Au froncement de sourcils de Jonno, Brianna comprit qu'il n'était pas très inquiet. Il alla s'accroupir près du petit garçon.

— Salut, George. C'est bien, ce que tu regardes ?

George acquiesça en désignant l'écran, où des gens vêtus de costumes d'animaux colorés chantaient en chœur.

— J'ai entendu dire que tu chantais très bien, ajouta Jonno.

George acquiesça de nouveau.

— Avez-vous remarqué quelque chose d'inhabituel dans son comportement ? demanda Brianna.

— Non. Mais je sais qu'il a mâché des pilules blanches, car il avait des traces sur le menton.

— Je peux voir l'étiquette sur le flacon ? Et le pilulier ?

Brianna sourit en voyant Jonno et George chanter en se touchant les oreilles, le nez, les coudes.

« Savez-vous planter les choux, à la mode, à la mode… »

Soudain, son sourire vacilla comme elle s'imaginait

Jonno jouant sur le sol avec un enfant comme celui-ci, sauf que ce n'était pas un patient, mais son propre fils…

Felix aimerait-il avoir un papa comme Jonno ? Une présence masculine lui avait-elle manqué, alors qu'il n'avait que sa mère et sa grand-mère pour l'élever ?

Brianna chassa cette pensée dérangeante pour se concentrer sur le travail à accomplir. Elle était persuadée que Jonno serait satisfait des informations qu'il obtiendrait grâce à sa méthode d'interaction avec son jeune patient. Selon les critères d'évaluation pédiatrique qu'elle connaissait, les signes vitaux de George ne lui paraissaient pas anormaux. Il n'avait manifestement aucun problème respiratoire s'il pouvait chanter ainsi, son teint était bien coloré et il semblait se comporter normalement. Que faire, alors ?

— Je suis presque sûre qu'il manque deux pilules, sans compter celles à moitié mâchées, rapporta-t-elle à Jonno.

— Sont-ils à libération progressive ?

Brianna vérifia la boîte.

— Oui.

Jonno se leva lentement.

— Lavons son visage et ses mains une nouvelle fois, suggéra-t-il à la mère, juste pour s'assurer qu'il n'y a plus de traces sur sa peau. Je vais demander qu'on vienne vous chercher pour vous emmener à l'hôpital, car nous allons devoir placer George en observation pendant quelques heures.

— Oh ! non ! Vous pensez que son état risque de se dégrader ?

— Il a l'air d'aller très bien, assura Jonno. Mais, comme les pilules sont à libération lente, s'il en a avalé, les symptômes pourraient prendre un peu de temps à se manifester. Je suis sûr que vous serez contente d'être dans un endroit où les gens gardent un œil sur votre fils. Pendant que nous attendons le véhicule, Brianna et moi allons faire un ECG, juste pour s'assurer que son cœur fonctionne normalement.

Brianna ouvrit la pochette contenant les électrodes pendant que Jonno passait un appel pour demander une ambulance afin de transporter la mère et l'enfant à l'hôpital.

— J'ai un nouveau jeu, dit Jonno à George pendant que sa mère lui essuyait le visage et les mains avec un gant humide. Tu peux toucher ta poitrine ?

George hocha la tête avec enthousiasme, et fit ce qu'on lui demandait.

— Super… Ta maman va t'enlever ton T-shirt et ensuite Brianna va m'aider à coller des autocollants spéciaux sur ta poitrine.

Une petite pilule blanche coincée sous l'élastique du pantalon de l'enfant roula à terre lorsqu'on lui retira son T-shirt. Jonno la ramassa et la tendit à Brianna.

— Il n'en manque plus qu'une, maintenant, dit-il.

— Beurk ! dit George en désignant la pilule.

— Comment le sais-tu ? répliqua Jonno. Tu as goûté ?

George secoua la tête avec vigueur.

— Trop beurk !

Jonno se tourna vers la mère de l'enfant.

— C'est l'heure de jouer avec les autocollants ! Pouvez-vous préparer un sac avec des jouets pendant qu'il sera dans la salle d'observation ?

Dès que l'ECG fut terminé, une ambulance arriva pour transporter George et sa mère à l'hôpital.

— Il pourrait encore développer des symptômes, n'est-ce pas ? demanda Brianna alors qu'ils retournaient au centre téléphonique, après avoir transféré à leurs collègues les informations concernant leur patient.

— Oui. Ils vont le surveiller de près pendant environ six heures. Si rien ne se passe, c'est qu'il va bien. Si des symptômes apparaissent, il faudra lui faire éliminer les produits ingérés.

— Tu te débrouilles vraiment bien avec les enfants, nota

Brianna. J'imagine que pratiquer un ECG sur la plupart des enfants en bas âge peut être un peu délicat.

Jonno lui fit un sourire complice.

— Peut-être que je n'ai jamais vraiment grandi moi-même… J'adore les enfants.

Le cœur de Brianna manqua un battement. Cette fois, c'est une image d'eux trois, ensemble, qui s'imposa à son esprit : Jonno, Felix et elle, en train de jouer sur une plage comme une vraie famille…

Peut-être qu'elle aurait dû faire plus d'efforts pour le retrouver, ces dernières années ?

Et s'il était trop tard ?

Sa mère avait raison : plus elle attendrait, plus ça serait difficile.

Elle prit une profonde inspiration et rebondit sur ce qu'il venait de dire.

— Tu en as, maintenant ?

Jonno lui jeta un regard horrifié.

— Quoi ? Des enfants ? Pas que je sache. Dieu merci !

Elle eut l'impression de recevoir un coup de poing dans l'estomac.

— Je préfère les enfants des autres, ajouta-t-il. Comme ça, je reste libre de vivre comme je le veux.

Brianna réussit à faire semblant de sourire.

— Tu veux dire voyager ? Mener une existence aventureuse ?

— Absolument. Et faire le genre de choses que l'on ne fait jamais quand on a une femme ou des enfants qui dépendent de vous. Tu as vu la vidéo qui est sortie récemment de ce type qui vole à côté d'un avion avec une espèce de combinaison de Batman ?

La lueur dans les yeux de Jonno exprimait à la fois l'admiration et l'envie.

— C'est fou…

Brianna secoua la tête.

— Non, je ne l'ai pas vue.

— Je te la montrerai plus tard. Je l'ai téléchargée sur mon téléphone.

Comme ils passaient devant une quincaillerie, Jonno changea de sujet.

— Ça me fait penser… Il faut que j'aille acheter de la peinture après le travail, aujourd'hui. J'ai presque fini de décoller le papier peint de ma chambre. Je devrais peut-être te demander ton avis pour la couleur ?

Les yeux rivés au-dehors, Brianna dit d'un ton léger :

— Je ne savais pas que tu étais du genre bricoleur.

— Je suis bien obligé, si je veux vendre l'appartement. C'est mon dernier lien avec Bristol et, quand il sera sorti de ma vie, je partirai aussi. Pour de bon, cette fois.

Brianna ne se retourna pas tout de suite. Son envie de révéler l'existence de son fils à Jonno et son fantasme de famille heureuse s'étaient évanouis, maintenant qu'elle savait qu'il ne voulait pas rester. Son petit garçon aurait le cœur brisé s'il découvrait qu'il avait un père formidable, un authentique super-héros dans la vraie vie, et le voyait disparaître peu après avoir créé un lien avec lui. Pas question de lui infliger ça !

— Je ne suis que remplaçant, ici, ajouta Jonno. Je ne sais pas encore quand mon contrat s'arrêtera, ni quand je vendrai mon appartement. Ce qui est sûr, c'est que je vais bientôt prendre un nouveau départ. Me lancer dans une nouvelle aventure. Je pense à l'Australie. Ou la Nouvelle-Zélande. Tu savais que Queenstown, en Nouvelle-Zélande, est la capitale mondiale de l'aventure ?

— Non.

— Je n'ai pas encore essayé le saut à l'élastique.

Elle trouva le courage de plaisanter.

— Moi non plus, mais ça ne me dérange pas vraiment.

Au fond, elle était soulagée, car elle tenait l'excuse parfaite pour ne rien lui révéler. Bientôt, il partirait à l'autre bout du monde et elle ne le reverrait jamais. Si Felix le retrouvait une fois adulte, elle pourrait dire qu'elle avait gardé le silence pour le protéger.

« C'est mon dernier lien avec Bristol et, quand il sera sorti de ma vie, je partirai aussi. Pour de bon, cette fois… »

Jonno ralentit.

— Qu'est-ce que tu en penses ? De quelle couleur devrais-je peindre ma chambre ? Je pense à des tons aubergine ou bleus. Remarque, même un rose bonbon serait mieux que cet affreux papier peint. Tu te souviens de ces trucs qui ressemblaient à des ananas à l'envers ?

C'était il y a très longtemps, mais Brianna se rappelait chaque détail, y compris le papier peint hideux de la chambre de Jonno et les premiers mots qu'il lui avait dits, en l'invitant à finir la soirée chez lui…

Brianna croisa le regard de Jonno, et le soutint dans l'espoir de rendre son démenti plus convaincant.

— Eh non… je ne me souviens pas des ananas, mais ils étaient sûrement affreux.

Brianna n'était pas une bonne menteuse. Elle se sentit rougir.

Jonno savait qu'elle mentait, songea-t-elle. Qu'elle se rappelait parfaitement tous les détails.

Elle remarqua que son regard s'assombrissait soudain, et fut traversée d'un étrange frisson. Elle avait déjà vu les yeux de Jonno s'assombrir comme ça avant qu'il ne l'embrasse pour la première fois…

Il voulait l'embrasser !

Et elle le voulait aussi.

C'est le moment que choisit la radio de bord pour se mettre à crépiter.

— Voiture 12, vous m'entendez ?

Sans quitter des yeux Brianna, Jonno répondit :

— Oui, très bien…

— Nous avons un appel pour vous. Arrêt cardiaque.

Un homme s'est effondré alors qu'il promenait son chien au sud de Castle Park. Une réanimation est en cours. Je vous donne les détails dans une minute…

— Compris…

Jonno alluma le gyrophare pour sortir au plus vite du trafic trop dense. Le temps qu'il fasse demi-tour et active la sirène, sa conversation avec Brianna était oubliée.

Heureusement !

C'était toujours là.

Cette folle attirance qui les avait jetés dans les bras l'un de l'autre, cette nuit-là, n'avait pas disparu avec le temps.

Il n'avait jamais oublié la déception qu'il avait ressentie quand il s'était réveillé seul dans son lit. Pourquoi Brianna n'était-elle pas restée ? Le fait de ne pas pouvoir lui dire au revoir, et encore moins lui expliquer qu'il avait passé la meilleure nuit de sa vie entre ses bras, lui avait laissé une impression d'inachevé.

Mais il n'aurait rien pu y changer, de toute façon. Ce jour-là, il devait boucler ses bagages, remettre les clés de son appartement à l'agence qui s'occuperait de la location et se rendre à l'aéroport. Son avion décollait pour le Népal quelques heures plus tard, et il voyagerait avec un groupe d'alpinistes qui l'avaient engagé comme infirmier lors de leur ascension du mont Everest.

Une aventure en entraînant une autre, Jonno avait acquis une réputation d'excellence dans son domaine, celui des terrains difficiles et des conditions extrêmes. Il était parti avec l'intention de revenir pour vendre son appartement, mais la dernière chose à laquelle il s'attendait était de revoir la femme qui, sept ans plus tôt, avait bouleversé son univers avant de disparaître sans laisser d'adresse…

Quand Brianna avait prétendu ne pas se souvenir de sa visite chez lui, il avait compris en voyant le rouge lui monter aux joues qu'en réalité, elle ne *voulait* pas s'en souvenir… Et si, comme lui, elle avait gardé de leur brève aventure un sentiment d'inachevé ?

Jonno était ici pour s'assurer qu'il pouvait quitter cette ville pour de bon, sans regrets. S'ils étaient tous les deux d'accord pour reprendre leur histoire là où elle s'était arrêtée, eh bien… pourquoi pas ? La vie était courte et le temps qui lui restait à passer à Bristol plus court encore.

Mais Jonno avait l'impression que Brianna avait une bonne raison pour ne pas vouloir revenir en arrière. Elle n'était sans doute plus célibataire. Était-ce pour cela qu'elle s'était enfuie, cette nuit-là ? Il n'osait pas le croire…

Elle ne portait pas d'alliance, mais ça ne voulait pas dire grand-chose. On pouvait être engagé dans une relation avec quelqu'un sans jamais s'unir officiellement. Jonno avait bien l'intention de découvrir la vérité, mais il ne pourrait pas satisfaire sa curiosité avant la fin de cette garde qui s'annonçait mouvementée.

— Tu rentres directement à la maison ? demanda Jonno à Brianna, une fois leur garde terminée.

Si elle était libre, il avait l'intention de l'inviter à aller boire un verre. Ou prendre un café, afin qu'ils passent un peu de temps ensemble en dehors du travail.

Mais Brianna hocha la tête.

— Oui… Il faut que je me sauve, je suis déjà en retard.

— Tu es attendue, c'est ça ? dit Jonno pour dissimuler sa déception. Je ne t'ai même pas demandé si tu avais des enfants. Ou un mari.

— Je n'ai pas de mari, balbutia Brianna en se dirigeant vers les vestiaires. Mais je ne vis pas seule.

Elle jeta un sourire par-dessus son épaule.

— Je vis avec Dennis la Malice, si tu veux tout savoir.

— Et quel âge a Dennis ?

— Presque quatre ans.

Sa déception était bien réelle, et plus forte encore que celle qu'il avait ressentie en découvrant qu'elle avait disparu, au lendemain de leur nuit de passion.

Jonno avait pour règle d'or de ne pas s'engager avec quelqu'un qui n'était pas libre et pourtant, il était convaincu qu'elle était toujours attirée par lui…

4.

Ce n'était pas *vraiment* un mensonge.

Juste une vérité légèrement déformée.

Alors pourquoi avait-elle l'impression d'avoir commis une énorme erreur ? Et même, d'avoir fait quelque chose d'impardonnable ?

Sur le coup, elle s'était sentie incapable de prononcer le nom de son fils devant Jonno et l'avait remplacé par celui du chien… Quelle idiotie ! Comment revenir en arrière, maintenant ?

Brianna passa la journée du lendemain avec Felix, et sa mère partit tôt pour travailler au service de chirurgie pédiatrique. Ayant elle-même effectué deux gardes de jour, Brianna était libre d'emmener Felix à l'école le matin et à sa séance de kiné l'après-midi. Il n'y avait pas d'activités extrascolaires prévues, ce qui était une bonne chose, car elle devrait se reposer avant d'enchaîner sur sa garde de nuit.

Toute journée, comme celle d'aujourd'hui, qui comprenait une séance dans la piscine chauffée du centre de soins était un vrai plaisir. Dans l'eau, les exercices de souplesse et d'endurance étaient beaucoup plus amusants ! Felix les adorait depuis son plus jeune âge, et Brianna aimait entendre l'écho de ses cris dans le hall de la piscine.

Son plaisir était cependant plus qu'atténué par la culpabilité qui la taraudait. La conversation qu'elle avait eue avec sa mère la veille résonnait de manière bien moins agréable que les rires de Felix.

« Tu dois quand même lui dire, avait insisté Elsie. Même

s'il n'a pas l'intention de rester longtemps à Bristol. On ne sait jamais, il pourrait changer d'avis quand il saura. Tu dois te montrer courageuse. »

Sa mère avait raison, songea-t-elle, mais il fallait choisir le bon moment, car on ne lâchait pas une telle bombe sans prendre quelques précautions préalables. Elle devrait trouver un moyen de passer du temps avec Jonno en dehors du travail. Sortir dîner, par exemple… Sa mère s'était proposée pour garder Felix.

Lors de leur tout dernier échange, l'atmosphère avait basculé dès qu'elle avait dit à Jonno qu'elle ne vivait pas seule. Toute possibilité de renouer s'était alors définitivement envolée.

Elle lui était d'ailleurs reconnaissante de ne pas avoir insisté. Elle aurait été déçue, en fait, si Jonno Morgan s'était comporté comme si elle était libre. Elle l'avait toujours considéré comme quelqu'un de bien, le genre d'homme que toute femme rêvait d'avoir comme partenaire.

Ou comme père pour son enfant ?

À ceci près qu'il représentait un danger. Il pouvait briser le cœur de son fils en le quittant ou en risquant sa vie dans des sports extrêmes, au mépris de la prudence la plus élémentaire. Au souvenir de la vidéo qu'il lui avait montrée, elle sentit son sang se glacer. Comment réagirait Felix s'il voyait son père faire quelque chose d'aussi dangereux ?

Hélas, Brianna savait que l'élan qui l'avait jadis poussée vers Jonno était encore là. Il n'était pas seulement intact, mais plus fort encore qu'il y a sept ans, car jamais depuis elle n'avait passé de moments aussi délicieusement érotiques dans les bras d'un homme. Cependant, laisser renaître une telle attirance serait une erreur, et ne pourrait lui procurer que des ennuis.

Mais cela justifiait-il d'ériger délibérément une barrière pour les protéger, elle et Felix ?

Le mensonge ne convenait pas du tout à Brianna, et elle se promit de trouver un moyen de se montrer plus sincère envers Jonno.

Lorsque Jonno arriva au travail, ce soir-là, Brianna avait compris qu'il ne méritait pas d'être traité avec autant de froideur. Il s'était montré très franc avec elle et elle devait le respecter.

Mais comment arranger les choses ?

Elle n'allait certainement pas en avoir l'occasion au cours de cette garde, car un collègue avait appelé pour dire qu'il était malade, et Brianna devrait faire équipe avec Liz, une infirmière expérimentée d'une quarantaine d'années. La nuit s'annonçait chargée, mais aucun de leurs appels ne concernait un traumatisme ou un incident médical suffisamment grave pour nécessiter des compétences spécifiques. Brianna ne revit donc pas Jonno avant 7 heures du matin, dans le vestiaire bondé, alors que sa garde se terminait.

— J'ai besoin d'un café ! lança Liz en fermant son casier. Un vrai café. Quelqu'un a envie de venir prendre un petit déjeuner ?

— Oui, j'en suis ! répondit Jonno, qui semblait frais et dispos.

En fait, on aurait dit qu'il venait de sortir du lit, avec ses cheveux tout ébouriffés et sa mâchoire ombrée de barbe. En le voyant sourire à Liz, Brianna se sentit fondre. Il était si beau !

— Et toi, Brianna ?

— Désolée, Liz, je dois rentrer chez moi, expliqua-t-elle en sortant son sac de son casier pour vérifier que ses clés de voiture étaient à l'intérieur.

— Pour retrouver Dennis, ajouta Jonno.

— Mmm… Je vais lui préparer son petit déjeuner.

Jonno lui fit un clin d'œil, tandis que Liz éclatait de rire.

— Tu as appelé ton fils Dennis ?

— Pas exactement, admit Brianna. Dennis est un chiot. Il est très mignon, mais pas encore très bien élevé. Dennis la Malice lui va à merveille !

— Dennis est un chien ? répéta Jonno, surpris. Mais… et la personne avec qui tu vis, alors ? C'est juste un colocataire ?

— Hum… pas exactement, répondit Brianna, sans oser croiser le regard de Jonno. J'ai fini par retourner chez ma mère il y a quelques années, alors je vis avec elle.

Dis-lui ! lui souffla une petite voix dans sa tête. *C'est l'occasion…*

Hélas, ils n'étaient pas seuls, et elle ne pouvait pas lui révéler qu'elle avait un enfant de six ans sans risquer qu'il fasse aussitôt le rapprochement et soit pris au dépourvu devant leurs collègues.

En proie à la confusion la plus totale, Brianna pressa le pas vers la sortie, mais, avec ses longues jambes, Jonno n'eut aucun mal à la rattraper.

— Attends une minute…

Brianna ralentit le pas.

— Tu es célibataire, n'est-ce pas ? demanda Jonno d'un ton calme. Alors pourquoi as-tu insinué que tu ne l'étais pas ?

Brianna s'arrêta dans son élan, mortifiée. Elle n'avait jamais rougi aussi fort, et elle n'osait pas se retourner. Jusqu'à ce que Jonno reprenne la parole.

— Je comprends, murmura-t-il. Et je sais que cette situation est étrange. Je ne m'y attendais pas non plus…

Brianna tenta de prendre une profonde inspiration, mais elle avait l'impression que tout l'oxygène de la pièce avait disparu.

— Qu'est-ce qui est étrange ?

— Le fait que… ce soit toujours là, répondit Jonno.

Brianna n'avait nul besoin de demander des précisions. Elle savait exactement ce qu'il voulait dire. Cette irrésistible attirance était toujours présente et les poussait l'un vers l'autre avec plus de force encore que jadis.

Elle voyait dans les yeux de Jonno qu'il serait prêt à faire un pas vers elle – si elle faisait de même. Hélas, elle avait encore assez de discernement pour comprendre qu'il ne fallait pas céder, au risque de le regretter amèrement.

Liz interrompit leur tête-à-tête.

— Tu viens, Jonno ? Je sens déjà la bonne odeur du café et des œufs au bacon !

— Je te suis, dit Jonno avec un sourire.

Le subtil clin d'œil qu'il adressa à Brianna en passant devant elle lui suffit pour comprendre que leur conversation était loin d'être terminée.

Ce sourire hantait encore son esprit alors qu'elle essayait de se reposer un peu après avoir déposé Felix à l'école.

Jonno avait-il trop confiance en lui ? Croyait-il inéluctable qu'elle lui tombe de nouveau dans les bras ? Pensait-il qu'il s'agissait d'un jeu qu'il était sûr de gagner pour peu qu'il en respecte les règles ?

Si les choses avaient toujours fonctionné comme ça pour lui, eh bien… pas cette fois.

Pourtant, rien qu'à l'idée qu'il la touche, qu'il l'embrasse, elle sentait tout son corps s'enflammer, rendant impossible tout abandon dans le sommeil. Une petite voix ne cessait de lui répéter qu'elle se mentait à elle-même. Depuis combien de temps n'avait-elle pas ressenti une telle exaltation ?

Elle connaissait parfaitement la réponse. Un seul homme avait jamais suscité en elle ce bouleversement des sens, cette délicieuse attente…

Non ! Elle ne pouvait pas se le permettre. Brianna était certes toujours célibataire, mais elle n'avait plus la liberté de faire ce qu'elle voulait et de suivre son cœur. Elle était mère d'un petit garçon, et qui plus est professionnelle de santé. Sa vie, c'était d'aider les autres, de les soutenir, en particulier ceux qu'elle aimait le plus. Le fait même de s'autoriser à éprouver ces sentiments était une erreur. Un acte égoïste. Il n'était pas prudent de jouer avec Jonno, même si elle était certaine d'être capable de s'arrêter à temps.

Quand elle avait appris qu'elle ferait de nouveau équipe avec Jonno pour sa prochaine garde, ce qui signifiait qu'ils allaient passer une nuit entière ensemble, elle s'était interdit de se laisser aller à ses fantasmes. Dans le cadre de son travail, elle ne s'autorisait aucun écart. Non seulement c'était inapproprié, mais cela pouvait nuire à la bonne prise en charge des patients.

Ce que Brianna n'avait pas prévu, c'est que Jonno se montre aussi patient, aussi professionnel qu'elle. Lorsqu'ils se retrouvèrent seuls dans la salle du personnel, à attendre leur premier appel, il ne tenta pas de flirter avec elle, se contentant de la regarder d'un air… curieux.

— Dave m'a dit que tu avais quitté ton poste au central d'appels peu de temps après mon départ pour l'Himalaya. Pourquoi ?

Le rythme cardiaque de Brianna s'accéléra. Était-ce l'occasion qu'elle attendait pour lui révéler toute la vérité ? Voulait-elle vraiment qu'il apprenne sa paternité au détour d'une conversation anodine ? Elle s'éclaircit la gorge.

— J'avais besoin d'une pause. J'ai eu quelques… euh… problèmes de santé.

Manifestement perplexe, il n'insista pas, et répondit d'un ton calme :

— Mais tu vas mieux maintenant ?

— Oui, je vais très bien, assura Brianna.

— Cela fait plaisir à entendre.

Il lui adressa un sourire si chaleureux qu'elle se sentit fondre.

— Et tu as décidé de suivre une formation d'infirmière ambulancière ? C'est un grand changement, non ?

Brianna acquiesça.

— Oui. Il ne m'était jamais venu à l'esprit que je pourrais être assez courageuse pour aller sur le terrain et affronter le genre de scénarios que je gérais tous les jours au téléphone mais, en fait, je suis ravie d'avoir franchi le pas. C'était très frustrant de passer d'un appel à l'autre sans savoir ce qu'il advenait des patients que j'avais pris en charge…

Un appel urgent interrompit leur conversation, et Brianna se concentra aussitôt sur les informations que lui fournissait le répartiteur.

— Femme de soixante-huit ans souffrant de douleurs abdominales sévères, 9 sur 10, côté gauche. Consciente et respirant correctement…

Une fois dans la voiture, Jonno programma son GPS et demanda :

— Alors, un premier diagnostic ?

— Il y a plusieurs pistes, répondit Brianna. Colique néphrétique, obstruction intestinale… Appendicite ?

— Son généraliste a augmenté ses antihypertenseurs il y a quelques jours, alors qu'elle l'avait consulté pour signaler des maux de tête.

Brianna se mordit la lèvre.

— Ah… Savons-nous si l'apparition de la douleur a été soudaine ?

— Bonne question…

Jonno fit un signe du menton approbateur, puis écouta le répartiteur lui annonçant qu'une ambulance était envoyée en renfort pour le transport mais qu'elle pourrait avoir dix minutes de retard sur eux.

— Compris, dit-il. Nous serons sur place dans six minutes.

Brianna attendit qu'il ait raccroché pour suggérer :

— Syndrome triple A ? Syndrome coronarien aigu ? Dissection aortique thoracique ?

Jonno hocha de nouveau la tête.

— À mon avis, c'est plutôt un triple A.

— Un anévrisme de l'aorte abdominale, dit lentement Brianna. S'il s'est rompu, nous pourrions arriver trop tard.

— Espérons que c'est juste une dissection. Tu connais la différence ?

— Un anévrisme est un renflement de la paroi d'une artère à l'endroit où elle est la plus faible. Une dissection est une déchirure de la paroi et une fuite de sang entre les couches de la paroi artérielle. Une rupture se produit lorsque toutes les couches se déchirent et peut entraîner une hémorragie interne massive et souvent létale.

— Selon toi, quel serait le principal facteur de diagnostic à rechercher ?

— Une masse pulsatile dans l'abdomen ?

— Oui, mais cela n'est pas facile à repérer. Selon le degré de détresse de notre patiente, tu pourras participer à l'évaluation.

— D'accord.

Jonno entendit Brianna retenir son souffle, se préparant au pire. Lui aussi avait ressenti cela au début, redoutant ce qu'il pourrait découvrir en arrivant sur les lieux d'un incident, mais farouchement déterminé à faire tout son possible pour sauver une vie.

Un mari extrêmement anxieux les attendait et les conduisit directement auprès de leur patiente, Maria. Allongée sur son lit, elle était très agitée, très pâle et visiblement terrifiée.

— Je m'appelle Jonno, et voici Brianna. Nous allons

vous examiner rapidement et soulager la douleur, puis nous vous conduirons à l'hôpital pour en savoir plus.

Il ajouta avec un sourire rassurant :

— Je vais ausculter votre ventre pendant que Brianna vous branche des électrodes pour voir comment va votre cœur, d'accord ?

Maria acquiesça, tout comme son mari qui supplia :

— Faites tout ce que vous pouvez pour aider ma femme. Je ne l'ai jamais vue dans cet état !

Déjà, Brianna sortait le défibrillateur, mais Maria était en si grande détresse que Jonno lui fit signe d'attendre un instant, tandis qu'il découvrait l'abdomen de la patiente et posait doucement sa main sur le premier quadrant, qu'il palpa.

— Parlez-moi de cette douleur, dit-il. Pouvez-vous la décrire ?

— J'ai l'impression que quelque chose se déchire…

— Vous avez aussi des douleurs dans la poitrine ?

— Non.

Il n'était pas facile d'évaluer son abdomen, car Maria était incapable de rester immobile, mais Jonno finit par sentir des pulsations sous sa paume.

— Avez-vous déjà été examinée pour un anévrisme abdominal ? s'enquit-il.

C'est son mari qui répondit, alors que Maria gémissait en faisant rouler sa tête sur l'oreiller

— Oui. Mais on nous a dit qu'il était petit et ne devrait pas poser de problème, surtout si elle arrêtait de fumer. Ils ont dit qu'ils allaient le surveiller.

Le tabagisme et l'hypertension artérielle étaient deux des principaux facteurs de risque de complications.

— C'est la cause de tout ça ? demanda le mari, alarmé.

— Je pense que oui, dit Jonno, qui comprit en croisant le regard de l'homme que celui-ci avait conscience de la gravité de la situation.

Quand Brianna intervint, l'homme prit la main de sa femme.

— Le rythme cardiaque est de 64. Rythme sinusal avec quelques battements ectopiques. La pression sanguine est de 190 sur 104, et la saturation en oxygène est de 92 %.

— Mettons-lui un masque pour l'aider à respirer, dit Jonno. Peux-tu maintenir son bras immobile pour que nous puissions poser une perfusion ? D'accord, Maria ?

La réponse de Maria ne fut qu'un gémissement, tandis que son mari s'efforçait de garder son calme.

— Je suis là, mon amour, je suis là…

C'est Brianna qui prit le volant du véhicule d'intervention rapide afin de laisser Jonno accompagner leur patiente dans l'ambulance. Maria était encore en vie lorsqu'ils arrivèrent à l'hôpital, et ils contournèrent le service des urgences pour se rendre directement au bloc opératoire, où une équipe chirurgicale l'attendait.

D'autres drames se déroulèrent cette nuit-là : un ouvrier d'usine se coupa plusieurs doigts en manipulant une machine et, à l'aube, un homme fit une grave chute de vélo en se rendant à son travail. Comme Brianna suivait l'ambulance pour aller chercher Jonno au service des urgences, elle le trouva en pleine discussion avec l'un des médecins.

— Maria est sortie du bloc, lui dit-il. Elle est en soins intensifs, mais elle a été prise en charge à temps.

— Elle fait partie des chanceux, confirma le médecin. Bon travail, vous deux !

De retour au central d'appels, Jonno lui demanda si elle pensait qu'ils auraient pu traiter Maria différemment – en faisant baisser sa tension artérielle, par exemple. Pourquoi lui avait-il donné un anti-émétique, selon elle ?

— Je suppose que les vomissements auraient pu exercer

une pression supplémentaire sur une dissection, qui aurait alors dégénéré en rupture complète ? Quant à ta question sur la tension, je n'ai pas de réponse, ajouta Brianna en levant les mains en signe de capitulation. La nuit a été longue !

— Désolé, admit Jonno avec un sourire. Je me comporte comme un professeur avec toi, alors que tu es déjà diplômée !

— J'adore apprendre, assura Brianna, et c'est une chance pour moi de travailler avec toi. Si je me spécialise un jour en soins intensifs, je te remercierai.

— Cela me fait plaisir, répliqua Jonno. Je suis toujours prêt à aider mes amis. Nous sommes amis, n'est-ce pas ?

Brianna sentit son cœur se serrer. Elle aurait bien voulu pouvoir lui répondre par l'affirmative, mais c'était impossible tant qu'elle lui cachait la vérité. Elle s'efforça de sourire en guise de réponse.

— Super. Je pars demain faire un peu d'escalade en Écosse avec mon ami Max, mais je serai de retour avant le début de ta prochaine garde. Dave m'a dit que Simon serait de retour d'ici là, donc nous ne ferons sans doute que nous croiser. Si tu me donnais ton numéro de téléphone, je pourrais…

— Bien sûr, répondit aussitôt Brianna en sortant son portable. Donne-moi ton numéro et je t'enverrai un texto.

Elle créa un nouveau contact et appuya sur la flèche d'envoi. Maintenant que son nom figurait dans sa liste, Jonno faisait officiellement partie de sa vie, songea-t-elle.

— J'ai besoin d'un peu d'aide pour repeindre mon appartement. Si tu as un peu de temps libre à mon retour, ce serait génial qu'on le fasse ensemble. Je manie assez bien le rouleau, mais je suis vraiment nul pour faire les contours !

Brianna n'y crut pas un instant. Ce n'était qu'un prétexte pour passer du temps avec elle en dehors du travail, comprit-elle. Peut-être avait-il autre chose en tête, mais elle ne voulait surtout pas y penser en ce moment !

C'était exactement l'opportunité qu'elle attendait : un espace privé, loin de l'ambiance professionnelle, pour dire à Jonno ce qu'il avait besoin de savoir.

Pas d'excuses, cette fois ! Elle se rendrait dans l'appartement de Jonno et lui parlerait de son fils. Parce que c'était ce qu'il fallait faire.

5.

Dix heures du matin semblait être l'heure la plus sûre pour se retrouver seule avec Jonno Morgan. Ce n'était ni le moment du déjeuner ni celui du dîner, et elle n'était pas vraiment habillée pour séduire. Elle portait son plus vieux T-shirt et une salopette maculée de peinture déjà utilisée pour ses propres projets de décoration.

Non qu'elle ait prévu de manier le pinceau une fois qu'elle aurait révélé sa paternité à Jonno, mais peut-être cela lui permettrait-il d'évacuer un peu la tension *avant* de lâcher sa bombe.

Ce que Brianna n'avait pas prévu, c'est qu'elle serait assaillie par les souvenirs en arrivant dans l'appartement de Jonno. Pourtant, dès qu'elle s'engagea dans l'allée, elle se rappela sa main dans la sienne, la bouteille de champagne qu'ils avaient partagée, les mains de Jonno encadrant son visage lorsqu'il l'avait embrassée pour la toute première fois.

Elle n'avait pas non plus imaginé que Jonno serait aussi séduisant, avec son T-shirt déchiré révélant un triangle de peau hâlée, et son jean trop grand qui lui tombait sur les hanches. Sa barbe de trois jours et ses cheveux en bataille ajoutaient encore à son charme.

Et ce sourire…

Jonno avait l'air heureux, mais Brianna savait que ce sourire s'effacerait dès qu'il aurait entendu ce qu'elle s'apprêtait à lui dire. Le plus tôt serait le mieux, car elle sentait sa détermination faiblir devant la joie manifeste que lui procurait sa visite. Avait-il pensé qu'elle pourrait ne pas venir, et était-il soulagé de la voir ?

— Salut, dit-elle simplement lorsque Jonno ouvrit la porte.

— Je suis content que tu sois venue.

Il tint la porte grande ouverte, et Brianna sentit la chaleur de son corps en passant près de lui.

Cet instant, aussi fugace soit-il, fit resurgir en elle une foule de souvenirs qu'elle s'empressa de chasser. Elle avait une mission à accomplir et il n'était pas question de dévier de cet objectif.

Elle prit une profonde inspiration et déclara :

— Je suis venue pour te dire une chose importante, Jonno. Une chose que tu dois vraiment savoir.

— Cela tombe bien, moi aussi ! répliqua Jonno d'un ton enjoué. Tu avais raison.

— À quel propos ?

Il lui prit la main et l'entraîna dans le couloir étroit, jusqu'à sa chambre dont il ouvrit en grand la porte.

— L'aubergine aurait été un désastre, reprit-il en désignant un échantillon qu'il avait peint sur le mur, mais que penses-tu de ce vert amande ?

Prise de court, Brianna bredouilla :

— Eh bien… c'est joli. Je pense que c'est le bon choix, cela n'assombrira pas trop la pièce.

Alors qu'elle essayait de rassembler ses pensées et d'amorcer la conversation qu'elle aurait déjà dû avoir avec Jonno il y a des années, elle s'aperçut qu'il la fixait avec insistance. Il ne souriait plus maintenant. En fait, son visage était plus que sérieux, et il avait presque l'air triste, comme si un souvenir doux-amer lui revenait soudain…

Sans préambule, il lança :

— Pourquoi t'es-tu enfuie pendant que je dormais cette nuit-là, Brianna ? Tu n'as même pas laissé un mot. Est-ce que j'ai fait quelque chose qui t'a blessée ?

Brianna écarquilla les yeux, atterrée. Comment pouvait-il penser ça, alors qu'ils avaient passé une nuit magique dans les bras l'un de l'autre ?

— Ce n'était pas du tout ça !

— Que s'est-il passé, alors ? Je me suis posé la question.

— Je… ne me sentais pas bien. J'avais un peu la nausée, et j'ai pensé que je serais mieux chez moi, que je ne voulais pas te déranger…

Le visage de Jonno se figea.

— C'est donc ça ! As-tu eu l'impression que j'avais profité de toi, après une soirée un peu trop arrosée ? J'aurais pu m'arrêter, tu sais. Tu n'avais qu'à le demander. Mais j'ai eu l'impression que tu en avais autant envie que moi.

— Oui, c'est vrai, j'en avais envie…, murmura Brianna, qui se sentit rougir malgré elle sous l'effet du désir qui, comme jadis, flambait de nouveau en elle.

Et tu en as toujours envie aujourd'hui, corrigea une petite voix dans son esprit. *C'est cela qui manque à ta vie et tu auras beau vouloir l'ignorer, cela ne changera rien.*

Elle ne pouvait pas détourner le regard de Jonno, mais son silence la troublait tant qu'elle le brisa en disant la première chose qui lui passait par la tête.

— Tu as de la peinture sur le visage, juste au coin de l'œil.

Jonno leva la main et effleura sa peau.

— Non. L'autre œil…

Sans réfléchir, Brianna tendit le bras et, doucement, essuya la petite éclaboussure près de sa tempe. Jonno attrapa son poignet et, de sa main libre, toucha à son tour le visage de Brianna…

Ce geste était suffisamment surprenant pour que Brianna saisisse le message clair : si elle s'éloignait ne serait-ce que d'un centimètre, il lâcherait sa main et le charme de l'instant serait rompu…

Mais Brianna ne recula pas, et posa sa joue sur la paume

de Jonno, dans un geste d'abandon pareil à celui qu'elle avait fait ici même, sept ans auparavant.

Brianna ferma les yeux, pour mieux se rappeler la sensation de joie pure qu'elle avait éprouvée lorsque Jonno avait posé ses lèvres sur les siennes.

Elle voulait revivre cela. Juste une fois…

Ses souvenirs ne l'avaient pas trahi. La nuit qu'il avait passée avec Brianna n'était pas un rêve. Elle avait vraiment eu lieu, et ils l'avaient tous deux vécue avec la même intensité.

Le lit qui se trouvait dans cette pièce la dernière fois qu'elle était venue avait disparu depuis longtemps. Pour l'instant, le seul meuble était un matelas posé sur le sol et recouvert d'un drap. La pièce sentait la peinture fraîche et, s'ils ne faisaient pas attention, ils risquaient de renverser une boîte de laque vert pâle, mais Jonno s'en moquait complètement.

Tout ce qui l'intéressait, c'étaient les secondes qui allaient suivre. Il s'approcha de Brianna et murmura contre son cou :

— Es-tu sûre que tu veux que je continue ?

Pour toute réponse, elle bascula la tête en arrière afin d'exposer sa gorge, où son cœur battait comme un fou.

— Oui, souffla-t-elle. S'il te plaît, ne t'arrête pas… S'il te plaît…

Éperdu de désir, il lui donna un baiser passionné puis, très vite, ils s'arrachèrent leurs vêtements, emportés dans une tornade à laquelle il était impossible de résister. Comme il glissait un doigt en elle, il l'entendit crier.

Ils basculèrent sur le matelas et, dès qu'il la pénétra, elle enroula les jambes autour des hanches de Jonno pour mieux l'accueillir en elle…

Leur étreinte fut aussi brève qu'intense et, après un

torride corps à corps où le monde sembla se réduire à leurs deux souffles mêlés, ils jouirent dans un même cri.

Ils mirent un certain temps avant de reprendre pied dans la réalité, et de calmer le rythme effréné de leur cœur.

— Ça va ? demanda doucement Jonno, sans ouvrir les yeux, comme pour prolonger la magie de cet instant.

— Oui, répondit Brianna, un sourire dans la voix, ça va très bien.

Jonno la serra plus fort encore contre lui, et déposa un baiser sur ses cheveux.

— Tu as faim ? Tu sais que je fais les meilleurs toasts au fromage du monde ?

Brianna éclata de rire.

— Non, je l'ignorais.

— Mais tu aimes les toasts au fromage, n'est-ce pas ?

— Qui ne les aime pas ?

Mais Brianna se lova contre lui.

— Je n'ai pas envie de me lever tout de suite. Je voudrais te parler.

— De quoi ?

— De tout… et de rien… Juste parler.

Un signal d'alerte résonna dans la tête de Jonno, assez fort pour lui faire ouvrir les yeux. Il ne restait jamais assez longtemps avec une femme pour parler « de tout et de rien ». En tout cas, pas quand il ne s'agissait entre eux que de sexe.

Au risque de la blesser, il dit :

— Tu sais que je dois partir bientôt, n'est-ce pas ?

— Je sais.

— Je ne crois ni aux relations qui durent ni à l'engagement, et je n'ai jamais ressenti le désir de fonder ma propre famille.

Brianna garda le silence, mais Jonno la sentit se crisper dans ses bras. Il savait qu'il avait rompu le charme, mais c'était important. Il ne pouvait pas la laisser penser un seul instant que leur relation pouvait être autre chose que ce qu'elle était, parce que c'était précisément cela qui faisait mal : les espoirs et les illusions entretenus en vain.

Heureusement, Brianna était différente. Et il sentit qu'il pouvait lui en dire un peu plus, se confier à elle.

— J'ai grandi dans une famille qui semblait parfaite, dit-il. En apparence. Un père qui réussissait, une mère magnifique qui consacrait sa vie à des œuvres de charité et aidait les plus démunis. J'ai été admis dans un pensionnat prestigieux où je me suis fait de bons amis. J'étais l'enfant le plus chanceux du monde. Jusqu'à ce que j'aie quinze ans et que tout s'écroule de façon si spectaculaire que je n'ai plus jamais cru aux familles heureuses.

Brianna se redressa et le dévisagea, appuyée sur un coude.

— Que s'est-il passé ?

Jonno ferma de nouveau les yeux, puis laissa échapper un long soupir. Il n'avait jamais parlé de son enfance à aucune de ses conquêtes, mais… il voulait que Brianna comprenne. Pour qu'elle ne soit pas blessée.

— Un accident s'est produit, expliqua-t-il. Un banal accident de voiture. L'un des principaux philanthropes de Bristol était au volant, et ma mère occupait le siège passager. Ils sont morts tous les deux sur le coup, et c'est là que le scandale a éclaté.

Curieuse d'en savoir plus, Brianna l'incita du regard à poursuivre.

— Il s'est avéré que ce type n'était que le dernier d'une série de conquêtes que ma mère avait collectionnées tout au long de son mariage. L'appartement où ils se rendaient ce soir-là était sa garçonnière. La bonne société de Bristol était sous le choc quand l'affaire a éclaté, car mes parents avaient toujours donné l'image d'un couple uni. Mon père était présent à chaque événement caritatif et ma mère, dans l'une de ses superbes robes de bal, jouait à l'épouse parfaite qui soutient son mari dans sa carrière. Il y avait parfois des séances photos à la maison et je prenais la pose avec elle, enfant modèle de parents modèles. Mais tout ça n'était que de la poudre aux yeux. Tout était faux. Quelle mascarade !

Brianna lui serra doucement le bras.

— C'est une triste histoire ! dit-elle. Perdre un parent est déjà très douloureux, surtout à cet âge où l'on se cherche encore, mais découvrir tout cela… Je n'ose pas imaginer ce que tu as ressenti.

— J'étais dégoûté du monde, confia Jonno d'un air sombre, et je me suis juré de ne jamais rentrer dans le moule. Pas pendant très longtemps, en tout cas. J'avais perdu la mère que j'adorais, mais elle n'était pas celle que je croyais. Je me suis senti trompé, humilié, utilisé ! J'avais l'habitude d'aller passer les vacances scolaires chez des amis, alors j'ai à peine parlé à mon père pendant les années qui ont suivi. Il a essayé de me dire qu'il avait épousé ma mère parce qu'elle était enceinte et qu'il ne voulait pas perdre son fils, mais je n'avais pas envie de leur pardonner. À dix-huit ans, j'ai eu accès à ce que ma mère m'avait laissé, c'est-à-dire cet appartement et une belle somme d'argent, et j'en ai profité pour prendre mon envol. J'ai dit à mon père que j'avais fait un test ADN et qu'il n'était pas mon parent biologique, ce qui l'a choqué, mais pas vraiment surpris.

Il sentit les cheveux de Brianna frôler sa peau tandis qu'elle secouait la tête, incrédule.

— On s'attendait à ce que je suive les traces de mon père et que j'étudie la médecine, mais j'ai trouvé un emploi de moniteur de ski dans les Alpes suisses et j'ai rencontré des gens qui m'ont fait découvrir toutes sortes de sports d'aventure. Puis, à la suite d'un accident en montagne assez sérieux, j'ai décidé de suivre une formation d'ambulancier infirmier. Le reste, tu le connais… Mon ami Max et moi avons participé à un sauvetage en montagne il y a quelques jours dans les Cairngorms. Je suis très fier de ce que nous avons fait.

Brianna se rendait-elle compte qu'il changeait délibérément de sujet ? Si c'était le cas, ça n'avait pas l'air de la déranger.

— Ah oui ? Que s'est-il passé ?

— Un groupe d'alpinistes a été pris dans un éboulement et l'un d'entre eux avait une méchante fracture ouverte du fémur. Heureusement, malgré les conditions d'accès très difficiles, nous avons pu lui administrer un puissant anti-douleur avant de lui poser une attelle et de le transporter jusqu'à un endroit où l'hélicoptère pouvait atterrir. C'était un sauvetage assez périlleux, mais nous avons réussi !

— Ça ressemble à une mission délicate, en effet, dit-elle, de l'admiration dans la voix.

— C'était une belle escalade, et Max et moi aimerions la refaire pour le plaisir, quand la météo sera favorable. Quoi qu'il en soit… Max m'a envoyé un message ce matin pour me dire que notre photo faisait la une des quotidiens régionaux.

Brianna sourit.

— J'ai toujours su que tu étais destiné à être célèbre. C'était quand je travaillais au central d'appels, et que j'entendais les superviseurs parler de toi après t'avoir envoyé sur des sauvetages difficiles…

— J'aime l'adrénaline de ce métier, répondit Jonno, mais sinon, dans la vie, je suis plutôt tranquille. Et j'aime…

Jonno posa tendrement ses lèvres sur celles de Brianna.

— Ça…

Pas étonnant qu'il n'ait jamais pu oublier Brianna Henderson ! songea-t-il, comme elle répondait avec fougue à son baiser. Il n'avait jamais rencontré quelqu'un avec qui il était en aussi parfaite harmonie et, si les circonstances avaient été différentes, il aurait pu envisager de construire quelque chose avec elle…

Soudain, une autre pensée lui traversa l'esprit. D'une voix ensommeillée, il demanda :

— Qu'est-ce que c'était, au fait ? Ce que tu voulais me dire ?

— Oh ! mon Dieu ! Quelle heure est-il ? s'écria Brianna en guise de réponse.

Jonno attrapa la montre qu'il avait laissée tomber à côté du matelas.

— 14 h 30. L'heure de grignoter quelque chose. Qu'en dis-tu ?

Mais Brianna était déjà debout, en train d'enfiler ses sous-vêtements.

— Je ne peux pas rester. Je suis désolée, mais j'ai un rendez-vous et…

— C'est ça que tu voulais me dire ?

— Non… pas exactement, mais…, balbutia Brianna en cherchant ses chaussures.

— … tu ne peux pas rester, acheva Jonno. Tu me fuis, Brianna ? Encore ?

Brianna se figea, ses chaussures à la main, et secoua la tête d'un air méfiant.

Coupable, même.

Oui… Son comportement était étrange, et peut-être valait-il mieux en rester là. Il n'avait ni besoin ni envie de s'impliquer dans la vie de quelqu'un dans ces conditions.

— Ce n'est pas grave, affirma-t-il en attrapant ses propres vêtements éparpillés au sol. Moi aussi, j'ai pas mal de choses à faire aujourd'hui.

Il s'approcha d'elle pour déposer un doux baiser sur ses lèvres, une manière de lui faire savoir qu'il ne lui en voulait pas de s'éclipser ainsi.

Puis elle partit.

6.

Jamais elle ne s'était sentie aussi mal.

Brianna arriva juste à temps pour récupérer Felix à la fin de sa journée d'école, à 15 heures.

Elle était rongée par la culpabilité. Elle avait laissé passer l'occasion parfaite d'accomplir ce qu'elle devait faire, à savoir annoncer à Jonno qu'il avait un fils. Mais comment l'aurait-elle pu alors qu'il s'était ouvert à elle en lui racontant les événements traumatisants qui avaient fait de lui la personne qu'il était aujourd'hui ? Brianna avait une tout autre vision de la façon dont Jonno Morgan ressentait et pensait les choses, et elle s'était émue au récit de son adolescence troublée, brisée même. Il s'est senti trahi par une mère qu'il disait adorer, et avait détesté l'homme qu'il croyait être son père jusqu'à ce qu'il découvre qu'il ne lui était pas lié par le sang. D'ailleurs, qu'en était-il de son père biologique, qu'il n'avait pas mentionné ? Avait-il l'impression d'avoir été trahi par cet homme également ? D'évidence, Jonno ne voulait pas reproduire ce schéma familial, et fuyait toute forme d'engagement. Comment, dans ces conditions, aurait-elle pu lui révéler sa paternité ?

Certes, elle aurait pu lui parler dès son arrivée à l'appartement, ce qui avait été son intention. Mais elle avait été rattrapée par ses souvenirs et ramenée à une époque où tout était possible, où elle avait cru son rêve romantique sur le point de se réaliser, où elle avait connu en une nuit plus de bonheur que jamais jusqu'alors…

Mais elle n'avait pas espéré revivre cette extase aujourd'hui même, sept ans plus tard, dans les bras de Jonno.

Pourtant, même si elle se reprochait de ne pas avoir su lui résister, elle ne s'était jamais sentie aussi heureuse auparavant.

Ça ressemblait beaucoup à… de l'amour, non ?

En tout cas, une chose était sûre : elle tenait à Jonathan Morgan et avait envie de le protéger. Le fait qu'ils aient cédé à la force qui les poussait l'un vers l'autre n'était pas forcément une mauvaise chose, si cela pouvait les aider à faire face à la situation, étape par étape, jusqu'à ce que, peut-être, un véritable lien d'affection se noue entre eux.

En tout cas, pour l'heure, Brianna nageait dans la plus totale confusion, et ne voulait surtout pas le montrer à Felix. Alors, autant pour faire plaisir à son fils que pour tenter de mettre de l'ordre dans ses idées, elle l'emmena se promener au parc avec Dennis. Ils rirent de voir le chien se rouler dans l'herbe, puis plonger dans un tas de feuilles mortes et émerger, tout ébouriffé.

Sur le chemin du retour, elle acheta des glaces et, une fois rentrée, elle prépara le dîner pour Elsie qui s'apprêtait à partir pour sa garde de nuit au service de pédiatrie.

Ce n'est que lorsqu'elle eut bordé Felix que Brianna revint aider sa mère, qui la dévisagea avec attention.

— Alors, ça s'est bien passé, ce matin ? Mieux que tu l'avais cru ?

Brianna essuya une assiette plus longuement que nécessaire et se retourna pour aller la ranger dans le placard. Aussi proche fût-elle de sa mère, il y avait des choses qu'elle ne voulait pas discuter avec elle. Ses rapports intimes en faisaient partie…

— Tu lui as dit, n'est-ce pas ? insista Elsie.

— Pas vraiment.

— Oh ! Brianna ! soupira sa mère. Pourquoi pas ?

— Parce qu'il m'a confié qu'il ne croyait pas au mariage

ni aux relations au long cours, et qu'il n'avait jamais voulu fonder de famille. Il a cessé d'y croire après avoir assisté à la destruction de sa propre famille, quand il avait environ quinze ans. Dans ces conditions, comment aurais-je pu lui annoncer une nouvelle aussi… bouleversante ?

Elsie se contenta de secouer la tête en silence.

— J'ai l'impression de le connaître beaucoup mieux qu'avant, maman. C'était la première fois qu'on parlait vraiment, tu sais ? Il m'a fait confiance en évoquant des sujets très personnels. J'ai eu peur de le faire fuir en lui disant ce que j'avais à lui annoncer…

— Qu'est-ce qui s'est passé de si terrible dans sa propre famille ?

Ce fut au tour de Brianna de secouer la tête.

— Je préfère qu'il te le raconte lui-même, le moment venu. Mais tu sais quoi, maman ?

— Quoi ?

— Il y a une photo de lui dans le journal d'aujourd'hui. J'en ai acheté un exemplaire en rentrant du parc. Tu veux voir à quoi il ressemble ?

— Bien sûr.

Un sentiment de fierté s'empara de Brianna lorsqu'elle montra à sa mère la photo de l'ambulancier héroïque qui avait sauvé la jambe d'un homme, voire sa vie, dans les montagnes d'Écosse.

La fierté se mêla au souvenir de ce qu'elle avait ressenti dans ses bras, ce matin. Son cœur qui battait contre le sien, cette union de leurs deux corps, cette communion de leurs âmes…

Si Jonno partageait ses sentiments, ça pourrait tout changer !

Hélas, ces quelques heures avec lui n'avaient pas suffi, et elle avait le sentiment qu'une vie entière ne serait pas assez longue pour vivre cet amour.

Car c'était bien de l'amour qu'elle ressentait pour lui, elle en était certaine désormais…

Elsie Henderson avait un bébé dans les bras et elle ne pouvait pas le poser.

Si elle le faisait, son petit visage se froisserait et il se mettrait à pleurer. Or elle avait déjà passé une trop grande partie de sa garde à essayer de calmer ce petit garçon de six mois qui avait cruellement besoin de sommeil.

Cela faisait un moment qu'elle arpentait le couloir central, et elle était depuis longtemps à court de choses à dire sur les animaux qui décoraient les murs de ce service de pédiatrie. Alors elle se mit à murmurer tout ce qui lui passait par la tête, se libérant elle-même tout en calmant l'enfant.

— Alors, tu sais ce que je pense, Tommy ? Je crois qu'ils ont renoué, et qu'il s'est passé autre chose entre eux que ce qu'elle veut bien m'avouer. Il y a… cette lueur dans ses yeux, et elle a l'air si heureuse, tout à coup. Si je ne la connaissais pas mieux, je dirais qu'elle est amoureuse…

Elsie sourit au bébé et le fit doucement basculer sur son autre bras.

— Je ne dis pas que ce n'est pas bien d'être amoureux. Ou d'être heureux, d'ailleurs. Nous voulons tous être heureux, et c'est tout ce que nous souhaitons pour nos enfants. En tout cas, elle ne lui a pas encore dit l'essentiel, et ça ne me plaît pas du tout. Elle aurait sûrement pu trouver le bon moment aujourd'hui. Je comprends que ce soit difficile, mais il ne faut pas être égoïste, et on doit songer avant tout à Felix.

Elsie laissa échapper un long soupir. Ses bras commençaient à lui faire mal et elle avait besoin de s'asseoir elle-même un moment. L'un de ces confortables fauteuils installés dans la salle du personnel serait parfait. Comme elle passait devant le bureau central, une infirmière leva les yeux.

— C'est Tommy ?

Elsie hocha la tête.

— Il s'est enfin endormi, dit-elle aussi doucement qu'elle le pouvait, mais je ne peux pas le poser sans qu'il se réveille.

— Ne le laisse pas. Je vais garder un œil sur tes autres patients. Il ne reste plus qu'une heure avant que l'équipe de jour n'arrive et il se peut qu'il ait besoin de reprendre son traitement antalgique. Pauvre bébé !

Alors que Tommy laissait échapper de petits gémissements annonçant un réveil prochain, Elsie le berça doucement.

— Allons nous asseoir un peu, d'accord ?

Il y avait deux fauteuils de chaque côté de la table basse, près de la fenêtre, mais l'un d'eux était déjà occupé par quelqu'un qu'elle n'aurait jamais pensé croiser ici, surtout à cette heure de la nuit. Anthony Morgan, le meilleur chirurgien cardio-thoracique pédiatrique de l'hôpital et, probablement, de toute la région.

— Je ne vous dérange pas, j'espère ? dit celui-ci en s'empressant d'aller poser sa tasse sur la table.

— Ne vous inquiétez pas, dit Elsie, qui avait remarqué les rides de fatigue autour de ses yeux. Restez assis. On dirait que vous avez besoin d'un endroit calme, tout autant que Tommy et moi, docteur Morgan.

— S'il vous plaît, appelez-moi Anthony…

Elle apprécia sa simplicité, et lui sourit.

— Je m'appelle Elsie, et je viens juste de commencer dans ce service. Je vous ai déjà vu auparavant, bien sûr, mais jamais à une heure aussi tardive.

Le chirurgien la regarda.

— La nuit a été plutôt longue. J'étais au bloc depuis minuit avec une fillette qui semble ne pas vouloir s'en sortir. Elle a subi une intervention chirurgicale assez importante aujourd'hui et a eu des problèmes d'arythmie qui ont déclenché une insuffisance cardiaque aiguë.

— Oh… Je suis désolée.

Elsie soutint quelques instants encore son regard. Elle connaissait la réputation d'Anthony Morgan, mais sa présence ici était une preuve tangible de l'importance qu'il accordait à ses jeunes patients, et Elsie ne put s'empêcher d'être sérieusement impressionnée.

— C'est la petite Victoria, n'est-ce pas ? Je sais qu'elle doit se faire opérer prochainement et…

Le silence du médecin indiqua à Elsie qu'il n'avait pas l'intention d'enfreindre, ne serait-ce qu'à demi, les règles du secret médical, ce qui acheva de l'impressionner. Cet homme savait garder un secret.

— Désolée, je n'aurais pas dû demander. C'est juste que… j'ai longuement parlé à la mère de Vicky lors de ma dernière garde. J'aide à élever mon petit-fils atteint de spina-bifida, alors nous avons tout de suite sympathisé. Et Vicky est une adorable petite fille. Elle fait les plus beaux câlins du monde, comme mon Felix.

Anthony lui sourit.

— Elle va bien. C'est une battante. Son cardiologue s'est occupé d'elle, et vous pourriez avoir droit à de nouveaux câlins dans quelques jours. Votre petit-fils a le même âge ?

— Non, il a six ans, deux ans de plus. Il a lui-même subi quelques interventions, mais rien d'aussi sérieux qu'une opération à cœur ouvert.

— Je suis heureux qu'il n'en ait pas eu besoin.

Anthony étouffa un bâillement.

— En fait, Vicky n'a plus besoin de moi, mais si je rentrais chez moi, j'aurais à peine le temps de me reposer qu'il faudrait que je revienne ici pour prendre ma nouvelle garde. Avec tous ces embouteillages ! J'ai un emploi du temps bien chargé ce matin, alors je me suis dit que j'allais prendre un café léger et aller dormir une heure ou deux…

Lorsqu'il se pencha vers la table pour y prendre un journal, Elsie remarqua la photo en première page.

Elle avait déjà vu cette image quelques heures auparavant, quand Brianna avait rapporté le journal à la maison.

« Regarde, maman ! avait-elle dit, c'est Jonno. Lui et son ami faisaient de l'escalade en Écosse quand ils ont sauvé un alpiniste blessé. J'ai pensé que tu aimerais voir à quoi il ressemble. »

Elsie ne s'était pas contentée d'admirer cet homme séduisant, qui posait avec son patient avant que celui-ci ne soit hissé à bord d'un hélicoptère de sauvetage. Elle avait découpé la photo pour la donner plus tard à Felix – qui sait ?

Anthony ne semblait pas avoir remarqué qu'Elsie l'observait alors qu'elle s'adossait à l'autre fauteuil, en prenant soin de ne pas réveiller Tommy.

— Vous connaissez cet homme ? demanda-t-elle soudain.

— Oui, répondit-il d'un ton résigné, proche du désespoir. Jonathan est mon fils.

Elsie se figea. Brianna lui avait pourtant affirmé que Jonno n'était pas apparenté à ce chirurgien, simple homonyme.

Comme elle se demandait pourquoi il lui avait caché la vérité, elle se rappela le récit que Brianna lui avait fait de l'enfance et de l'adolescence de Jonno.

Anthony ferma les yeux et se massa les tempes.

— Désolé, murmura-t-il. La nuit a peut-être été plus longue que je ne le pensais. Je suis sûr que vous n'avez pas envie d'entendre parler de ma vie privée. La famille… ça peut parfois être très compliqué, n'est-ce pas ?

Elsie ne répondit rien, mais ne lâcha pas son regard. S'il savait à quel point c'était vrai ! Car, si Anthony Morgan était manifestement bien conscient des difficultés dans sa relation avec son fils, il ne pouvait pas savoir que celui-ci avait lui-même un fils dont il ignorait l'existence.

Felix, qui n'était autre que le petit-fils d'Elsie… et celui de l'homme assis en face d'elle !

Comme s'il percevait sa tension soudaine, Tommy se réveilla en sursaut et décida de faire savoir au monde son insatisfaction.

Elsie s'éloigna alors que les pleurs du bébé s'amplifiaient. Elle devait ramener Tommy dans sa chambre pour changer sa couche et voir s'il devait être nourri ou si sa prise de médicaments devait être avancée. Mais, en s'occupant de ce nourrisson, elle ne pouvait s'empêcher de s'inquiéter pour Brianna.

Comment allait-elle dire à sa fille que Jonno lui avait menti ? Qu'il n'était peut-être pas digne de confiance ? Que, maintenant qu'Elsie avait vu Anthony Morgan, elle estimait qu'il avait le droit de savoir, lui aussi ?

Les familles étaient décidément très compliquées ! En tout cas, une chose était simple : même si Elsie adorait sa fille, Felix était la personne qui comptait le plus en ce moment. Et la décision qu'elle prendrait pourrait affecter l'avenir de son petit-fils.

7.

Brianna avait beau avoir trente-deux ans et être une mère célibataire très compétente, elle savait qu'elle avait peut-être commis une erreur en négligeant les sages conseils de sa mère.

Elsie l'avait prévenue que plus elle attendrait, plus il serait difficile de dire à Jonno la vérité concernant Felix. Et leurs retrouvailles intimes à l'appartement de Jonno n'avaient fait qu'empirer les choses.

Quand il lui souriait comme ça, au détour d'un couloir, il était impossible de penser à autre chose qu'à la sensation qu'elle éprouvait lorsque les mains de Jonno se posaient sur son corps. Elle avait parfois l'impression d'être nue sous son regard ardent et craignait que ses collègues s'aperçoivent qu'il y avait autre chose entre eux qu'une simple camaraderie professionnelle.

Heureusement qu'ils ne travaillaient pas ensemble en ce moment !

Simon, son coéquipier, était de retour mais, suite à son récent traumatisme crânien, on le protégeait autant que possible de toute situation stressante, et les missions qu'on leur confiait n'étaient pas les plus palpitantes. Brianna ne s'en plaignait pas, car toute expérience professionnelle était bonne à prendre, et Simon était heureux de lui confier les rênes.

Elle avait examiné un garçon de douze ans qui était tombé de son vélo sur le chemin de l'école et qui avait une fracture de Colles au poignet. Simon avait été satisfait de la façon dont elle avait posé l'attelle.

Ensuite, elle avait réussi à calmer un patient épileptique qui avait fait une crise dans une salle de jeux vidéo mais qui avait refusé d'être transporté à l'hôpital lorsque Simon et Brianna étaient arrivés sur les lieux. L'homme avait reconnu ne pas avoir pris ses médicaments récemment, alors qu'il savait que les lumières clignotantes des jeux d'arcade pouvaient déclencher des crises. Il s'était excusé de leur avoir fait perdre leur temps et avait promis de se montrer plus responsable à l'avenir.

Ensuite, elle s'occupa d'une femme en faux travail qui voulait à tout prix qu'on l'emmène à l'hôpital, puis d'un homme très âgé qu'ils trouvèrent assis dans un fauteuil, un sac posé à côté de lui contenant un pyjama soigneusement plié et une brosse à dents. Ce patient, comme elle, avait mémorisé tous les symptômes classiques d'une crise cardiaque.

— J'ai une terrible douleur centrale à la poitrine, avait-il dit à Brianna, et ça irradie dans mon bras gauche et ma mâchoire. Je me sens étourdi… et j'ai vraiment le souffle court.

Il avait pris quelques respirations rapides.

— Des vomissements ?

— Pas encore. Mais je sens que cela pourrait venir. D'une minute à l'autre.

— Sur une échelle de zéro à dix, à combien évaluez-vous la douleur ?

Clive avait fermé les yeux et serré le poing sur sa poitrine.

— Neuf… Je suis plutôt coriace, vous savez ?

Brianna lui avait souri.

— J'imagine. Mais c'est un peu effrayant quand on se sent mal et qu'il n'y a personne autour. Vous vivez seul ?

Quand Clive avait hoché la tête, elle avait vu une larme briller dans ses yeux bleu délavé. C'était un vieil homme solitaire et, comme il n'y avait pas de besoin urgent ailleurs, pourquoi ne pas passer un peu de temps pour lui accorder un peu d'attention et de réconfort ? De toute façon, tout symptôme comme ceux que présentait Clive devait être pris au sérieux, même si le patient ne semblait pas souffrir de douleurs sévères.

— Tu es déjà bien plus sûre dans tes évaluations, lui dit Simon alors qu'ils retournaient au central d'appels. Et tu as réussi à poser cette perfusion dès la première tentative.

— Mes mains tremblaient un peu, admit Brianna. Je n'ai jamais eu à faire face à un cas d'hypoglycémie aussi grave. J'ai cru que cette patiente était morte quand nous sommes arrivés. Et ses veines étaient très difficiles à trouver.

— Donner du dextrose à 10 % en IV, c'est un peu de la magie, non ? ajouta Simon en souriant. Je sais que ce n'est pas aussi excitant que de travailler avec les urgentistes, mais tout de même, on a vraiment l'impression de ressusciter des patients.

En voyant Simon se frotter les tempes, elle demanda :

— Tu as encore mal à la tête, n'est-ce pas ?

— Oui… Je suis content de rentrer chez moi, répondit-il en ralentissant. C'est quoi, ce trafic ?

— Je ne sais pas. Attends… Je vois des balises derrière nous.

Brianna rangea l'ambulance sur le bord de la route alors qu'une voiture de police se frayait un chemin dans la circulation. Quelques instants plus tard, des gyrophares apparaissaient dans le rétroviseur et, au même moment, la radio grésilla.

— Unité 403, vous m'entendez ?

Brianna appuya sur le bouton.

— Oui. Très bien.

— Vous êtes dans Queen's Road, n'est-ce pas ?

— Oui.

— Veuillez vous rendre à l'intersection de Queen's Road et Charlotte Street. Une voiture a traversé la vitrine d'un café. Des détails arrivent. Vous arrivez en renfort de l'équipe d'urgence.

Le véhicule aux feux bleus clignotants et à la sirène hurlante les dépassa alors que Brianna activait le gyrophare de l'ambulance et se rangeait pour la suivre. Elle savait qui conduisait le véhicule d'intervention rapide, et sentit son rythme cardiaque s'accélérer.

La scène de l'accident était impressionnante.

L'arrière de la voiture dépassait sur le trottoir, au milieu d'un chaos de tables et de chaises renversées, et de verre brisé. Les policiers tentaient de rétablir la circulation et de faire circuler les badauds, ce qui n'était pas une tâche facile car le carrefour tout proche était très fréquenté.

Arrivé le premier sur les lieux, Jonno avait laissé les balises de son véhicule clignoter afin que les collègues puissent le repérer facilement. Il vit un camion de pompiers s'approcher et une ambulance qui venait de la même direction que lui. Un officier de police occupé à examiner l'arrière de la voiture accidentée lui fit signe.

— Quelqu'un était-il assis en terrasse ? demanda Jonno.

— Non, heureusement, répondit l'officier de police. Et seules deux personnes sont légèrement blessées à l'intérieur. Elles ont eu le temps de s'écarter, apparemment. Le conducteur de la voiture est âgé. On dirait qu'il avait l'intention de se garer mais qu'il a confondu l'accélérateur avec le frein. À moins qu'il n'ait un problème médical. Il refuse de sortir de sa voiture, mais un médecin est en train de lui parler.

— D'accord… Je vais jeter un coup d'œil, même si j'ai l'impression qu'on n'a pas vraiment besoin de moi ici.

Jonno nota que l'ambulance avait trouvé une place pour se garer et que leur équipe serait en mesure de gérer ce qui se passait à l'intérieur du café. Cependant, quand il vit Brianna sortir de l'ambulance, il ne se sentit plus du tout pressé de partir. Son regard croisa le sien, et il comprit qu'elle n'était pas non plus indifférente à sa présence.

La fin de sa garde approchait. Il était temps pour lui de rentrer chez lui, mais peut-être Brianna avait-elle besoin de son aide ? Son équipier avait lui-même l'air un peu pâle. Avait-il repris le travail trop tôt après cette méchante commotion cérébrale ? Jonno n'avait pas l'intention de laisser Brianna se débrouiller seule, comme elle l'avait fait lorsqu'il l'avait trouvée en train de s'occuper de cette femme que son mari avait tenté d'étrangler.

Alors, il la rejoignit et entra dans le café avec elle. En passant devant la voiture accidentée, il aperçut le médecin penché à la fenêtre du conducteur, une main sur le poignet de l'homme âgé qui tenait toujours son volant, les yeux fixés droit devant lui.

Il y avait plusieurs autres personnes à l'intérieur du café, peut-être parce que le véhicule et tout le personnel d'urgence bloquaient la sortie. Un homme en tablier de cuisinier avait enroulé un torchon autour du bras d'un blessé. Deux femmes d'âge moyen encore assises devant des assiettes de gâteaux contemplaient la scène, sidérées, tandis qu'une autre était recroquevillée dans le coin le plus proche de la porte. Elle avait l'air hagard, mais ce que Jonno remarqua tout de suite, c'est qu'elle tenait les poignées d'un fauteuil roulant où était assis un petit garçon. Celui-ci, en les voyant entrer, s'écria d'un air stupéfait :

— Maman ! Regarde, Nana… c'est maman !

Quand Jonno se retourna, Brianna était pâle comme un linge. Comme un automate, elle se dirigea vers l'enfant.

— Maman… Que fais-tu ici ? Tu es blessée ? Felix ! Tu vas bien, mon chéri ?

Le petit garçon se mit debout et Jonno vit les attelles sur ses jambes. Puis l'enfant enroula les bras autour du cou de Brianna qui le serra contre elle en lui disant des paroles rassurantes. Brianna avait bien un enfant, contrairement à ce qu'elle avait tenté de lui faire croire. Lui avait-elle aussi menti sur son célibat ?

Distrait bien plus qu'il n'aurait dû l'être dans ce genre de situation, Jonno essaya de se recentrer, et détourna le regard vers le médecin qui était en train d'évaluer le conducteur.

Le choc qu'il venait d'éprouver en voyant Brianna avec son enfant n'était rien à côté de celui qui le frappa lorsqu'il se retrouva face à un homme qu'il n'avait pas vu depuis très longtemps, et qu'il avait cru ne jamais revoir.

Son père. Sa seule famille…

L'espace d'un battement de cœur, ils se fixèrent sans rien dire. Puis les yeux d'Anthony Morgan glissèrent sur lui pour se poser sur Brianna, sur la mère et l'enfant de celle-ci, et Jonno sut instantanément qu'il ne s'agissait pas d'une simple coïncidence.

Il y avait un lien entre son père et Brianna.

Tout à coup, le monde se dérobait sous ses pieds, comme jadis, lorsqu'il avait appris la mort de sa mère, et découvert la trahison de ses parents.

Sidéré, il s'adressa à son père.

— Mais enfin, qu'est-ce qui se passe ici ?

Comme en écho, Brianna demanda :

— Qu'est-ce qui se passe, maman ? Qui est cet homme ? Quelqu'un a dit qu'il était médecin, mais je ne le connais pas.

Elsie secoua la tête.

— En effet, il *est* médecin. Il s'appelle Anthony Morgan.

Morgan ? Comme Jonno ? S'agissait-il de… son père ?

Brianna essayait de donner un sens à tout cela quand une petite voix lui rappela qu'elle était au travail et devait trouver toutes les personnes qui pourraient avoir besoin de soins. Comme cet homme avec un torchon enroulé autour du bras…

— C'est aussi le père de Jonno, confirma Elsie en évitant le regard de sa fille, et assez bas pour ne pas attirer l'attention de Felix qui observait avec fascination le ballet des policiers et des pompiers. Il… voulait rencontrer son petit-fils.

Soudain, Brianna comprit. Et explosa.

— Maman ! Comment as-tu pu…

Il n'y avait qu'un seul moyen pour qu'Anthony Morgan ait pu apprendre l'existence d'un lien entre lui et le petit Felix.

Brianna se sentait trahie, mais ce n'était ni le moment ni l'endroit pour affronter sa mère.

— Ramène Felix à la maison ! dit-elle d'un ton glacial. Nous parlerons plus tard. Mais… fais ce que je te demande, s'il te plaît !

Brianna réussit à sourire à Felix.

— On se voit bientôt, promit-elle. Mais j'ai du travail, pour l'instant…

Elle l'embrassa, puis se dirigea vers le blessé.

— Je peux voir votre bras ? demanda-t-elle. Comment vous êtes-vous blessé ?

— Un morceau de verre. Je l'ai retiré mais ça n'arrêtait pas de saigner.

Alors que Brianna commençait à défaire le tissu taché de sang, elle vit Anthony Morgan passer devant elle, tandis que Jonno et Simon prenaient en charge le conducteur de la voiture accidentée. Anthony avait les yeux rivés sur Elsie.

Brianna entendit sa mère souffler au médecin :

— Je suis vraiment désolée. Nous n'aurions pas dû venir ici.

— Je suis content que nous l'ayons fait, au contraire.

Anthony Morgan avait l'air étonnamment calme, pensa Brianna. Il y avait aussi dans sa voix une chaleur qui démentait ce que Jonno lui avait raconté sur son compte.

— Mais je pense qu'il est temps que nous partions, ajouta-t-il. Laissez-moi vous aider à ramener Felix à la voiture.

Sous le torchon, la coupure était propre et ne saignait plus que légèrement. Brianna prit un pansement stérile dans sa trousse et fit un bandage pour le maintenir en place.

— Vous allez avoir besoin de quelques points de suture, dit-elle. Quelqu'un peut-il vous emmener chez votre médecin ou aux urgences ?

Le blessé désigna la terrasse de la tête.

— Ma petite amie est là-bas. Nous sommes juste venus prendre un café à emporter. Qui aurait cru que quelque chose comme ça arriverait ?

— Vous avez eu de la chance de ne pas vous trouver plus près de la fenêtre.

Pompiers et policiers discutaient de la manière d'évacuer la voiture et de sécuriser le périmètre. À l'aide d'un officier, Jonno sortit l'homme âgé du véhicule. Simon le prit par le bras. Il avait l'air hébété.

— Faites attention à vos pieds, monsieur Baxter, dit-il. Il y a du verre brisé partout, et il ne faut pas trébucher. Nous allons vous conduire à l'hôpital en ambulance pour un examen complet.

Il tourna la tête, cherchant Brianna du regard.

— Tu es prête à partir ? s'enquit-il. Quelqu'un d'autre a besoin de nous ici ?

— Oui, je vais juste rassembler mon matériel…

Comme elle se redressait, sa trousse à la main, elle se retrouva nez à nez avec Jonno. Son visage était pâle, ce qui faisait paraître plus sombres encore ses beaux yeux.

Il était furieux.

— Tu étais au courant de ça ? demanda-t-il d'un ton dangereusement calme. Que faisaient mon père et ta mère ensemble ?

— Non, je n'en avais aucune idée.

— Mais tu sais pourquoi ils étaient là, n'est-ce pas ?

Brianna fut bien obligée d'acquiescer. Elle ne s'était jamais sentie aussi impuissante de sa vie. Elle savait qu'il ne lui restait que quelques secondes avant de devoir sortir de ce café. Le temps était compté, et ces quelques instants étaient sa dernière chance de dire la vérité.

— Ma mère a manifestement pensé que ton père avait le droit de rencontrer mon fils…

Brianna parvint à soutenir le regard de Jonno. Il savait ce qu'elle allait dire, mais il n'avait pas l'intention de lui faciliter la tâche. Et pourquoi l'aurait-il fait ?

Sa voix n'était plus qu'un murmure quand elle termina sa phrase.

— … parce que tu es le père de Felix. Mon fils.

Elle ne pouvait pas rompre le contact visuel tout de suite. Elle savait que Jonno avait quelque chose à dire et, aussi douloureux que cela puisse être, elle lui devait de le laisser s'exprimer.

Ce qu'il dit se révéla plus douloureux encore que ce qu'elle avait imaginé.

— Je ne pensais pas que tu étais comme eux, lança-t-il, glacial. Mais tu me mens depuis que je t'ai retrouvée.

8.

— Véhicule 212, vous me recevez ?

— Je vous reçois cinq sur cinq.

— Priorité absolue ! Arrêt cardiaque sans témoin de durée inconnue. Maison privée. Pas de réanimation en cours. La police a été informée. L'adresse devrait s'afficher sur votre écran maintenant.

Jonno alluma ses balises et activa la sirène, bien que, compte tenu des informations qu'il venait de recevoir, il était peu probable que se précipiter sur les lieux soit d'une quelconque utilité pour la victime. Son rôle serait plutôt, hélas, de prononcer le décès d'une personne afin que la police puisse prendre le relais.

Même après tant d'années, il se rendait compte qu'il avait besoin du choc d'adrénaline que provoquait toujours la prise en charge d'une urgence vitale. Devoir conduire vite et penser plus rapidement encore afin d'anticiper et d'éviter les dangers agissait comme une drogue. Une drogue dont Jonno, en cet instant précis, était heureux d'être dépendant, car elle lui épargnait de penser à autre chose. De penser tout court.

Il atteignit l'adresse en moins de trois minutes, bien avant la police, mais il savait que la mort soudaine n'était pas une priorité pour lui, à moins qu'elle ne soit pas naturelle, auquel cas il fallait procéder à un examen plus détaillé.

Jonno comprit qu'il était trop tard au moment où il franchit la porte d'entrée de la maison qu'on avait laissée grande ouverte. Non seulement à cause des sanglots qu'il percevait, mais aussi de l'étrange sensation de vide qui régnait dans cette maison et qu'il perçut instinctivement.

Un homme était assis à la table de la cuisine, un téléphone posé à côté de lui, le visage dans les mains. Le corps secoué de sanglots, il désigna à Jonno une autre porte.

— Elle est là, gémit-il. Elle a dit qu'elle se sentait fatiguée et elle est allée s'allonger. Je pensais qu'elle était juste endormie…

— Je reviens tout de suite.

Jonno posa sa trousse et son défibrillateur en entrant dans la chambre. Les yeux de la défunte étaient ouverts, sa mâchoire tombante et son visage exsangue. Il savait qu'il trouverait sa peau froide au toucher et ses pupilles dilatées lorsqu'il braquerait sa lampe torche dans ses yeux. Cependant, il devait encore l'ausculter pour être absolument sûr, et il posa son stéthoscope sur la poitrine immobile.

Son protocole prévoyait la réalisation d'un ECG pour démontrer l'absence d'activité cardiaque, mais il y avait quelque chose de plus important à régler avant cela. Jonno retourna dans la cuisine et se pencha vers l'homme éploré.

— Je suis vraiment désolé, dit-il doucement. Voulez-vous que je prévienne quelqu'un ?

— Mon fils est en route, dit l'homme en sortant son mouchoir. Il n'habite pas très loin.

— Je m'appelle Jonno. Je vais rester avec vous jusqu'à l'arrivée de votre fils, mais j'ai quelques petites choses à faire pour…

Il s'interrompit un instant, puis reprit :

— Je suis vraiment désolé, on ne m'a pas dit le nom de votre femme.

— Margaret. Mais tout le monde l'appelle Peggy. Nous sommes mariés depuis plus de cinquante ans…

Jonno sourit malgré lui.

— Et vous, comment vous appelez-vous ?

— Trevor.

— Peggy ne se sentait pas bien aujourd'hui ?

— Je pensais que ça allait. Elle était juste un peu fatiguée…

— Suivait-elle un traitement médical ?

— Oh ! oui… Elle est cardiaque depuis très longtemps, et elle a aussi des problèmes d'hypertension. Nous avons fêté son anniversaire la semaine dernière. Elle n'a que soixante-treize ans…, gémit Trevor avant de fondre de nouveau en larmes.

Jonno se redressa et posa la main sur l'épaule de Trevor.

— Je vais vous préparer une tasse de thé, si vous le permettez, proposa-t-il. Je dois remplir quelques documents mais, après cela, voudriez-vous venir vous asseoir auprès de votre femme ?

Jonno ferma doucement les yeux de Peggy avant de prendre les électrodes pour enregistrer son ECG. Il se surprit à murmurer des excuses alors qu'il retirait la couette et soulevait les vêtements de Peggy, la traitant avec autant de précautions et de respect que si elle avait été encore en vie.

Une fois toutes les électrodes en place, il alluma le défibrillateur et regarda la ligne plate, sur l'écran. Il appuya sur un bouton et, sur le papier, le tracé apparut, révélant l'absence de toute activité cardiaque. Il attendit quelques secondes, puis pressa une nouvelle fois.

Le papier à la main, il fixa cette ligne plate pendant un long moment, avec l'impression qu'elle reflétait sa propre humeur.

Quelque chose était-il à jamais mort en lui ?

Mais c'était il y a déjà très longtemps, n'est-ce pas ? Comment se faisait-il qu'au moment où il avait reconnu son père, il avait pris conscience de ce vide immense dans son cœur ? Un vide avec lequel il vivait depuis plus de la moitié de sa vie, et qui aurait dû être comblé par la satisfaction de la carrière qu'il avait choisie et les loisirs qui occupaient son temps libre.

Il ne pouvait pas aimer son père suffisamment pour que cela le blesse de nouveau, n'est-ce pas ? Ou bien sa colère avait-elle diminué au fil des ans, ouvrant une brèche par laquelle s'était insinué un espoir nouveau ?

Bouleversé, Jonno prit une minute pour préparer la chambre afin que Trevor puisse se recueillir auprès de sa femme. Il remonta la couette sur le corps de Peggy, ferma les rideaux et alluma une lampe de chevet, avant de placer une chaise à côté du lit et de poser une des mains de la défunte sur la couette.

C'est alors qu'il remarqua la beauté de ses ongles, parfaits ovales manucurés recouverts d'un vernis rouge brillant. Elle avait une grosse bague en diamant au doigt, et sa main, bien que plus ridée, ressemblait à celle de la mère de Jonno la dernière fois qu'il l'avait vue.

Il fallait qu'il sorte de cette chambre, et vite ! songea Jonno, en proie à une indicible émotion. Heureusement, c'est le moment que choisit un officier de police pour passer la tête dans l'entrebâillement de la porte.

— Vous avez besoin d'aide ?

Jonno secoua la tête, puis répondit :

— Merci, j'ai presque fini. Je partirai dès que j'aurai terminé de remplir les papiers.

Il faudrait qu'il trouve une autre urgence à gérer, qu'il plonge à corps perdu dans le travail afin de ne plus songer à sa propre vie. À la trahison, et à sa propre histoire qui se répétait.

Jonno signa le constat de décès, agrafa le tracé de l'ECG au dos et laissa une copie aux policiers présents. Le fils et la belle-fille de Trevor étaient arrivés, et il était temps de laisser la famille se recueillir auprès de l'être cher avant que les prochaines étapes de la procédure ne se déroulent.

Il rangea le défibrillateur dans son véhicule avant de

s'installer au volant. Il fallait qu'il informe le central d'appels qu'il était disponible mais, au lieu de cela, il ferma les yeux et prit une longue inspiration.

Il s'était attendu à autre chose parce qu'il faisait confiance à Brianna.

Il avait oublié de protéger son cœur et le regrettait amèrement.

Une fois de plus, il se sentait trahi, parce qu'il s'était cru plus proche d'elle qu'il ne l'avait été d'aucune autre femme. Il n'avait jamais éprouvé pour quiconque ce qu'il ressentait pour Brianna.

Il avait été amoureux d'elle, presque sans le savoir, et elle lui avait menti depuis le début ! Mais, cette fois, il ne pouvait pas fuir la vérité, car il avait charge d'âme.

Oui, il avait un enfant. Un fils ! Un petit garçon nommé Felix. Et, comme si cela ne suffisait pas à bouleverser son univers, ce petit garçon était atteint d'une maladie qui le rendait très vulnérable.

Elle ne lui avait jamais parlé de lui.

C'était impardonnable. Mais Jonno ne s'avouait pas vaincu. Il ne disparaîtrait pas, car, s'il le faisait, il ne pourrait pas se le pardonner.

Avec un soupir, Jonno prit son téléphone et afficha un contact qu'il avait maintes fois voulu effacer, et écrivit un SMS.

Il faut que nous parlions. Et je veux rencontrer mon fils dans de bonnes conditions.

Ils se retrouvèrent à Sugar Loaf Beach, dans l'estuaire de la Severn.

C'est Brianna qui avait suggéré cet endroit pour pouvoir emmener Dennis, car elle avait le sentiment qu'elle aurait besoin du réconfort que lui apportait son chien. Aller à la plage était ce qu'il préférait au monde, ce qui signifiait qu'au moins l'un d'entre eux serait heureux.

Jonno, lui, ne l'était pas du tout, à en juger par le coup d'œil qu'il lança à Brianna quand elle s'approcha de lui.

Il la détestait, c'était évident. Et elle ne pouvait pas lui en vouloir.

Après un bref regard, il se pencha pour caresser le pelage bouclé de l'animal.

— Alors c'est lui, Dennis ?

Son ton était poli, presque froid.

Brianna hocha la tête, puis s'éclaircit la gorge.

— Oui… J'espère que ça ne te dérange pas que je l'aie amené. Il n'a pas souvent l'occasion d'aller à la plage.

Jonno fit un signe de dénégation.

— Je ne suis pas revenu ici depuis mon enfance.

— Ah bon ? Mais tu as grandi à Bristol, comme moi, non ? Ce sont nos plages les plus proches.

— J'ai vécu à Leigh Woods, qui était un endroit idéal pour un enfant, avec ses forêts et ses pistes de VTT. Pour moi, la plage, c'était en Espagne ou aux Maldives avec ma mère. Mon père ne pouvait jamais s'absenter de son travail, mais, curieusement, ma mère emmenait toujours un de ses amis qui était en vacances au même moment que nous – seul. Un homme séduisant, bien sûr…

Brianna ne répondit pas. Était-il en train de lui rappeler délibérément les souffrances de son enfance, les mensonges avec lesquels il avait grandi ? La considérait-elle comme une menteuse ?

Elle ne l'était pas, pourtant, même si elle n'avait jamais été complètement honnête avec Jonno, par crainte de faire souffrir les personnes qu'elle aimait le plus au monde. Ou peut-être était-elle trop égoïste ?

Jonno ne la regardait pas. Il semblait fixer la côte du pays de Galles, bordée par les eaux calmes de l'estuaire de la Severn.

— Marchons, d'accord ? suggéra-t-il.

Son ton était sec. Il n'avait pas vraiment envie d'être ici, de voir sa vie chamboulée, ce qu'elle comprenait parfaitement. Mais le mal était fait, désormais, et il fallait avancer.

Brianna détacha la laisse de Dennis qui se mit à courir devant eux pour atteindre la plage de galets, vide à cette heure-ci, et où le silence semblait encore plus lourd. Brianna lança un bâton et Dennis alla le chercher dans l'eau en aboyant joyeusement. Puis il trouva une mouette à pourchasser et courut en rond pendant qu'elle planait au-dessus de lui.

Brianna rassembla tout son courage et dit simplement :

— Je suis désolée, Jonno.

— De quoi ? répliqua celui-ci. D'avoir été enceinte ou d'avoir menti pendant si longtemps ?

La réponse de Brianna ne se fit pas attendre.

— Je ne regrette pas ma grossesse. Felix est la meilleure chose qui me soit arrivée dans la vie.

À part toi, ajouta-t-elle pour elle-même.

— Alors… tu m'as menti en disant que tu prenais la pilule, à l'époque ? Tu voulais un enfant ?

Elle prit cette accusation comme une insulte.

— Non ! Je n'aurais jamais fait une chose pareille. Je suis partie pendant la nuit parce que je ne me sentais pas bien. J'ai souffert de vomissements pendant les deux jours qui ont suivi, sans doute à cause d'un virus, ce qui a dû perturber l'assimilation de ma pilule.

Brianna sentit sa colère s'atténuer. Elle ne pouvait pas en vouloir à Jonno d'avoir imaginé ce scénario.

— Je suis désolée que tu aies appris l'existence de Felix de cette façon, ajouta-t-elle. Je n'ai pas vraiment menti, mais j'aurais dû te le dire plus tôt…

Jonno lâcha un rire amer.

— Ah oui, tu crois ? Sept ans, ce n'est pas long, pourtant !

Sans perdre son sang-froid, Brianna se défendit.

— J'ai essayé de te contacter par tous les moyens mais tu étais déjà parti depuis des semaines. Ton téléphone était déconnecté. Tu ne répondais pas à mes messages sur les réseaux sociaux. Personne ne savait où tu étais.

— Alors tu as abandonné ?

— C'est à cette période que j'ai appris que le bébé que je portais avait le spina-bifida, reprit Brianna, la voix brisée. Mes priorités ont changé à ce moment-là.

Secoué, il garda le silence un instant.

— Je ne m'attendais pas à te revoir, avoua-t-elle alors, mais j'ai essayé de te le dire, le jour où je suis venue à ton appartement.

Elle entendait encore les paroles qu'elle avait prononcées, ce jour-là…

Ils savaient tous les deux pourquoi elle n'avait pas tout raconté.

— Tu aurais pu me le dire bien avant. Quand je t'ai demandé si tu avais des enfants, par exemple !

— Oui, sans doute, mais ce jour-là, tu m'as fait comprendre que tu chérissais par-dessus tout ta liberté, et que tu détesterais avoir une femme ou des enfants qui pourraient t'empêcher de vivre dangereusement. Que crois-tu que j'aie éprouvé, à ce moment-là ?

La voix de Brianna se brisa.

— Comment aurais-je pu dire à mon fils que son père était de retour mais qu'il avait mieux à faire de son temps que de s'occuper de lui ? Qu'il n'avait même pas l'intention de rester longtemps dans la région, de toute façon, et que bientôt il partirait pour toujours, sans doute à l'autre bout du monde…

— J'ai dit toutes ces choses parce que je ne *savais pas* ! protesta Jonno. Tu penses vraiment que je fuirais mes responsabilités ? Que je ne me soucierais pas de mon enfant ?

Brianna cligna des yeux pour retenir ses larmes. Bien

sûr que non ! Elle savait au fond d'elle-même que Jonno était un homme d'honneur.

— Je n'ai pas pu mettre ton nom sur l'acte de naissance officiel, dit-elle, mais j'espérais qu'un jour, peut-être, Felix voudrait le connaître et te retrouver.

Oh ! mon Dieu !

Jonno commençait à comprendre qu'il était plus facile d'entretenir sa colère que de laisser s'exprimer ses émotions.

Et si c'était lui qui avait eu tort, en rompant délibérément les amarres pour partir à l'aventure ? Sans qu'il en ait été informé, Brianna avait vécu une grossesse difficile, dans l'angoisse des difficultés que connaîtrait son bébé, qu'elle avait mis au monde seule.

Il la vit lancer un bâton à son chien pour dissimuler ses larmes. Il avait envie de la prendre dans ses bras et de la réconforter mais hélas, ce n'était tout simplement pas possible. Il ne pouvait rien faire pour changer le passé, et tout ce qu'elle avait traversé jusqu'à présent !

Juste devant eux, il vit un gros tronc de bois flotté, couché sur la plage.

— Viens t'asseoir un peu, proposa-t-il.

Elle tourna la tête, et Jonno sentit son cœur se serrer en découvrant son regard triste, son expression douloureuse.

— Allez, raconte-moi tout. Depuis le début…

9.

Comment était-il possible de se sentir à la fois aussi proche et aussi éloigné de quelqu'un ?

Sept ans, c'était beaucoup de temps à rattraper, mais c'était un tel soulagement pour Brianna de pouvoir être complètement honnête avec Jonno que les mots sortaient tout seuls. Elle commença par le début, en omettant toutefois de dire que cette seule nuit avec Jonno était son meilleur souvenir. Parce qu'il ne s'agissait plus d'eux, désormais…

Les sentiments qu'elle éprouvait pour Jonno n'avaient plus d'importance, puisqu'ils n'étaient pas partagés. Il lui avait clairement exprimé son mépris en la comparant à ses propres parents, qu'il jugeait hypocrites et menteurs…

Elle parla de Felix et avoua à Jonno à quel point elle avait été surprise de se retrouver enceinte, et bouleversée en apprenant la pathologie de son bébé.

— J'étais à environ vingt semaines de grossesse lorsque j'ai reçu les résultats du test d'alpha-fœtoprotéine du deuxième trimestre, qui étaient élevés. C'est alors que le cauchemar a commencé : j'ai vu tous les spécialistes, j'ai passé une IRM et des échographies très détaillées. Et, après avoir identifié le spina-bifida, on m'a donné la possibilité d'interrompre la grossesse…

Brianna ne put empêcher des larmes de couler sur son visage.

— Cela m'a donné envie de le protéger encore plus… C'est alors qu'ils ont évoqué la possibilité d'une opération *in utero* visant à remettre la moelle épinière dans le canal rachidien pour la protéger de l'exposition au liquide amniotique. Cela ne se faisait pas au Royaume-Uni à l'époque et il fallait aller aux États-Unis, en Suisse ou en Belgique, mais cela coûtait très cher et les risques de naissance prématurée étaient très élevés. On m'a annoncé qu'après cette grossesse, je ne pourrais accoucher que par césarienne, à cause de la cicatrice utérine.

Brianna laissa échapper un souffle, presque un rire.

— Comme si j'avais l'intention d'avoir un autre enfant ! Mais quand on m'a dit que la chirurgie fœtale pouvait prévenir les malformations cérébrales les plus graves et permettre à l'enfant de marcher de façon autonome, j'ai voulu lui donner cette chance, malgré les risques.

Elle lui raconta les voyages en Suisse et les réunions avec l'équipe de spécialistes prénataux, d'assistants sociaux et de psychologues. Elle lui avoua qu'elle avait dû rester à l'hôpital pendant une semaine après l'opération, puis alitée pendant plusieurs semaines avant d'être autorisée à rentrer chez elle, à condition qu'elle puisse se rendre à Londres chaque semaine pour un suivi. L'attention portée au bébé n'avait fait que s'intensifier après sa naissance par césarienne, à trente-sept semaines, qui avait été suivie d'une nouvelle opération dans les premiers jours de la vie de l'enfant.

Il lui demanda alors de lui parler de Felix, tel qu'il était aujourd'hui. La voix de Brianna tremblait lorsqu'elle lui dit à quel point il était courageux, optimiste et plein de joie de vivre.

— Felix aime tout le monde, et tout le monde l'adore. C'est un enfant tellement… heureux. Même quand les moments sont difficiles ou que quelque chose lui fait mal, il trouve toujours une raison de se réjouir. Il a le don de rendre le monde meilleur, tu sais…

Brianna enroula les bras autour d'elle. Elle avait froid, tout à coup. Ou était-ce la proximité de Jonno qui la troublait ?

— Je le protégerai jusqu'à mon dernier souffle, déclara-t-elle d'un ton farouche. Et je ne le laisserai pas souffrir. Je ne veux pas qu'il sache que tu es son père et qu'il s'attache à toi si tu ne comptes pas rester, et…

— Je ne vais pas disparaître, coupa Jonno d'une voix assurée.

— Tu vas habiter à Bristol ? Pour longtemps ?

— Je ne sais pas, répondit Jonno. Mais ce que je sais, c'est que je ne prononcerai aucune promesse que je ne peux pas tenir. Et je promets de ne rien faire qui puisse blesser Felix.

Brianna ferma les yeux. Elle avait vraiment besoin de le croire.

— Merci de m'avoir parlé, dit Jonno.

— Et toi, de m'avoir écoutée.

Son récit avait inspiré à Jonno une grande compassion. Malgré ses larmes et ses sourires, il avait pris garde de ne pas la toucher. Il n'avait pas cherché son regard pour la pousser à la confidence. Ils étaient assez proches pour parler de leur fils, mais assez éloignés pour que tout contact physique soit à bannir.

— J'ai besoin que tu fasses un pas de plus vers moi, Brianna.

Le son de son nom sur les lèvres de Jonno était doux-amer, et elle leva aussitôt les yeux vers lui.

— Je veux rencontrer Felix. Je crois que c'est trop tôt pour lui dire la vérité, mais je veux passer du temps avec lui. Dans un endroit neutre et sûr.

Brianna avait déjà pensé à ça, et à la manière dont elle pourrait protéger Felix quand ça arriverait.

— Pourquoi ne viendrais-tu pas à son prochain cours d'équitation ? Il y a beaucoup de bénévoles pour aider les enfants, et ta présence serait bien acceptée.

Par Felix, en tout cas. Car pour Brianna, ce serait un moment à la fois émouvant et difficile, elle le pressentait.

Et ça le serait encore plus pour Jonno. Elle lui offrit un sourire presque timide.

— Ça va te plaire, assura-t-elle. C'est très amusant et, comme je te l'ai dit, Felix est le meilleur enfant du monde.

— Vous avez déjà fait du poney ?

Jonno sourit à Kate, la responsable du haras.

— J'ai travaillé quelque temps en Mongolie, pour une agence de tourisme d'aventure qui emmenait les gens à cheval dans les steppes.

— Waouh !

Les yeux de Kate s'élargirent, et Jonno crut voir Brianna hausser les épaules. Se pouvait-il qu'elle soit… jalouse ?

— J'ai aussi participé à une course d'endurance caritative, une fois, a ajouté Jonno. Le Galop de Gobi. Nous avons parcouru sept cents kilomètres en dix jours.

— Eh bien, tout ce que vous aurez à faire ici, c'est de marcher à côté de Bonnie, pour rattraper Felix au cas où il perdrait l'équilibre. Sa mère pourra se tenir de l'autre côté et je prendrai les rênes. Je crois qu'il est prêt à partir…

— Felix, je te présente Jonno, dit Brianna, un peu tendue. Il va nous aider aujourd'hui, d'accord ?

Du haut de son poney, Felix sourit.

— Je suis un cavalier, dit-il à Jonno. Quand je serai grand, j'irai aux Jeux paralympiques !

Jonno prit un air enjoué, mais il était submergé par l'émotion quand il répondit :

— C'est super… On y va ?

Le sourire de ce petit garçon, l'étincelle dans son regard et sa spontanéité lui plurent aussitôt.

Il avait les yeux marron foncé, remarqua-t-il. Comme lui.

Il avait côtoyé des centaines d'enfants dans sa vie. Il les avait pris en charge en tant que patients et avait toujours ressenti le besoin de faire tout ce qu'il pouvait pour prendre soin de ces êtres si vulnérables. Il avait connu la joie de sauver plusieurs petites vies, mais aussi le chagrin d'en perdre d'autres.

Felix poussa un cri d'excitation quand Kate claqua la langue et encouragea Bonnie à marcher au pas.

— Tu peux faire tourner Bonnie à droite ? demanda Kate alors qu'ils atteignaient l'extrémité du manège. Tu te rappelles quelle rêne tu dois utiliser, Felix ?

— Oui, celle-là ! lança Felix en levant le bras droit.

Quand Bonnie obéit, Felix essaya de rester droit sur la selle et dit à sa mère :

— Tu as vu, maman ? J'ai réussi ! Tout seul.

— Oui, mon chéri. Je suis très fière de toi.

Était-ce un peu de fierté que Jonno ressentait, lui aussi ? Comme un vrai parent ?

— Je sais monter tout seul ! répéta Felix quelques minutes plus tard alors qu'ils atteignaient l'autre extrémité de l'arène. Je peux aller plus vite maintenant, Kate ?

Kate chercha le regard de Brianna.

— Peut-être qu'on pourrait essayer de faire quelques pas au trot ? Qu'en pense ta maman ?

Brianna leva vers Jonno des yeux interrogateurs.

— Je m'occupe de ce côté, dit-il.

— Accroche-toi au pommeau de la selle ! lança Kate à Felix. Ne prends pas les rênes…

Elle saisit la longe de Bonnie et lui caressa l'encolure.

— Allez, trotte, Bonnie…

Bonnie accéléra l'allure. Felix rebondit sur la selle et lâcha le pommeau, mais le poney dut sentir qu'il perdait l'équilibre car il ralentit aussitôt. En voyant Felix se rétablir sur sa selle, Jonno s'aperçut qu'il avait retenu son souffle.

Le visage de son fils rayonnait d'un mélange d'étonnement, de fierté et d'excitation pure.

— Encore !

Jonno avait l'air bouleversé, pensa Brianna en attachant la ceinture du siège auto de Felix.

— Il va probablement s'endormir avant même que nous soyons rentrés, dit-elle. C'était beaucoup d'excitation pour une seule journée.

— Oui. Trotter pour la première fois, ce n'est pas rien. Il s'est bien débrouillé, tu ne trouves pas ?

— Oui, répondit Brianna avec un sourire fier. Mais tu sais, c'est un futur champion olympique !

Jonno acquiesça, comme s'il partageait son émotion. Elle ne s'attendait pas à ce qu'il ressente un lien aussi immédiat avec Felix.

— Je ferais mieux de le ramener à la maison, dit-elle avec un soupir.

Derrière lui, la voix de Jonno était inquiète.

— Tu vas bien ? Je sais que ça ne doit pas être facile pour toi non plus, mais j'apprécie que tu aies accepté que je rencontre Felix.

Brianna se retourna.

— Ce n'est pas ça, lui expliqua-t-elle. Les choses sont un peu… tendues à la maison. Je n'arrive toujours pas à croire que ma mère ait jugé acceptable de révéler à ton père l'existence de Felix avant même que tu ne l'apprennes toi-même.

Elle secoua la tête.

— Nous ne sommes pas vraiment sur la même longueur d'onde en ce moment. Je pense même qu'il serait temps pour Felix et moi de trouver un endroit à nous.

— Je suis désolé d'entendre ça…

— Ma mère pense que j'aurais dû te le dire plus tôt. Et qu'Anthony avait le droit de savoir, même s'il n'a pas de lien biologique avec toi.

— Qui t'a dit ça ?

— On dirait que ma mère et ton père ont eu une conversation à cœur ouvert. Elle est infirmière en pédiatrie et ils se sont rencontrés à Saint Nicholas. C'est la photo de toi dans le journal, lors du sauvetage dans les Cairngorms, qui a tout déclenché. Il lui a dit que tu étais son fils. Ce n'est que lorsqu'elle lui a parlé de Felix, quelques jours plus tard, qu'il a précisé qu'il n'était pas ton père biologique, mais pour ma mère, cela ne change rien.

Brianna haussa les épaules, puis poursuivit.

— Elle a dit que c'était lui qui t'avait élevé, et que cela seul comptait. Et quand elle a demandé à Anthony s'il voulait rencontrer Felix, il avait les larmes aux yeux.

Les lèvres de Jonno ne formaient plus qu'un mince trait.

— Au moins, toi et ta mère dialoguez encore. Je suis sûr que vous allez régler ça. Ça fait tellement d'années que je n'ai pas parlé à mon père que je ne saurais pas par où commencer. Je ne suis même pas sûr d'en avoir envie.

Il se détourna d'elle, et Brianna remarqua que Felix l'observait par la fenêtre. Elle le vit sourire à Jonno et sentit son cœur fondre quand celui-ci lui rendit son sourire.

— Tu devrais peut-être discuter avec ton père, suggéra-t-elle doucement. Maman dit qu'il avait l'air triste en voyant ta photo dans le journal. Et, quand il a parlé de toi plus tard, il était visiblement très fier.

— Merci encore, dit-il. On se voit demain au travail, d'accord ? On trouvera peut-être le temps d'évoquer… la suite ?

— Bien sûr. Felix prend des cours de musique aussi. Si tu es libre ce jour-là…

— Ça a l'air sympa. Dis-moi où et quand cela doit avoir lieu. Encore une chose, Brianna…

— Oui ?

La lueur d'espoir qu'avait entrevue Brianna grandit étonnamment vite. Jonno allait-il lui laisser entendre qu'il éprouvait autre chose que de la défiance envers elle ? Pourraient-ils un jour entretenir des rapports plus… chaleureux ?

Mais il n'y avait pas de chaleur dans les yeux de Jonno.

— Si tu as une copie du dossier médical de Felix, j'aimerais vraiment la voir.

Déçue, Brianna répondit sans le regarder.

— J'ai tout gardé. Je te l'apporterai au travail demain.

Brianna n'avait pas exagéré en disant qu'elle avait tout gardé, songea Jonno en parcourant le dossier médical de son fils. Pour lui, c'était une autre manière de faire connaissance avec l'enfant, de vivre les premières années de sa vie. Des années qui lui avaient été volées.

Il sourit en découvrant les premières images échographiques du bébé, le premier enregistrement de son cœur, les radiographies avant et après les interventions chirurgicales, et même la première ordonnance des lunettes qui l'aidaient à voir clair. Une note stipulait que Felix tenait absolument à une monture rouge vif…

Lorsque Jonno arriva au cours de musique auquel Brianna l'avait invité à assister, quelques jours plus tard, il alla s'asseoir avec elle et les autres parents.

Mais Felix fit signe à sa mère.

— Je veux que Jonno vienne avec moi ! S'il te plaît, maman !

Jonno sentit Brianna un peu décontenancée par la demande et il était sur le point d'insister pour rester spectateur quand elle croisa son regard.

— Beaucoup d'enfants apprécient que leurs parents participent au cours avec eux, expliqua-t-elle. Alors…

Comment refuser ? Felix ne savait pas que Jonno était son père, mais peut-être sentait-il une connexion, un lien entre eux ? Et puis, faire de la musique était amusant. On pouvait chanter ou jouer d'un instrument. Felix choisit un tambourin. Jonno, lui, décida d'agiter des maracas, et échangea un sourire complice avec un homme qui tapait sur un tambour avec son fils.

À la fin d'un cours très animé, la professeure s'adressa à Jonno.

— Je ne vous ai jamais vu avant, dit-elle. Vous êtes le père de Felix ?

— Oui, dit Jonno sans hésitation. Et vous me reverrez bientôt, j'espère. Je ne m'étais pas autant amusé depuis longtemps !

— Felix a beaucoup apprécié de partager ce moment avec vous, conclut-elle en souriant. Il était rayonnant !

Pour prolonger un peu ce moment, Jonno suggéra d'aller dîner dans un fast-food voisin au lieu de se quitter à la sortie de la salle. Ils dévorèrent des hamburgers, et il fit rire Felix en lui montrant comment faire des défenses de morse en glissant des frites sous sa lèvre supérieure. Il s'attendait à ce que Brianna leur interdise de jouer avec la nourriture, mais elle sourit en secouant doucement la tête.

— Je peux aller à l'aire de jeux, maman ? demanda Felix.

— Il est temps de rentrer à la maison pour nourrir Dennis, répondit-elle.

— Mais je veux montrer à Jonno que je sais grimper dans le tunnel ! protesta Felix. Et faire du toboggan !

— D'accord, mais on ne reste pas longtemps. Jonno doit rentrer, lui aussi.

Brianna posa sur lui des yeux interrogateurs, mais il eut l'impression qu'il ne s'agissait pas uniquement de savoir s'il pouvait rester quelques instants de plus, mais plutôt de décider quelle place il comptait faire à Felix dans sa vie.

Gêné, il détourna le regard. S'il voulait être le genre de père qu'il n'avait pas eu lui-même, un père disponible, engagé et vraiment présent dans la vie de son enfant, alors il devrait revoir tous ses plans. En était-il capable ?

— Attends-moi, Felix ! Je veux faire du toboggan, moi aussi ! s'entendit-il crier.

10.

L'odeur des lasagnes suffit à faire monter les larmes aux yeux de Brianna lorsqu'elle franchit la porte de la cuisine, ce soir-là. Quand sa mère avait-elle préparé son plat préféré pour la dernière fois ?

Les émotions qu'elle avait ressenties au travail devaient se lire sur son visage, car sa mère leva vers elle un regard alarmé.

— Que s'est-il passé ?

Elsie l'attira à elle, comme elle le faisait toujours lorsqu'elle sentait que Brianna avait besoin de réconfort.

— Tu vas bien, ma chérie ?

Brianna s'abandonna à la chaleur familière de cette étreinte et, l'espace d'un instant, retomba en enfance. À une époque où elle se sentait protégée, choyée.

— Pas vraiment, avoua Brianna en s'écartant à regret. Je te raconterai dans une minute. Je vais juste embrasser Felix. Il dort ?

— Je l'espère, dit Elsie. Il était très calme ce soir. Il n'a pas beaucoup mangé, pourtant il aime les lasagnes autant que toi.

— Était-il contrarié que je rentre si tard ?

— Je pense plutôt qu'il couve un rhume.

Felix dormait profondément. Sa respiration était régulière et sa peau avait une température normale lorsqu'elle posa les lèvres sur son front, assez doucement pour ne pas le réveiller. Il sourit et ouvrit les yeux, juste le temps de murmurer :

— Je t'aime, maman…
— Et moi je t'adore, mon chéri. Fais de beaux rêves…

Elsie lui avait versé un verre de vin quand elle revint à la cuisine.
— Je sais que tu travailles de jour demain, mais… tu as peut-être besoin de te détendre un peu.
— Merci, maman.
— Tu as faim ?
— Pas vraiment. Peut-être plus tard ? Ça sent très bon, en tout cas.
Brianna prit une gorgée.
— Je suis désolée d'arriver si tard. Mon chef de service, Dave, a insisté pour que je parle à un psy avant de rentrer.
Elsie avait travaillé dans le monde médical assez longtemps pour ne pas avoir besoin d'explications supplémentaires.
— Oh ! non… C'était un enfant ?
— Un bébé de trois mois, répondit Brianna en hochant la tête. On l'a couché pour une sieste l'après-midi et il ne s'est jamais réveillé. Nous sommes arrivés trop tard, mais nous avons fait tout ce que nous pouvions. Nous avons continué la réanimation dans l'ambulance, jusqu'à l'hôpital, mais…
Brianna ferma les yeux.
— Elle était si petite sur ce grand brancard ! Sa mère était dévastée…
Elsie posa sa main sur celle de Brianna et la serra très fort.
— Oh ! ma chérie… C'est une épreuve terrible. Je suis vraiment désolée…
— Cela fait partie du travail, tu ne le sais que trop bien. Le psy m'a conseillé de rentrer chez moi, d'embrasser mon fils et de chercher le réconfort auprès de ma famille. Je suis désolée, maman.
— Désolée ? Mais pourquoi ?

— J'ai été odieuse avec toi ces derniers temps. Nous nous sommes à peine parlé.

— C'est ma faute, pas la tienne, avoua sa mère avec un soupir. Je n'aurais pas dû m'immiscer dans tes affaires et parler de Felix à Anthony. Je t'ai forcée à avoir une conversation que tu n'étais pas prête à mener.

— Que j'aurais dû avoir plus tôt, surtout ! Je ne l'ai pas fait parce que…

Brianna s'interrompit.

Elle avait essayé de protéger Felix, c'était vrai, mais il y avait une autre raison, plus égoïste, dont elle n'était pas fière. Elle avait voulu y croire encore un peu, prolonger son rêve…

Comme si elle lisait dans ses pensées, Elsie demanda d'un ton hésitant.

— Parce qu'il y a quelque chose entre vous deux ?

Brianna haussa les épaules.

— Non. Je ne suis pas sûre qu'il y ait quelque chose… du côté de Jonno, en tout cas.

Elle jeta un regard en coin à sa mère.

— Comment as-tu deviné ? Je n'ai jamais rien dit.

— Je suis ta mère, et je te connais bien, tu sais. Si tu n'avais pas eu de sentiments pour lui, il ne se serait jamais rien passé entre vous. Es-tu… toujours amoureuse de lui ?

Brianna ne répondit pas directement.

— Je ressens la même chose pour lui que lors de notre rencontre. Ça n'a jamais été vraiment… réel.

Après un long silence, Elsie reprit la parole.

— Tu as fait équipe avec Jonno aujourd'hui ?

— Non. Il avait pris son après-midi. J'ai entendu dire qu'il se rendait à un entretien d'embauche à la base de sauvetage aérien.

— Ici, à Bristol ?

— Peut-être. Il ne m'a rien dit à ce sujet.

— Mais il pourrait avoir l'intention de rester, dit Elsie

d'un ton plein d'espoir. Il s'entend bien avec Felix, n'est-ce pas ?

— Il est génial avec les enfants. Et Felix a l'air de l'apprécier, lui aussi.

— Il parle beaucoup de lui, en tout cas. Sur le chemin du retour de l'école aujourd'hui, j'ai entendu parler des poneys que Jonno a fait galoper à travers le désert. Est-ce que tu… Pardon, cela ne me regarde pas.

— Tu te demandes quand je vais dire à Felix que Jonno est son papa, c'est ça ? Bientôt. Dès que je serai sûre que Jonno n'est pas sur le départ. Il a toujours l'intention de vendre son appartement. Il m'a dit qu'il était impatient de s'en débarrasser.

Et Brianna n'avait pas pu s'empêcher de se demander si cela avait quelque chose à voir avec ce qui s'était passé entre eux, dans cette chambre. Lui pardonnerait-il jamais ce qu'il considérait comme un mensonge ?

— Il pourrait postuler pour un emploi stable et rester à Bristol, qui sait ? reprit Elsie. Et il semble vouloir passer plus de temps avec Felix. Comment s'est passé le cours de musique, hier ?

Brianna finit par retrouver le sourire alors que le traumatisme de cette journée s'estompait. Sa relation avec Jonno était certes fragile et compliquée, mais il y avait toujours entre eux des moments inattendus de joie à savourer.

— Jonno s'est bien amusé avec ses maracas, dit-elle à Elsie. Puis nous sommes allés manger des hamburgers et il a montré à Felix comment faire des défenses de morse avec ses frites. Ils riaient tous les deux comme des enfants !

— En parlant de manger… tu n'as toujours pas faim ?

— Si. Tu as dîné ?

— Je t'attendais…

Brianna se leva, soulagée que la tension entre sa mère et elle se soit dissipée. Elle était heureuse d'être chez elle, ce soir, et plus encore de se remémorer la journée de la veille, avec Jonno et Felix.

Elle sentit son espoir renaître. Et si Jonno avait décidé de faire partie de leur vie ?

De sa vie.

Pourrait-elle accepter que l'homme dont elle était amoureuse ne soit là que pour son enfant ? Leur enfant ?

Oui… s'il apportait joie et amour dans la vie de Felix, Brianna accueillerait volontiers la présence de Jonno. Parce que les mères faisaient toujours passer leurs enfants en premier…

— Tu dois être affamée, ma chérie. Viens dîner…

Lorsqu'il reçut une offre pour son appartement, quelques jours seulement après l'avoir mis en vente, Jonno fut pris de court. Non qu'il ne puisse pas gérer ce nouveau changement de vie. Après tout, il avait l'habitude de mettre son existence sens dessus dessous et d'essayer une foule de choses différentes, de préférence un peu dangereuses…

Mais curieusement, ces dernières semaines, il ne se sentait plus aussi aventureux. Où allait-il vivre s'il vendait son appartement ? Devait-il acheter quelque chose de plus grand pour pouvoir héberger son fils ? Le genre de maison dans laquelle il avait lui-même grandi, avec un jardin assez grand pour y jouer au football ou construire une cabane ?

Il avait jusque-là soigneusement évité d'y réfléchir, redoutant de faire resurgir des souvenirs de son enfance alors qu'il ne savait pas trop comment être père lui-même. Malgré le conseil de Brianna, il ne se sentait pas du tout prêt à parler à son père.

C'était trop tôt. Jonno pensait beaucoup à Felix, et il n'avait même pas encore passé du temps seul avec lui. Comment aurait-il pu le faire, alors que le garçon ignorait encore qui il était ? Brianna se montrait très protectrice – à juste titre –, et Jonno se demandait si elle serait capable de lui confier Felix, même pour une demi-journée. De là à accepter de lui laisser quelques jours…

Oh ! non… Il ne fallait pas qu'il pense à un rapprochement avec Brianna. Entre eux, c'était déjà assez compliqué comme ça. Déterminé à ne pas laisser l'histoire se répéter, il avait toujours évité toute relation sérieuse, et voici qu'il se retrouvait engagé dans la plus longue relation qui soit : celle d'un parent et d'un enfant ! Il se voyait lié également à la mère de cet enfant, la seule femme en qui il ait suffisamment confiance pour lui ouvrir son cœur.

Tout cela ne changeait rien au fait qu'il s'était senti trahi qu'elle ne l'informe pas plus tôt de l'existence de Felix.

Dépassé par les récents événements, Jonno ressentait une envie familière de s'échapper. De se frotter au danger, pour ne plus avoir à penser qu'à une chose, une seule : rester en vie. Le parapente, par exemple ? Ou l'escalade en haute montagne ? Il se promit d'appeler son ami Max, plus tard dans la journée, afin de s'assurer que leur voyage en Écosse était toujours d'actualité.

Au travail, ce jour-là, Jonno ne put s'empêcher de songer à Brianna en voyant les équipes de jour vérifier leurs véhicules. Elle était probablement à l'arrière d'une de ces ambulances en ce moment même, s'assurant qu'il ne manquait aucun matériel. Soudain, il fut pris d'une irrésistible envie d'aller passer la tête par la portière pour dire bonjour, mais il décida d'ignorer cette impulsion, car le moment était sans doute mal choisi.

Il ferait mieux de prendre un peu de temps pour réfléchir à l'offre d'emploi qu'il avait reçue après que Max l'eut convaincu d'aller passer cet entretien à la base de sauvetage aérien, la veille. S'il devait rester à Bristol, serait-il préférable que lui et Brianna travaillent dans des endroits différents afin de séparer le plus possible leurs vies professionnelle et personnelle ?

Simon l'interpella alors qu'il traversait la cour.

— Tu cherches Brianna ? Elle n'est pas là. Je suis seul pour la journée.

— Ah bon ? Et où est-elle ?

— Elle a appelé pour dire qu'elle ne viendrait pas.

— Elle est malade ?

— Ce n'est pas elle, précisa Simon, mais son fils. Il ne peut pas aller à l'école aujourd'hui.

À l'idée que Felix soit souffrant, Jonno sentit sa gorge se nouer.

— Qu'est-ce qu'il a exactement ?

— Pas grand-chose, je crois, mais Dave a pensé que c'était une bonne idée que Brianna ait un jour de repos. Après la journée d'hier…

— Hier ? répéta Jonno en fronçant les sourcils. J'ai raté quelque chose ?

— Le dernier appel concernait un bébé de trois mois. Mort subite du nourrisson. Je ne sais pas si c'est ton cas, mais moi je n'ai pas oublié mon premier… Brianna s'est très bien débrouillée sur place, mais après, elle était anéantie.

— Merci…

Inquiet, Jonno s'éloigna de Simon et prit son téléphone. Il avait quinze minutes avant le début de sa garde pour appeler Brianna et vérifier qu'elle allait bien. Que Felix allait bien.

Hélas, avant qu'il ait eu le temps d'afficher son numéro, Dave, le chef de service, fit irruption dans la cour.

— Ah, Jonno ! J'espérais que vous seriez en avance. Pouvez-vous prendre un appel prioritaire maintenant ?

— Bien sûr…

Jonno jeta un coup d'œil à Dave, un peu surpris par cette demande intempestive. Il se sentit pâlir quand Dave précisa :

— Le central m'a prévenu. L'appel vient de chez Brianna…

Machinalement, Jonno ouvrit la portière de l'ambulance, côté conducteur, et demanda d'une voix blanche :

— Vous avez des détails ?

— Oui. C'est son enfant. Un garçon de six ans atteint de spina-bifida. Apparemment il vient d'avoir des convulsions. Je vais envoyer Simon en renfort au cas où vous auriez besoin de le transporter.

Se sentant pâlir, Jonno souffla :

— Je ne peux pas, Dave…

Comme Dave le regardait sans comprendre, il ajouta :

— Ce n'est pas seulement l'enfant de Brianna. C'est aussi… le mien.

Sidéré, Dave écarquilla les yeux, puis se ressaisit aussitôt. Il fallait agir au plus vite.

— Je vous remplace. Montez ! lança-t-il en faisant signe à Jonno qu'il allait prendre le volant.

11.

Tandis qu'ils roulaient toutes sirènes hurlantes en direction de chez Brianna, Jonno fut assailli par une foule d'images qui défilaient dans son esprit.

Celle de la coquette maison de banlieue où son fils vivait avec sa mère et sa grand-mère. Une petite maison familiale au bout d'une allée comme il en existait tant, et qui lui rappelait… Oui, c'est ça ! Elle lui rappelait la maison où il était allé pour aider Brianna, forcée de gérer seule une femme en arrêt respiratoire lors de sa première mission en tant qu'ambulancière.

Était-elle de nouveau seule en ce moment, en train d'essayer de garder son fils en vie ?

Leur fils…

Il trouva Brianna accroupie sur le sol de la cuisine, Felix dans les bras. Le petit garçon n'était pas conscient, et Jonno vit la terreur dans les yeux de Brianna.

Incapable de se retenir et de laisser faire Dave, il se précipita. Il devait savoir si Felix était réceptif. Était-il simplement somnolent et dans un état post-ictal après sa crise, ou inconscient ? Il fallait vérifier son rythme cardiaque, détecter une éventuelle obstruction des voies respiratoires et contrôler la couleur et la température de sa peau.

Brianna le laissa prendre Felix dans ses bras et l'allonger doucement sur le sol.

— Felix, réponds-moi !

L'enfant ne réagit pas au son de sa voix. Ni au pincement

de son lobe d'oreille, un endroit pourtant très sensible à la douleur. Et il ne bougeait pas du tout.

— Que s'est-il passé exactement ?

— J'étais dehors avec Dennis quand j'ai entendu un bruit sourd. J'ai trouvé Felix par terre, en pleine crise tonico-clonique. Je ne sais pas s'il est tombé de la chaise ou s'il l'a renversée.

Jonno souleva une paupière et braqua sa lampe-stylo, soulagé de voir que les pupilles réagissaient à la lumière à une vitesse normale.

— As-tu remarqué des signes de blessure à la tête ?

— Non.

Jonno toucha le petit crâne et ne sentit ni bosse ni grosseur sous ses doigts.

— Il était mal en point, ce matin ? Son comportement était-il inhabituel ?

— Il a mis du temps à se réveiller, ce qui ne lui ressemble pas, mais je pense que ça a commencé hier soir. Maman m'a dit qu'il n'a rien pris au dîner. Elle a pensé qu'il couvait un rhume, et il avait un peu de température ce matin. Il se frottait les yeux et, comme il avait mal à la tête, je lui ai donné du paracétamol.

— Est-ce qu'il a vomi ? S'est-il plaint d'avoir mal ?

— Non… Mais il ne se plaint jamais.

Jonno chercha des signes de difficulté respiratoire. Le rythme était supérieur à la normale, mais il n'entendait aucun bruit d'obstruction. Il souleva les vêtements du petit garçon pour rechercher une rétraction des muscles entre les côtes, vérifia que sa peau ne présentait aucune trace d'éruption cutanée pouvant indiquer une urgence médicale comme une méningite, puis posa des électrodes pour réaliser un ECG. La sonde de saturation en oxygène recouvrait entièrement le petit doigt de Felix, et Jonno constata avec soulagement que son rythme cardiaque et ses niveaux d'oxygène étaient corrects.

— Combien de temps a duré la crise ?

— Ça m'a paru une éternité, mais sans doute pas plus de deux minutes. J'étais en train d'appeler les secours quand ça s'est arrêté.

— Il ne s'est pas réveillé depuis ?

Brianna secoua la tête. Elle semblait sur le point de s'évanouir.

Alors que Dave s'approchait avec un masque à oxygène, Jonno demanda :

— Il a déjà eu des crises ?

— Non, jamais.

Jonno avait lu le dossier médical de son fils, et avait besoin d'en savoir plus.

— Il a eu une augmentation de la pression crânienne dans le passé, n'est-ce pas ? C'est pour ça qu'on lui a posé une dérivation pour rediriger le liquide céphalo-rachidien ?

— C'était il y a presque quatre ans maintenant. Et les seuls symptômes qu'il avait étaient en rapport avec ses yeux : strabisme et vision floue.

Jonno se tourna vers Dave.

— Quelle est sa température ?

— Trente-sept huit.

Assez élevé pour suggérer une infection mais pas assez pour provoquer une convulsion fébrile. Jonno était en train d'énumérer mentalement les autres causes potentielles de convulsion chez un patient pédiatrique, comme une glycémie élevée ou basse, un faible taux de sodium, une commotion cérébrale due à un traumatisme crânien, l'ingestion de médicaments ou la présence d'une lésion cérébrale, lorsque deux choses se produisirent.

Simon arriva, et Felix eut une autre crise.

C'est Dave qui évoqua le premier l'épilepsie.

— Deux crises en l'espace de quelques minutes sans reprise de conscience, c'est très évocateur, dit-il. Il faut poser une voie veineuse, et administrer une dose de midazolam intranasal.

C'est Simon qui donna le médicament et prépara une autre dose au cas où elle serait nécessaire. Jonno vit le niveau de saturation en oxygène chuter à moins de 90 % avant que le médicament n'agisse, et que la crise ne s'apaise, suffisamment pour permettre à Dave de trouver une veine sur le dos de la main de Felix et d'y glisser l'aiguille.

Les lèvres de l'enfant bleuissaient, et la saturation en oxygène ne remontait pas.

— On continue à le ventiler ! dit Dave.

Jonno tendit les doigts vers le kit d'intubation mais Dave l'arrêta en posant la main sur son bras.

— Désolé, Jonno. Je ne peux pas vous laisser faire ça. Vous connaissez les règles concernant les procédures invasives sur les membres de sa propre famille.

Sa propre famille…

Choqué, Jonno s'écarta du chemin tandis que Dave et Simon prenaient en charge la gestion de ce qui devenait une situation critique pour Felix.

Il aida Brianna à se relever, et passa le bras autour de son épaule. Il savait à quel point elle avait peur, et il partageait son angoisse. Il s'éloigna afin de laisser ses collègues mener le combat. Un combat pour que Felix continue à respirer, pour qu'il reste en vie. Ils n'avaient aucune idée de ce qui allait se passer dans les prochaines minutes, heures ou jours, et…

Jonno ne savait pas qui, de lui ou de Brianna, tendit le premier la main vers l'autre, mais ça n'avait pas d'importance. Ils avaient tous deux besoin de réconfort, de soutien dans cette épreuve, la plus rude qu'ils aient jamais eue à vivre.

Quelques interminables minutes plus tard, Felix avait été intubé avec succès et son taux d'oxygène augmentait régulièrement.

— Mettons-le sur le brancard direction l'hôpital ! lança Dave. Brianna, tu viens avec nous ?

Brianna lâcha la main de Jonno et dit d'une voix tremblante.

— Je vais prendre mon téléphone. Maman est au travail. Je la préviens pour qu'elle nous rejoigne.

Dans un état second, Jonno rangeait le matériel quand il sentit le regard de Brianna sur lui. Il savait ce qu'elle pensait mais n'était pas prête à dire à voix haute.

Que son père était l'autre grand-parent de Felix et que, à ce titre, il devait lui aussi être informé de ce qui se passait.

À peine monté dans le véhicule d'intervention rapide qui suivait l'ambulance, Jonno tapa un numéro sur son téléphone.

— Hôpital pour enfants Saint Nicholas. Comment puis-je vous aider ?

— Pouvez-vous biper le Dr Anthony Morgan pour moi, s'il vous plaît ?

Jonno savait qu'il employait un ton très brusque mais ce n'était pas le moment d'hésiter.

— C'est urgent.

— Qui est à l'appareil, s'il vous plaît ?

Jonno prit une profonde inspiration.

— Jonathan Morgan. Je suis son fils.

Dès qu'elle se retrouva en face du Dr Peter Jarvis, chef du service de neurochirurgie pédiatrique à l'hôpital pour enfants Saint Nicholas de Bristol, Brianna comprit que sa vie venait de basculer. Car c'était Jonno Morgan qui était à ses côtés, et non sa mère. Pour la toute première fois, Jonno et elle étaient réunis, en tant que parents de Felix, et susceptibles d'être sollicités pour prendre des décisions en son nom.

Elsie, quant à elle, tenait la main de son petit-fils, admis à l'unité de soins intensifs en attendant qu'un bloc opératoire soit prêt à l'accueillir.

Elle sentit la main de Jonno serrer la sienne.

— Tu vas bien ?

Brianna luttait contre les larmes.

— Pas vraiment… J'ai besoin d'une minute avant d'y retourner. Je ne veux pas faire peur à ma mère. Ni à Felix. Et s'il était conscient de ce qui se passe autour de lui ?

— Je suis sûr qu'il est profondément endormi, mais il sent la présence de ceux qui l'aiment autour de lui. Il doit rêver de monter ce poney qu'il aime tant. Quel est son nom ?

— Bonnie…

La réponse de Brianna ressemblait à un sanglot étranglé.

— Viens…

Jonno l'attira vers un espace réservé aux proches des patients, avec des sièges confortables, une machine à thé et à café, et une grande boîte de mouchoirs en papier sur la table basse.

— Parle-moi de tout ce qui te fait peur, invita Jonno. J'ai peur, moi aussi, mais parfois, le simple fait de l'exprimer peut nous aider à rester forts. Et Felix a besoin que tu sois forte.

Les encouragements de Jonno, ainsi que le contact de sa main sur son épaule, l'aidaient déjà, et Brianna savait qu'il pourrait se passer un certain temps avant que Felix ne soit emmené au bloc. Alors elle se laissa tomber dans un fauteuil et enfouit sa tête dans ses mains pour tenter de rassembler ses esprits.

— J'ai oublié d'apporter un carnet, dit-elle soudain, prise de panique. Je ne me souviendrai jamais de tout ce que le Dr Jarvis nous a dit !

Jonno se pencha vers elle.

— C'est inutile, expliqua-t-il doucement. Tous les résultats des tests sanguins ont éliminé beaucoup d'hypothèses. Il est clair maintenant que Felix lutte contre une méchante infection et la cause la plus probable est une atteinte du shunt. La poche de liquide trouvée lors de l'échographie abdominale est la raison pour laquelle le Dr Jarvis a prélevé un échantillon de liquide céphalo-rachidien dans le réservoir de la valve. Dès qu'il aura obtenu les premiers résultats et qu'il se sera assuré que les antibiotiques ont commencé à agir, il l'emmènera directement au bloc pour retirer le shunt.

Brianna hocha la tête. Elle se sentait presque aussi vulnérable que son petit garçon, en ce moment, et Jonno dut le percevoir car il la prit par les épaules en un geste d'empathie.

— Je comprends pourquoi ils doivent enlever la dérivation, mais… je ne sais plus ce qu'il a dit sur les antibiotiques.

— S'ils enlèvent la dérivation, ils doivent mettre en place un drain ventriculaire externe pour évacuer l'excès de liquide céphalo-rachidien. On peut utiliser la même voie pour administrer des antibiotiques intrathécaux directement dans le LCR et surveiller la pression intracrânienne en même temps. Felix devra rester dans l'unité de soins intensifs pendant la mise en place de ce dispositif sous surveillance infirmière permanente.

Brianna éclata en sanglots.

— Il n'a jamais été aussi gravement malade ! Et il a déjà subi tant d'interventions ! gémit-elle.

— Même avant sa naissance, précisa Jonno. Je ne peux qu'imaginer à quel point cela a dû être dur pour toi.

Il prit un mouchoir sur la table basse et le glissa dans la main de Brianna.

— Mais tu as surmonté tout ça. Tu t'es rendue dans un autre pays et tu y es restée pendant des semaines et des semaines. Tu es très forte, Brianna. Tu as raison de dire que c'est le meilleur enfant du monde, mais tu sais quoi ? Tu es la meilleure des mamans.

Brianna secoua la tête.

— J'essaye juste de prendre les meilleures décisions possible pour mon fils, souffla-t-elle.

Elle frissonna au souvenir des épisodes terribles qui avaient marqué sa grossesse.

— C'est ma mère qui est extraordinaire. Elle a pris une hypothèque sur sa maison pour me permettre d'aller en Suisse pour l'opération. Elle a démissionné de son travail. Elle a été à mes côtés à chaque étape…

Elle vit Jonno fermer les yeux, comme pour chasser une image importune.

— J'aurais aimé être là, dit-il doucement. Je suis désolé que tu aies dû traverser ça seule. J'aurais été là si j'avais su…

— Je sais…

Brianna savait qu'il était sincère. D'une certaine façon, c'était peut-être une bonne chose qu'elle ne lui ait pas annoncé sa paternité plus tôt. Il serait revenu à Bristol, et lui aurait sans doute même proposé de l'épouser pour qu'ils puissent élever leur enfant ensemble, et cela aurait pu se révéler un désastre. Ça n'avait pas vraiment bien marché pour ses parents, en tout cas…

— Je dois retourner voir Felix et mettre maman au courant de ce qui a été décidé.

Brianna prit un moment pour respirer profondément et tenter de retenir ses larmes.

— Peux-tu me répéter le nom de l'opération que le Dr Jarvis a mentionnée ? Il a dit qu'on pouvait attendre et en parler plus tard, une fois qu'ils auraient maîtrisé l'infection…

— Oui. Ça s'appelle une EVT, une troisième ventriculostomie endoscopique. Cette intervention lui permettrait de ne pas avoir besoin d'une autre dérivation, peut-être pour le reste de sa vie, et d'écarter le risque d'une nouvelle infection.

Brianna refusait de donner un sens à ces mots. Une opération du cerveau ! C'était plus qu'elle ne pouvait en supporter en ce moment.

Jonno dut le lire sur son visage car il précisa :

— Tu n'as pas besoin d'y penser maintenant. Une étape à la fois, d'accord ? On va s'en sortir. Tous. Je sais que c'est tout nouveau pour moi d'être père, mais… tu sais à quel point j'aime Felix, n'est-ce pas ? Je ferai tout ce que je peux pour le protéger !

Elle se souvint soudain de la première fois qu'elle avait posé les yeux sur son bébé, lors de la première échographie. Elle savait donc qu'il était possible d'aimer instantanément son enfant. Jonno était là, maintenant, et il serait présent pour son fils à chaque fois que celui-ci aurait besoin de lui.

Jonno l'enlaça tendrement, et elle se sentit soutenue, aimée, comme jamais auparavant. Les seules fois où elle avait été aussi proche de Jonno, c'était quand ils faisaient l'amour.

Alors elle lui rendit son étreinte. Si étroitement qu'elle n'entendit pas qu'on entrait dans l'espace réservé aux familles.

— Oh… excusez-moi, dit une voix masculine. Je ne souhaitais pas vous interrompre.

Jonno lâcha aussitôt Brianna.

Pour une raison étrange, il était gêné que son père les ait surpris. Était-ce parce qu'il ne voulait pas qu'Anthony pense qu'il y avait quelque chose entre lui et Brianna ? Qu'il sache que Jonno entretenait une relation avec la mère de son fils, simplement parce qu'ils avaient un enfant ensemble ?

Pourtant, il suffisait de regarder sa propre famille pour savoir que c'était une très mauvaise idée !

Cependant, sa rancune s'évanouit quand il découvrit le visage de son père, tendu à l'extrême.

— Je suis vraiment désolé de ne pas avoir pu être là plus tôt, dit celui-ci. J'étais au milieu d'une opération de Fontan sur une enfant de trois ans atteinte du syndrome du cœur gauche hypoplasique. C'est une opération complexe que je ne pouvais confier à personne d'autre.

— Je comprends tout à fait, dit Jonno. Tu n'aurais rien pu faire, de toute façon, mais je voulais te prévenir.

Anthony hocha lentement la tête.

— Merci.

Brianna prit la parole.

— Je dois retourner auprès de Felix. Je veux rester avec lui jusqu'à ce qu'il parte au bloc.

— Au bloc ? répéta Anthony, les sourcils levés. Le message que j'ai reçu parlait de convulsions…

— Reste auprès de Felix, dit Jonno à Brianna. Je te rejoins dans un instant.

Brianna sourit à Anthony.

— Merci d'être venu.

Anthony affichait une expression sérieuse, mais elle aperçut un sourire dans ses yeux.

— C'est extraordinaire, vous ressemblez tellement à votre mère !

— Et vous, vous paraissez une version plus âgée de Jonno.

Brianna se mordit la lèvre.

— Oh… Désolée… je n'aurais pas dû dire ça, n'est-ce pas ? Vous n'êtes pas…

— Le père biologique de Jonathan ? C'est vrai. Pourtant, vous n'êtes pas la première à noter une ressemblance. Mais l'ADN ne ment pas.

Jonno grimaça intérieurement. Il avait accusé Brianna de lui mentir et d'être comme ses parents, mais il n'était pas mieux !

— Je n'ai jamais fait de test ADN, avoua-t-il. J'ai juste prétendu l'avoir fait.

Il y eut un long moment de silence, qu'Anthony brisa en disant :

— C'était très crédible, pourtant.

— Je pourrais en faire un maintenant. Pour que nous sachions tous la vérité.

Anthony secoua la tête.

— Ça ne changerait rien pour moi, lâcha-t-il d'un ton calme. Tu seras toujours mon fils.

L'émotion dans cette pièce était palpable quand Brianna ajouta :

— Et vous serez toujours le grand-père de Felix.

Les yeux de Brianna se remplirent de nouveau de larmes, et Jonno ne songea plus qu'à une chose : rester auprès d'elle et lui offrir tout le soutien et le réconfort possible. Mais, déjà, elle avait franchi la porte et se dirigeait vers les soins intensifs.

Il aurait voulu la suivre, être près de son fils avant qu'on l'emmène au bloc. Au lieu de cela, il allait devoir s'asseoir et parler à son père pour la première fois depuis tant d'années. Depuis qu'il avait appris qu'il était lui-même père.

Jonno prit une très grande inspiration et laissa parler son cœur.

— Je suis désolé, papa, dit-il simplement.

Anthony haussa les épaules.

— Nous parlerons de nos histoires plus tard, si tu veux bien, répondit Anthony. Pour l'instant, si tu me disais ce qui se passe avec ton fils ?

Jonno le regarda avec surprise, mais l'invita à s'asseoir et lui raconta ce que les médecins avaient découvert jusqu'à présent et ce qu'ils proposaient pour traiter l'infection de Felix.

Ce qu'il ne dit pas, c'est que tout cela lui brisait le cœur. Que, quelques jours à peine après avoir appris qu'il était père, il avait l'impression d'échouer dans la seule responsabilité qui comptait vraiment : celle de protéger son enfant.

Mais il n'eut pas besoin de dire quoi que ce soit, car, comme s'il avait lu dans ses pensées, Anthony rompit le silence et déclara :

— Ce n'est jamais facile, d'être parent.

Le silence se fit plus lourd encore, et Jonno sentit les larmes lui monter aux yeux.

— Comment le saurais-tu ? s'entendit-il répliquer d'un ton sec. Tu n'as jamais été là…

Son père laissa échapper un profond soupir.

— J'ai essayé. C'est pour rester auprès de toi que j'ai épousé ta mère, mais c'est elle qui fixait les règles de notre mariage. Je n'avais pas le pouvoir de les briser…

— Parce que tu étais trop faible, répliqua Jonno.

— Non, parce que, si je l'avais fait, j'aurais perdu mon fils. Julia t'aurait emmené et je ne t'aurais peut-être jamais revu… Je ne pouvais pas prendre ce risque.

Anthony laissa échapper un profond soupir avant d'ajouter :

— Mais j'ai fini par te perdre quand même. Et je ne peux pas t'en vouloir d'avoir été en colère contre moi.

— Je te détestais à l'époque, admit Jonno. Mais je haïssais le monde entier à ce moment-là et j'étais prêt à tout pour le fuir…

— Je sais, et je n'avais aucune prise sur toi, répondit Anthony. De plus, je savais qu'il était tout à fait possible que je ne sois pas ton père biologique. Ton vrai père…

Jonno se leva, prêt à s'excuser de nouveau, mais Anthony leva la main pour le faire taire.

— Il faut aller voir ton fils, maintenant. Nous reprendrons cette conversation une autre fois. J'espère…

Jonno se contenta de hocher la tête.

— Je vais voir si Elsie veut faire une pause, dit Anthony. Je pourrais l'emmener prendre un café et te laisser veiller sur Felix avec Brianna.

Jonno se dirigea vers l'unité de soins intensifs, encore troublé par la conversation qu'il venait d'avoir avec l'homme qui lui emboîtait le pas.

Son père.

Il était lui-même père, maintenant. Anthony avait-il déjà

ressenti pour lui ce qu'il éprouvait pour Felix ? Comment se sentirait-il si Brianna voulait gérer ses relations avec son fils ? Peut-être son père n'avait-il pas vraiment jugé sa carrière de chirurgien pédiatrique plus importante que sa propre famille. Peut-être le fait de donner de plus en plus de lui-même à ce travail avait-il été pour lui une façon d'oublier son chagrin d'amour ? Tout comme Jonno s'était jeté à corps perdu dans les sports extrêmes pour faire face à des émotions trop fortes ?

Juste avant qu'Elsie et Anthony s'éclipsent pour aller prendre un café, on vint chercher Felix pour l'emmener au bloc. Jonno et Brianna furent autorisés à entrer dans la salle d'anesthésie adjacente pendant une minute ou deux, puis vint le moment de dire au revoir à leur fils.

Jonno n'avait pas lâché la main de Brianna, et il la tenait toujours lorsqu'elle se pencha pour lisser une mèche de cheveux sur le front de Felix et déposer un doux baiser sur sa peau pâle. Il serrait encore les doigts de Brianna dans les siens quand ils retournèrent tous les deux dans la salle réservée aux parents.

12.

L'attente était le plus difficile.

Attendre que Felix sorte de la salle d'opération après l'ablation de sa dérivation. Attendre de voir à quelle vitesse sa pression intracrânienne pouvait revenir à la normale. Regarder le liquide s'accumuler dans le système de drainage du SFC, muni des valves qu'il fallait soigneusement fermer puis rouvrir chaque fois que Felix changeait de position. Attendre que les antibiotiques agissent sur l'infection qui l'avait rendu si malade.

Les premières vingt-quatre heures étaient les pires, et il était hors de question que Jonno laisse Brianna et sa mère veiller seules. Il quitta à peine la chambre de Felix, ce premier jour. Anthony vint plusieurs fois, entre deux consultations.

Plus tard dans la soirée, Elsie apporta du café et tenta de persuader Jonno et Brianna de faire une pause et de sortir manger quelque chose, après la fermeture de la cafétéria, mais Brianna ne voulait pas bouger.

— Je ne peux pas, dit-elle doucement. Je veux être là quand il se réveillera.

— Je vais y aller, alors, proposa Elsie. Je pourrais vous rapporter autre chose ?

— Je m'en charge, affirma Jonno. Je vais rentrer chez moi, prendre une douche rapide et retirer mon uniforme. Je prendrai de la nourriture.

Il ferma brièvement les yeux en se rappelant qu'il y a seulement deux jours, lui, Brianna et Felix avaient mangé des hamburgers ensemble après le cours de musique. Ils avaient beaucoup ri.

Il déglutit avec peine pour chasser la boule qui lui serrait la gorge, et sourit à Brianna.

— Un sandwich pour toi, c'est ça ? Je peux vous apporter quelque chose aussi, Elsie ?

Celle-ci secoua la tête.

— Je rentrerai quand vous reviendrez, dit-elle. Je vais avoir besoin d'une douche, moi aussi.

— Tu devrais retourner à la maison et dormir un peu, maman, dit Brianna. Je vais rester ici cette nuit. Je t'appelle s'il y a du changement.

Elsie haussa les épaules.

— Je ne veux pas te laisser ici toute seule.

— Elle ne sera pas seule, dit aussitôt Jonno. Je serai de retour très bientôt et je resterai auprès d'elle.

Il croisa le regard fixe de la mère de Brianna et le soutint jusqu'à ce qu'il voie les lignes profondes autour de ses yeux et de sa bouche s'adoucir un peu : elle avait compris qu'on pouvait lui faire confiance.

Elsie était toujours là quand il revint, une heure plus tard, et cette fois, elle lui sourit avec chaleur. Son père avait dit à Brianna que celle-ci ressemblait à sa mère et, en cet instant, c'était flagrant : Elsie Henderson était toujours une très belle femme.

— Allez manger tranquillement, tous les deux, dit-elle. Je viendrai vous chercher si Felix se réveille, mais j'ai l'impression qu'il va dormir le reste de la nuit.

— Sa température a baissé, lui apprit Brianna alors qu'ils se dirigeaient vers la salle réservée aux familles, où il avait laissé leurs sandwichs. La pression intracrânienne aussi. Le Dr Jarvis est passé pendant ton absence et il est satisfait de son état. Ton père est venu aussi. Il a un patient en postchirurgie dans le service.

Brianna se força à avaler quelque chose, le regard dans le vide. Comme elle grignotait une frite, Jonno vit ses yeux se remplir de larmes, qu'elle combattit aussitôt.

— Qu'est-ce qu'il y a dans ce sac ? demanda-t-elle avec un signe de la tête.

— Mon ordinateur portable. J'ai pensé que je pourrais trouver quelque chose pour distraire Felix quand il sera bien réveillé après la chirurgie. Et j'ai aussi apporté son dossier médical. Je n'ai pas encore fini de lire tous ses bulletins scolaires.

Jonno fouilla dans le sac et, lorsqu'il sortit le dossier, une enveloppe en tomba.

Il se baissa pour la ramasser puis, perplexe, la retourna dans sa main. L'enveloppe était timbrée, et couverte de tampons dont seuls quelques-uns étaient en anglais : « N'habite pas à l'adresse indiquée », « Destinataire inconnu » « Retour à l'expéditeur ».

Au centre figurait l'adresse du camp de base du mont Everest, à Khumbu, Népal. Avec son nom au-dessus.

— Oh ! mon Dieu… Tu m'as écrit ? Par courrier ?

Brianna acquiesça.

— Il y a deux camps de base, lui dit-il. Le camp du sud est au Népal. Le camp du nord est au Tibet, sur le versant opposé de la montagne.

Les yeux de Brianna s'agrandirent.

— Je l'ignorais. Et tu étais dans le camp du nord ?

Ce fut au tour de Jonno d'acquiescer.

— Je peux… l'ouvrir ?

Elle haussa les épaules et dit avec un faible sourire :

— Ça n'a plus beaucoup d'intérêt maintenant. C'est de l'histoire ancienne.

Mais Jonno était incapable de résister. Il ouvrit l'enveloppe et lut :

Cher Jonno,

Je sais que cela va te faire un choc, mais je dois te dire que je suis enceinte de toi. Je ne te mentais pas quand je t'ai dit que je prenais la pilule, et il s'agit d'un accident. Je suis désolée.

J'ai passé mon premier trimestre, à présent. Je n'attends rien de toi et si tu préfères ne rien avoir à faire avec cet enfant, je le comprendrai. Je pensais simplement que tu devais savoir qu'il viendra au monde dans environ cinq mois. Un bébé que je vais garder, et élever du mieux que je peux.

Je l'aimerai suffisamment pour nous deux et je lui parlerai de son père pour lui dire que c'est quelqu'un de bien.

Bonne chance,

Brianna

Il y avait une rature sur le papier, en dessous, comme si des mots avaient été effacés. Par des larmes ?

Il déchiffra :

Je n'oublierai jamais cette nuit-là.

Brianna scrutait les réactions de Jonno, et vit le moment précis où celui-ci se souvint de l'avoir accusée de lui avoir menti dès leur rencontre. Cette lettre ne prouvait pas qu'elle avait pris un contraceptif cette nuit-là, mais elle montrait bien en revanche qu'elle avait fait tout ce qu'elle pouvait pour le contacter dès qu'elle avait appris sa grossesse.

Elle lut la consternation dans ses yeux, et les excuses qu'il ne savait pas formuler.

Il lui parut très fragile aussi, et totalement bouleversé. À tel point qu'elle n'osa pas parler de crainte de l'effrayer, de le faire fuir. Au lieu de cela, elle remit son sandwich entamé dans le sac en papier, sans dire un mot.

— Je vais retourner voir comment va Felix, dit-elle doucement. Merci beaucoup de m'avoir apporté quelque chose à manger. Je garde tout cela pour plus tard.

— Je viens avec toi ! répondit Jonno d'une voix rauque. Je n'ai pas très faim non plus.

Ils trouvèrent Anthony dans la chambre avec Elsie.

— J'essaie de persuader votre mère de rentrer chez elle et de dormir un peu, expliqua Anthony à Brianna. Mais elle affirme qu'elle se contentera du canapé de la salle des familles.

Brianna serra sa mère dans ses bras.

— Rentre à la maison, maman. Je t'appelle s'il y a du changement, c'est promis.

— Si vous ne voulez pas conduire, je peux appeler un taxi, proposa Jonno.

— Ce n'est pas nécessaire, dit fermement Anthony. Je rentre moi-même à la maison et je peux vous déposer, Elsie.

— Oh… Dans ce cas…

Elsie leva les yeux vers Anthony, puis se tourna vers Brianna.

— Tu es sûre que tu ne veux pas que je reste ?

Brianna secoua la tête.

— Ça va aller, affirma-t-elle.

Avec Jonno à ses côtés, elle se sentait plus forte. Prête à affronter les épreuves qui l'attendaient. Qui les attendaient tous les deux. Car, sans qu'il ait eu besoin de prononcer un seul mot, Jonno lui avait accordé ce qu'elle attendait depuis longtemps : le pardon. Et la confiance.

Le lendemain, Felix, assis dans son lit, allait beaucoup mieux. Un peu hagard cependant, il semblait se demander ce qu'il faisait là. Pourtant, il ne paraissait pas surpris de la présence de Jonno à son chevet. Habitué à avoir de nombreux adultes autour de lui, il trouvait sans doute tout à fait naturel qu'un ami de sa mère, qui plus est un soignant, se soucie autant de lui.

Peut-être était-ce juste un vœu pieux, songea Brianna, mais elle avait l'impression qu'il y avait une réelle connexion entre eux. Que Felix aimait déjà son papa, même s'il n'avait toujours aucune idée de qui était vraiment Jonno.

Il semblait y avoir un accord tacite entre Jonno, Brianna, Elsie et Anthony sur le fait qu'il était temps de dire à Felix pourquoi sa famille s'était soudainement agrandie, mais en même temps, un pacte silencieux leur dictait d'attendre qu'il soit suffisamment rétabli. Personne ne voulait le perturber de quelque manière que ce soit. Il venait de subir une opération délicate, et il devait avant tout se reposer et reprendre des forces.

Quelques jours plus tard, au lieu de veiller Felix qui dormait profondément, les quatre adultes en visite à l'hôpital décidèrent d'aller prendre un café.

— Comment saviez-vous, demanda Elsie à Jonno, que son livre préféré était celui sur le poney tacheté Nobby qui s'enfuit pour rejoindre un cirque ?

— Il me l'a dit. Quand je lui ai raconté que j'avais monté des poneys dans le désert. Il pensait que Nobby aimerait faire ça, lui aussi.

— Pourquoi je n'ai jamais pensé à acheter le tome II ? lança Brianna dans un rire. Qui aurait cru que Nobby détesterait le cirque et serait vendu à un cow-boy qui l'emmènerait à l'aventure ?

— Et qui savait que l'éditeur a été assez malin pour faire fabriquer une peluche Nobby à vendre avec le livre ? ajouta Elsie avec un sourire ému. Vous avez vu comme il le tient contre lui pendant son sommeil ?

Jonno était presque gêné par tous ces compliments.

— J'ai juste fait une recherche en ligne, a-t-il dit. Ce n'était pas grand-chose.

En vérité, si. Dès que Jonno lui avait tendu son cadeau, il avait vu le visage du petit garçon s'éclairer. Il l'avait serré si fort dans ses petits bras pour le remercier que Jonno avait craint qu'il se fasse mal. Il en avait eu le souffle coupé.

— Felix est fou de ce jouet, et il t'adore, toi aussi, affirma Brianna, qui le remercia une nouvelle fois du regard. À ses yeux, tu es plus magique encore que le Père Noël.

— Il faudra veiller à ce que Dennis ne déchiquette pas Nobby quand nous rentrerons à la maison, prévint Elsie. Il adore les oreilles de tous les animaux en peluche !

Anthony prit la parole.

— Il n'est pas encore près de rentrer à la maison, expliqua-t-il. Il va rester quelques jours en observation pour surveiller tout signe d'augmentation de la PIC jusqu'à ce qu'il soit débarrassé de cette infection et qu'on puisse remplacer le shunt. Ou tenter l'EVT ?

Il regarda tour à tour Brianna, puis Jonno.

— Est-ce que Peter Jarvis vous a reparlé de ça à tous les deux ?

Brianna hocha la tête.

— J'ai essayé de l'expliquer à maman cet après-midi.

Comme elle prenait une profonde inspiration, Jonno remarqua ses traits tirés. Il n'avait jamais vu de cernes aussi profonds sous ses yeux.

— Je sais que ce serait merveilleux s'il n'avait plus besoin de dérivation, mais cette intervention me fait très peur.

— Il s'agit d'une procédure endoscopique bien établie et peu invasive, expliqua Anthony. Avec des résultats prometteurs. J'ai eu une bonne discussion avec Peter à ce sujet aujourd'hui.

— Je ne comprends pas tout, avoua Elsie. Mais l'idée

qu'on fasse un trou dans le crâne de cet enfant me donne des frissons.

Anthony lui sourit pour la rassurer.

— Je comprends. Mais c'est un tout petit trou, et l'opération dure à peine une heure. On l'appelle mini-invasive parce qu'il ne s'agit pas d'un geste majeur.

— Mais le risque est tout de même bien réel, non ? demanda Brianna.

— Oui, il y a toujours des risques, mais le taux de complication à long terme est plus faible que pour les shunts, ajouta Jonno. Et la priorité est tout de même d'éviter toute infection dans les années à venir, alors qu'il est encore si fragile…

Jonno se tut. Anthony et Elsie n'écoutaient pas vraiment, parce que son père dessinait sur une serviette en papier pour expliquer plus clairement à Elsie la ventriculostomie endoscopique. Quant à Brianna, elle s'était figée, tout à coup.

Dans les années à venir…

Comme il se répétait les paroles qu'il venait de prononcer, il comprit qu'elles sonnaient comme un engagement, une promesse de s'impliquer dans la vie de son fils.

Venait-il, au détour d'une phrase, d'assumer officiellement le rôle de père de Felix, et sa présence aux côtés de sa mère ? Comme s'ils formaient… une vraie famille ?

En tout cas, même s'ils n'en avaient rien montré, les grands-parents l'avaient bien entendu, et levèrent vers lui un regard plein d'espoir.

Ce fut au tour de Jonno de prendre une profonde inspiration. Non qu'il n'ait pas assez confiance en Brianna ou qu'il doute que ça pouvait marcher entre eux. Comment ne lui ferait-il pas confiance après la découverte de cette lettre, qui prouvait que tout ce qu'elle avait dit était rigoureusement vrai ?

Sa vie tout entière avait été chamboulée, ces derniers temps. Et le fait que son père ait réapparu avait fait resurgir des souvenirs profondément refoulés. Trop longtemps il avait cru ne pas avoir été aimé, choyé, protégé autant qu'il en avait besoin. Et, parce que rien ni personne ne lui avait semblé digne de confiance, il s'était enfui, coupé du monde.

Mais aujourd'hui, il n'avait plus envie de fuir par crainte d'affronter la réalité, et il avait pris une grande décision. Est-ce que Brianna avait vu la détermination sur son visage, quand elle avait croisé son regard ? Ou lisait-elle vraiment dans ses pensées ?

Sans préambule, elle demanda :

— À quelle date dois-tu libérer ton appartement ?

— Pas avant un mois. Mais le compte à rebours a déjà commencé. Mon ami Max sera heureux de m'héberger pendant quelque temps, mais je dois commencer à chercher un nouveau logement. Car j'ai accepté un CDI au sein de l'unité de sauvetage aérien.

Il avait baissé le ton, mais ses paroles avaient attiré l'attention d'Elsie et Anthony. Parler d'engagement était une chose. Entamer une nouvelle carrière et investir dans l'immobilier en était une autre. Et cela pouvait signifier que l'implication de Jonno dans l'existence de Felix et de Brianna allait changer leur vie à tous.

— Vous avez… accepté ce poste ? demanda Elsie. Mais… c'est une merveilleuse nouvelle !

— Tu cherches un appartement ? renchérit Anthony.

— Oui, car j'ai vendu le mien, expliqua Jonno. J'aurais dû le faire il y a très longtemps.

Il posa les yeux sur Brianna le temps d'un battement de cœur, espérant qu'elle comprendrait que, s'il avait eu du mal à se défaire de cet appartement, c'était parce qu'il était rempli du souvenir de leur unique nuit de passion…

Il comprit très vite que le message avait été reçu. Mieux encore, que Brianna n'était pas près d'oublier elle non plus. Elle le lui avait déjà dit, n'est-ce pas ? Dans le post-scriptum de sa lettre.

« Je n'oublierai jamais cette nuit-là… »

Dieu merci, personne d'autre ne perçut ce dialogue intime et silencieux.

— Il est temps que je me sépare de ma maison, moi aussi ! lança Anthony. J'aimerais trouver quelque chose de la taille de la vôtre, Elsie. Mon jardin prend beaucoup trop de temps à entretenir, et je n'utilise que la moitié des pièces. Je l'ai gardée uniquement parce que j'y ai grandi.

Il prit sa tasse de café, puis la replaça soigneusement sur sa soucoupe lorsqu'il croisa le regard de son fils.

— C'est là que tu as grandi, toi aussi, ajouta-t-il doucement. C'est autant ta maison que la mienne, Jonno. Tu devrais avoir ton mot à dire au sujet de cette vente. Peut-être aimerais-tu y vivre de nouveau toi-même ? Felix adorerait le jardin, n'est-ce pas ?

Jonno avait dit à Brianna que la maison était parfaite pour un enfant, avec le parc forestier et les pistes cyclables à proximité, mais en réalité son enfance à lui était loin d'avoir été parfaite. Serait-ce une grave erreur de revisiter le passé à ce point, dans l'espoir de pouvoir réécrire l'histoire ?

— Merci, dit-il à son père. Je te promets d'y réfléchir.

Mais son ton était un peu dédaigneux, et un silence gênant s'installa, qui semblait indiquer que père et fils devaient à tout prix parler. Hélas, cela n'était facile pour aucun d'entre eux, et Jonno eut soudain l'impression que les murs se resserraient autour de lui. Il se sentait piégé.

Elsie fut la première à réagir en déclarant :

— Je vais monter dans la chambre de Felix. Je suis sûre qu'il dort encore profondément, mais j'aimerais ranger ses jouets avant de rentrer chez moi.

— Je dois y aller, moi aussi, ajouta Anthony, soulagé. J'ai quelques patients à voir avant de retourner à la maison.

Une fois seuls, Brianna et Jonno gardèrent un moment le silence, que rompit le bourdonnement d'un téléphone posé sur la table.

— C'est Max, dit Jonno en coupant la sonnerie. Je le rappellerai plus tard.

Mais son téléphone sonna de nouveau, et Jonno gémit.

— Oh ! non…

— Qu'est-ce qu'il y a ? demanda Brianna.

— Tu te souviens du voyage que nous avions prévu dans les Cairngorms pour faire de l'escalade et que j'ai manqué la dernière fois, parce que j'étais de garde ?

— Oui, tu m'en avais parlé. C'était une ascension assez difficile, c'est ça ?

— Oui, exactement.

— Eh bien, Max l'a reprogrammé pour cette semaine. Après-demain, en fait. J'avais prévu de le contacter pour lui demander de le repousser encore, mais c'est le jour où Felix est tombé malade et je n'y ai plus pensé.

Il prit son téléphone.

— Je vais le rappeler. Il faut que j'annule maintenant.

Une cascade de pensées déferla soudain dans la tête de Brianna, et elle repensa à la suite d'événements qui s'étaient produits depuis le dernier voyage de Jonno dans les montagnes des Cairngorms, en Écosse.

Elle revit la lueur dans ses yeux quand il avait évoqué ces fameuses *wingsuits*, des combinaisons qui permettaient de voler comme un oiseau. Il avait été déçu de ne pas avoir eu la chance de relever le défi de cette paroi rocheuse que lui et Max avaient projeté d'escalader.

Elle se demandait s'il prévoyait d'annuler toutes les aventures auxquelles il avait rêvé de participer dans les années à venir. Ces années qu'il s'était promis à présent de consacrer à son fils, qu'il voulait voir grandir en toute sécurité. Cela expliquait-il la tension qui s'était installée lorsque son père lui avait proposé de retourner vivre dans la maison où il avait grandi ? Un malaise qui suggérait que de vieilles blessures s'étaient rouvertes, réveillant en lui un désir d'évasion inassouvi. Avait-il besoin de se vider la tête en affrontant les éléments, en se lançant des défis ?

Sans réfléchir, Brianna posa la main sur le bras de Jonno.

— Attends…

Jonno leva les yeux, son téléphone à la main.

— Qu'est-ce qu'il y a ?

— Je viens de penser à quelque chose que maman m'a dit il y a longtemps, quand j'avais l'impression qu'il nous serait impossible de concilier la prise en charge de Felix avec nos autres projets – devenir ambulancière pour moi et, pour maman, reprendre son métier d'infirmière.

Jonno avait l'air perplexe. Il ne voyait manifestement pas le rapport avec le fait d'appeler Max.

— Elle a dit que, si nous voulions être les meilleurs parents possible, nous devions aussi prendre soin de nous et nous ménager du temps pour faire des choses qui nous passionnent.

— Ta mère est une femme très sage.

— Alors pourquoi ne pas honorer ce rendez-vous et aller vaincre ce sommet, puisque c'est ce que tu aimes tant ?

Mais Jonno avait l'air écartelé.

— Je ne peux pas… Pas tant que Felix est à l'hôpital. Je me suis rendu compte de tout ce que tu as dû endurer toute seule. Ce ne sera plus comme ça à partir de maintenant, Brianna. Je serai là, moi aussi.

« Dans les années à venir… »

Entendre Jonno dire à haute voix qu'il avait l'intention de s'impliquer dans l'éducation de son fils à l'avenir émut Brianna aux larmes. La présence de Jonno dans la vie de Felix et dans la sienne allait tout changer.

Mais, sans oser l'avouer, elle rêvait de l'entendre dire qu'il voulait être là pour elle et pas seulement pour l'aider à s'occuper de leur enfant. Elle refusait cependant de laisser son dépit obscurcir la promesse de Jonno, et, pour ne pas l'effrayer, elle répliqua d'un ton qu'elle espérait léger :

— Felix est heureux. Grâce à toi, il a Nobby, et une nouvelle histoire que nous devrons probablement lire jusqu'à ce que nous la connaissions tous par cœur et que tout le monde, sauf Felix, en ait assez. Tu seras de retour avant sa prochaine opération. De plus, si tu n'escalades pas cette montagne maintenant, qui sait quand la météo sera de nouveau favorable ?

Jonno soutint son regard.

— Tu as raison. Tu es sûre que ça ne te dérange pas ?

Brianna avait le cœur serré à lui faire mal. Jonno était prêt à renoncer à ce qu'il aimait tant pour Felix ! C'était un cadeau qu'elle seule croyait pouvoir lui offrir, pourtant…

— J'en suis sûre, dit-elle doucement. Vas-y… et profites-en…

Brianna n'était pas la seule à regretter la présence de Jonno.

— Où est Jonno ? demanda Felix pour la énième fois, alors que Brianna essayait de le calmer pour la nuit.

— Il est parti, juste pour quelques jours. Et quand il sera de retour, il pourra te raconter toutes ses aventures passionnantes en montagne. Tu veux regarder des photos d'alpinistes sur ta tablette ?

Mais Felix secoua la tête. Sa lèvre commença à trembler lorsqu'il ajouta :

— Je veux qu'il me lise l'histoire de Nobby et des cow-boys !

— Je peux te la lire, moi, si tu veux, répondit Brianna en réprimant un soupir.

Felix serra contre son cœur le cheval en peluche tacheté et se blottit contre ses oreillers.

— D'accord. Nous sommes prêts, maman…

Elle dut lire l'histoire trois fois mais, si Felix commençait à somnoler, il n'avait pas l'air réconforté.

— Je veux rentrer à la maison, murmura-t-il soudain.

— Je comprends, mon chéri.

Brianna lui caressa les cheveux et se pencha pour l'embrasser.

— Tu seras bientôt guéri, je te le promets. Le Dr Jarvis a dit qu'il fallait faire quelques examens pour préparer l'opération qui arrangera les choses et, ensuite, nous pourrons tous rentrer à la maison. Toi, moi et Nobby.

Mais Felix ne lui rendit pas son sourire.

— Je veux rentrer à la maison maintenant ! Je veux voir mes étoiles et faire un vœu.

Brianna sentit son cœur se briser en voyant les petits yeux de son fils se remplir de larmes. Cela ne lui ressemblait pas du tout, et c'était le signe d'un gros chagrin.

Elle prit sa tablette.

— Et si nous regardions une belle photo d'étoiles ?

— D'accord…

Lorsqu'elle eut trouvé, Felix ferma les yeux et demeura longtemps silencieux.

— Qu'est-ce que tu as fait, comme vœu ? demanda Brianna.

— Tu sais bien qu'on n'a pas le droit de le dire, sinon ça ne marche pas ! répliqua l'enfant.

— D'accord, mais est-ce que c'était… le vœu secret ?

— Oui, comme d'habitude, balbutia Felix.

Sa voix se fit murmure, tandis qu'il ajoutait en sombrant dans le sommeil, sa joue enfouie dans le cou de Nobby :

— J'ai demandé si Jonno pouvait être mon papa…

Brianna avait besoin d'air. Sur la pointe des pieds, elle sortit de la chambre de Felix et emprunta le couloir principal du service. Alors qu'elle franchissait les portes pour aller s'installer dans un des fauteuils installés près d'une baie vitrée, elle vit s'ouvrir les portes de l'ascenseur.

Elsie en sortit et s'avança vers elle, le visage dévasté.

— Maman, qu'est-ce qu'il y a ? Est-ce que quelque chose est arrivé à Dennis ?

— Non… il va bien, répondit Elsie. Il a fait une belle promenade. C'est autre chose…

Elsie lui saisit les deux mains.

— Viens t'asseoir, ma chérie.

Mais Brianna ne pouvait pas bouger.

— Dis-moi, je t'en prie…

— Je viens de l'entendre à la radio, dans la voiture. Il y a eu un accident…

Elle *savait*. Avant même qu'Elsie n'ajoute un seul mot, Brianna comprit ce qui s'était passé : sa pire crainte s'était réalisée.

— Je ne connais pas les détails. Ils ont juste dit qu'un alpiniste avait dévissé dans les Cairngorms. Lors d'une ascension particulièrement périlleuse. Oh ! ma chérie, c'est terrible ! Je sais qu'il ne faut pas penser au pire, mais je voulais que tu saches…

Comment ne pas imaginer le pire, alors que tout portait à croire qu'il s'était produit ?

Brianna réussit à atteindre l'un des fauteuils près de la fenêtre et s'y laissa tomber. Incapable de prononcer un seul mot, elle baissa la tête, anéantie.

— J'ai essayé d'appeler Anthony, reprit Elsie, mais son téléphone est éteint. S'il s'agit de Jonno, il sera le premier à être informé, j'en suis sûre.

— Anthony était ici il n'y a pas longtemps, articula Brianna d'une voix blanche. Il a dû ramener un patient au bloc, et il m'a dit que cela prendrait un peu de temps. Tu le trouveras peut-être aux soins intensifs.

Elsie secoua la tête.

— Je ne veux pas te quitter.

— Je pense que j'ai besoin d'être seule quelques minutes, maman. Je n'arrive pas à réaliser…

— Je sais…, dit Elsie, les larmes aux yeux. Je ne peux pas le croire, moi non plus. Et la première chose que j'ai pensée, c'est que tu avais raison depuis le début…

— À propos de quoi ?

— Sur le fait qu'il ne fallait pas le dire à Felix. De la souffrance que ce serait pour lui de découvrir qu'il a un papa et… de le perdre.

— Vas-y, maman, murmura Brianna. Essaie de trouver Anthony pour savoir ce qui s'est vraiment passé. Si ça se trouve, ce n'est qu'une fausse alerte.

Mais au fond d'elle-même, Brianna avait le sentiment que ce n'était pas le cas.

Oui, le pire était arrivé. Elle avait perdu Jonno sans avoir jamais pu lui dire à quel point elle l'aimait.

Et Felix avait perdu son père avant même de savoir qu'il en avait un. Son vœu secret ne se réaliserait jamais.

13.

On aurait dit qu'elle était assise là depuis une éternité.

Immobile, la tête baissée et les yeux fermés, comme si elle se recueillait.

Avait-elle entendu la nouvelle ? La police l'avait informé qu'aucun nom ne serait divulgué avant que les membres de la famille ne soient prévenus, mais cela n'aurait fait qu'empirer les choses. Il avait essayé d'appeler son père, sans succès, alors il avait laissé un message vocal. Brianna le croyait-elle mort ?

Jonno savait qu'il n'avait pas fière allure, encore vêtu de sa tenue d'escalade toute tachée de sang. Il était si pressé d'arriver ici qu'il n'avait même pas pris le temps de passer un peu d'eau sur son visage maculé de terre…

Jamais il n'était passé si près de la mort, et jamais il ne s'était senti aussi vivant.

Doucement, il s'avança vers elle, puis il l'appela. Si doucement que lui-même entendait à peine sa voix.

Comme au sortir d'un cauchemar, elle leva brusquement la tête.

En un éclair, elle fut dans ses bras. Tenir Brianna tout contre lui, enfouir son menton dans ses cheveux. Sentir son cœur battre contre sa poitrine, sa chaleur…

Il en avait tant rêvé qu'il avait du mal à croire qu'il ne rêvait plus, qu'elle était bel et bien là, en chair et en os…

Sans qu'il ne puisse rien faire pour les arrêter, les larmes commencèrent à couler sur ses joues, des larmes de chagrin pour son ami Max, qu'il n'avait pas pu sauver, des larmes de rage et d'impuissance.

Brianna pleurait, elle aussi.

— J'ai cru que c'était toi, balbutia-t-elle. Oh ! mon Dieu, Jonno ! Je pensais t'avoir perdu pour toujours !

Elle tremblait dans ses bras, et il la serra encore plus fort pour chasser les images qui hantaient son esprit : celle du corps de son ami après sa chute fatale, et les visages ravagés des parents de Max.

Au cours de cet interminable voyage jusqu'à Bristol, Jonno avait réalisé qu'une seule personne pouvait l'aider à surmonter ce drame affreux.

Une personne en qui il pouvait avoir suffisamment confiance pour lui confier la peine qui lui dévorait le cœur, s'il était assez courageux pour le faire.

Si elle le voulait…

Il n'y avait qu'un seul moyen de le savoir. C'est pourquoi il était venu ici avec une telle urgence qu'il n'avait même pas pris la peine de se coiffer ou de se laver le visage. Et il savait que, même si Brianna ne ressentait pas la même chose que lui, il devait lui dire.

Parce que la vie est si fragile, si imprévisible qu'on ne sait jamais de quoi demain sera fait. En tout cas, aujourd'hui, Brianna méritait de savoir à quel point elle comptait pour lui.

À quel point il l'aimait…

Et Felix devait apprendre qu'il avait un papa qui l'aimait de tout son cœur. Un cœur qui saignait beaucoup en ce moment, et pas simplement parce qu'il avait perdu quelqu'un de précieux, mais aussi parce qu'il devenait plus grand. Il s'ouvrait. Oui, il s'ouvrait à la vie même, qui est faite de joies et de peines.

Dans un moment comme celui qu'il venait de vivre, seul l'amour pouvait lui apporter du réconfort.

Jonno serra Brianna encore plus fort dans ses bras.

— Je t'aime, murmura-t-il tout contre son oreille. Je t'aime, Brianna…

Elle sentit les bras de Jonno se relâcher, ce qui était une bonne chose car elle avait vraiment besoin de respirer. Mais la dernière chose qu'elle voulait, c'était que Jonno la laisse partir.

Jamais…

Folle de joie, Brianna leva les yeux vers l'homme qu'elle aimait tant. Il avait l'air dévasté par la perte de son ami, et elle sentit son cœur se serrer.

Pourtant, elle éprouvait un pur soulagement à l'idée qu'il n'ait pas seulement survécu au terrible accident qui avait coûté la vie à son meilleur ami, mais qu'il ait choisi de venir la voir pour lui exprimer sa peine et sa joie mêlées.

Il venait de prononcer trois petits mots qui allaient changer la vie de Brianna, et elle savait qu'il était sincère.

C'était son tour, maintenant. Elle s'approcha pour toucher son visage et essuyer ses larmes.

— Je t'aime, Jonno, dit-elle en retour. Je t'ai toujours aimé. Tu m'as manqué. Tu nous as manqué, à Felix et à moi, pendant toutes ces années… Au cours de ces deux derniers jours, alors que j'imaginais le pire, j'ai réalisé que je t'aimerais toujours et je m'en suis voulu de ne pas te l'avoir dit. D'avoir attendu pour annoncer la vérité à Felix.

— Nous n'avons pas à attendre plus longtemps, n'est-ce pas ? lança Jonno en l'attirant de nouveau dans ses bras. À partir de maintenant, nous devons tirer le meilleur parti de chaque minute que nous passerons ensemble, comme une vraie famille.

Brianna resserra les bras autour de lui.

— Nous devrions peut-être patienter encore un peu, suggéra-t-elle, sans oser lui dire qu'il risquait de faire peur à Felix s'il entrait dans sa chambre dans cet état.

Jonno acquiesça, mais il semblait donner à ses paroles un sens très différent, car il pencha la tête pour effleurer ses lèvres des siennes. Doucement…

Elle devrait le ramener à la maison, pensa Brianna. Il avait besoin d'une douche et de vêtements de rechange. Ce serait parfait si elle pouvait le persuader de manger quelque chose, mais ce dont il avait le plus besoin, c'était de réconfort. Il y aurait du temps pour tout le reste, après ça. Ils avaient toute la vie pour former la meilleure famille possible…

Brianna entendit les portes de l'ascenseur s'ouvrir derrière elle et tourna la tête pour voir Anthony et Elsie marcher vers eux, une même expression béate sur le visage.

Elsie souriait à travers ses larmes.

— Oh ! merci mon Dieu ! souffla-t-elle. Anthony vient de recevoir votre message, Jonno. Nous étions en train de descendre pour le dire à Brianna, mais…

— Je pense que nous les dérangeons, Elsie, dit Anthony. Nous parlerons plus tard. Allons plutôt voir Felix !

— Nous nous apprêtions à y aller, nous aussi, répliqua Brianna.

— Dans ce cas, nous allons aller prendre l'air, lança Elsie en entraînant Anthony. Et peut-être un café, aussi. Nous reviendrons tout à l'heure.

Jonno leva les sourcils et se passa la main dans les cheveux comme s'il venait de prendre conscience de son allure pitoyable.

— Je ne suis pas vraiment présentable…

Brianna sourit en esquissant un vague geste de la main. Ça n'avait pas vraiment d'importance, car Felix ne verrait probablement que le sourire de son père. Et elle brûlait de voir le regard dans ses yeux quand il découvrirait que ses deux parents ne l'aimaient pas seulement, lui, mais avaient aussi des sentiments l'un pour l'autre… Qu'ils allaient devenir une vraie famille, tous les trois.

Jonno l'attira à lui. Ils étaient de nouveau seuls dans le foyer et Brianna savait qu'il avait besoin de sa force, de son énergie avant de se retrouver face à leur fils. Car, devant cet enfant, il n'aurait pas le droit à l'erreur et devrait dire toute la vérité.

Et cela lui convenait parfaitement.

Parce que ce n'était pas seulement le souhait de Felix qui était sur le point de se réaliser, mais aussi le sien.

ALISON ROBERTS

L'espoir du Dr Morgan

Traduction française de
VIRGINIE CANTIN

BLANCHE

HARLEQUIN

Titre original :
HOW TO RESCUE THE HEART DOCTOR

Prologue

Il était 5 heures, la salle du personnel était vide et la cafetière pleine, très tentante après la longue nuit qu'Anthony Morgan, chirurgien cardiaque pédiatrique, venait de passer au bloc. Un moment de calme pour s'asseoir et savourer une bonne tasse de café chaud et fort, c'était exactement ce dont il avait besoin !

Alors qu'il venait de se servir, une infirmière entra avec un bébé dans les bras, et eut l'air très étonnée de le trouver là.

— Je ne vous dérange pas, j'espère ? dit Anthony en s'empressant d'aller poser sa tasse sur la table.

— Ne vous inquiétez pas, répondit Elsie, qui avait remarqué les rides de fatigue autour de ses yeux. Restez assis. On dirait que vous avez besoin d'un endroit calme, tout autant que Tommy et moi, docteur Morgan.

— S'il vous plaît, appelez-moi Anthony…

Elle apprécia sa simplicité, et lui sourit.

— Je m'appelle Elsie, et je viens juste de commencer dans ce service. Je vous ai déjà vu auparavant, bien sûr, mais jamais à une heure aussi tardive.

Elle avait un sourire charmant, et les fils argentés dans ses cheveux indiquaient qu'elle était plus âgée que la plupart des infirmières de Saint Nicholas.

— La nuit a été plutôt longue. J'étais au bloc depuis minuit avec une fillette qui semble ne pas vouloir s'en sortir. Elle a subi une intervention chirurgicale assez importante aujourd'hui et a eu des problèmes d'arythmie qui ont déclenché une insuffisance cardiaque aiguë.

— Oh… Je suis désolée.

Elsie soutint quelques instants encore son regard. Elle connaissait la réputation d'Anthony Morgan, mais sa présence ici était une preuve tangible de l'importance qu'il accordait à ses jeunes patients, et elle ne put s'empêcher d'être sérieusement impressionnée.

— C'est la petite Victoria, n'est-ce pas ? Je sais qu'elle doit se faire opérer prochainement et…

Le silence du médecin indiqua à Elsie qu'il n'avait pas l'intention d'enfreindre, ne serait-ce qu'à demi, les règles du secret médical, ce qui acheva de l'impressionner. Cet homme savait garder un secret.

— Désolée, je n'aurais pas dû demander. C'est juste que… j'ai longuement parlé à la mère de Vicky lors de ma dernière garde. J'aide à élever mon petit-fils atteint de spina-bifida, alors nous avons tout de suite sympathisé. Et Vicky est une adorable petite fille. Elle fait les plus beaux câlins du monde, comme mon Felix.

Anthony lui sourit.

— Elle va bien. C'est une battante. Son cardiologue s'est occupé d'elle, et vous pourriez avoir droit à de nouveaux câlins dans quelques jours. Votre petit-fils a le même âge ?

— Non, il a six ans, deux ans de plus. Il a lui-même subi quelques interventions, mais rien d'aussi sérieux qu'une opération à cœur ouvert.

— Je suis heureux qu'il n'en ait pas eu besoin.

Anthony étouffa un bâillement.

— En fait, Vicky n'a plus besoin de moi, mais si je rentrais chez moi j'aurais à peine le temps de me reposer qu'il faudrait que je revienne ici pour prendre ma nouvelle garde. Avec tous ces embouteillages ! J'ai un emploi du temps bien chargé ce matin, alors je me suis dit que j'allais prendre un café léger et aller dormir une heure ou deux…

Lorsqu'il se pencha vers la table pour y prendre un journal, il remarqua la photo en première page. On y voyait deux jeunes hommes souriants en tenue d'alpinistes, penchés sur un brancard où était allongé un blessé qu'ils venaient manifestement de secourir.

Ému aux larmes, Anthony fixait l'image. Il avait l'impression que sa poitrine était serrée dans un étau. Depuis combien de temps n'avait-il pas vu le visage de Jonno ? Près de dix ans ? Et depuis quand ne s'était-il pas senti le bienvenu dans sa vie ? Probablement depuis l'enterrement de son ex-femme, il y avait bien longtemps.

Soudain, la voix de l'infirmière le ramena à l'instant présent. Tout en se radossant dans son fauteuil, près de lui, elle demanda :

— Vous connaissez cet homme ?

— Oui, répondit-il d'un air abattu, proche du désespoir. Jonathan est mon fils.

Pourquoi diable avait-il confié à une parfaite inconnue quelque chose d'aussi personnel ? Cela faisait presque vingt ans, mais il n'avait jamais oublié le tort que lui avaient fait les commérages, qui allaient toujours bon train dans les couloirs de l'hôpital.

Anthony ferma les yeux et se massa les tempes.

— Désolé, murmura-t-il. La nuit a peut-être été plus longue que je ne le pensais. Je suis sûr que vous n'avez pas envie d'entendre parler de ma vie privée. La famille… ça peut parfois être très compliqué, n'est-ce pas ?

Elsie lui signifia d'un regard qu'elle comprenait, et Anthony se concentra sur son café. Il fut presque soulagé quand le bébé qu'elle tenait dans les bras se réveilla et commença à pleurer. Quelques secondes plus tard, Elsie se leva et s'excusa.

— Je vais essayer de le remettre au lit. Bonne nuit, Anthony…

Une fois seul, Anthony regarda de nouveau la photo en première page. La sensation d'oppression dans sa poitrine était toujours là, ainsi qu'une douleur très familière.

Jonno était de retour.

Ce fils qui ne voulait plus le voir.

Anthony vida sa tasse et se leva. Il était prêt à faire face à cette situation, comme il l'avait toujours fait lorsque des difficultés se dressaient sur son chemin. Hélas, à force de régler les problèmes des autres, il en avait oublié comment s'occuper des siens ! songea-t-il, amer.

Mais, contrairement au cœur de ses patients, le sien ne pouvait pas être réparé. Il était définitivement brisé.

1.

Heureusement, Elsie Henderson le vit avant qu'il ne la voie et parvint à l'esquiver. Anthony Morgan lui tournait le dos et parlait à quelqu'un à l'accueil du service de chirurgie cardiaque.

Avait-elle le temps de ramener Victoria, la petite fille en équilibre sur sa hanche, les bras autour de son cou, dans son lit ? Il était fort possible que le Dr Morgan vienne voir la fillette, qui était l'une de ses patientes, mais Elsie préférait éviter de le croiser.

Elle ne connaissait cet homme que depuis quelques jours, mais elle savait sur lui quelque chose qu'il ignorait lui-même.

Quelque chose de très personnel.

Quelque chose qu'il avait le droit de savoir.

Elsie n'était pas sûre, pourtant, d'avoir celui de lui dire et se débattait depuis leur rencontre avec ce cas de conscience.

Hélas, elle avait dû hésiter une fraction de seconde de trop car, alors qu'elle tournait les talons dans le couloir, elle remarqua qu'Anthony pivotait vers elle. Elle se figea sur le seuil de la salle de jeux qu'elle venait de quitter.

— Si on retournait jouer un peu ? Je ne t'ai pas montré ce qu'il y avait dans cette maison de poupée, n'est-ce pas ? Regarde, une petite cuisinière avec une porte de four qui s'ouvre vraiment !

Vicky secoua la tête, somnolente.

— Je veux retourner au lit, dit-elle. Je me sens toute drôle…

— Peux-tu me dire ce que tu ressens, exactement ? demanda Elsie, alarmée.

Vicky venait de subir une opération à cœur ouvert pour réparer une pathologie congénitale. Elle n'avait quitté les soins intensifs que deux jours plus tôt mais, comme beaucoup d'enfants, elle avait récupéré étonnamment vite, et avait demandé à quitter son lit pour aller jouer. Les infirmières avaient eu beaucoup de mal à l'empêcher de se lever seule.

— Et si j'allais te chercher une glace ? avait suggéré sa mère, Julie. J'ai vu ton parfum préféré dans le congélateur de la cafétéria…

— Et je pourrais t'emmener faire une petite promenade pendant ce temps-là, avait suggéré Elsie. Nous pourrions aller jeter un coup d'œil dans la salle de jeux. Mais nous devrons être très prudentes, car tu ne dois pas encore marcher. Je peux aller chercher un fauteuil roulant ou te porter. Qu'est-ce que tu préfères ?

Vicky avait levé les bras en l'air en guise de réponse, et Julie avait adressé un sourire reconnaissant à Elsie. Peut-être la jeune maman avait-elle besoin de quelques instants de répit après le stress qu'elle venait de subir ?

Elsie s'était liée avec Vicky et Julie lorsque la petite fille avait été admise pour la première fois pour subir tous les tests et contrôles préopératoires. Les problèmes cardiaques n'étaient qu'un des nombreux défis que Vicky devait relever dans sa vie. Elle était également née avec un spina-bifida, une pathologie dont Elsie était devenue experte au fil des ans, puisque son petit-fils était venu au monde lui aussi avec cette maladie. La connexion avec Vicky et Julie avait été immédiate.

En tant qu'infirmière, elle savait également écouter, et elle perçut une note étrange dans la voix de Vicky, dont le petit visage était devenu très pâle.

— Mal à la tête…, souffla soudain l'enfant, au bord des larmes.

Elsie gagna rapidement le couloir principal. Peu lui importait, désormais, de croiser Anthony Morgan. L'essentiel était d'aider au plus vite sa petite patiente !

Il se passait quelque chose de grave, songea-t-elle en sentant l'enfant s'affaisser dans ses bras. Son niveau de conscience diminuait-il ? Sa fréquence respiratoire, elle, avait augmenté. La petite fille était presque haletante.

— Que se passe-t-il avec Vicky ?

Anthony Morgan n'était qu'à quelques pas quand Elsie atteignit le couloir principal.

— Elle est essoufflée, et on dirait qu'elle va s'évanouir…

Une main posée sur son épaule, il la guida à travers le couloir jusqu'à la salle de soins du service, munie d'un lit entouré d'armoires et d'étagères remplies de tout le matériel médical nécessaire, même pour traiter les urgences.

— Allongez-la sur le lit.

Anthony décrocha le stéthoscope de son cou, puis glissa le disque sous le petit haut de pyjama rose orné d'une licorne.

— Les bruits de son cœur sont un peu étouffés, dit-il un peu plus tard. Et elle est tachycardique à 140. Pouvez-vous trouver un pouls radial ?

Il posa la main sur le front de Vicky, lissant ses cheveux en arrière.

— Hé, Vicky ! Tu peux ouvrir les yeux ?

Les cils de l'enfant papillonnaient, ce qui suggérait qu'elle l'entendait, mais elle ne souleva pas les paupières. Elle ouvrait et fermait la bouche, cependant, luttant pour aspirer de l'oxygène. Elle ressemblait à un poisson hors de l'eau, pensa Elsie en tenant le petit poignet entre le pouce et l'index.

— Je ne sens pas de pouls.

Elsie fut surprise par le ton très calme de sa propre voix

alors qu'elle-même était prise de panique. La pression sanguine de Vicky était dangereusement basse.

— Défibrillateur ! lança Anthony. On doit faire un ECG et une pression sanguine. J'aurai aussi besoin d'un adjuvant pour les voies respiratoires.

Anthony avait les sourcils froncés.

— Ses veines jugulaires ne sont pas distendues mais, avec des bruits cardiaques étouffés et une hypotension, ça pourrait indiquer une triade de Beck.

Il jeta un coup d'œil à Elsie, qui dit d'une voix blanche :

— Une tamponnade.

Le saignement dans l'espace péricardique était une complication bien connue après une chirurgie cardiaque. Elle pouvait également être dangereuse car, si l'écoulement était abondant, le cœur pouvait cesser de fonctionner avant que l'on ait le temps de ramener le patient au bloc.

Anthony acquiesça quand Elsie prit les électrodes du défibrillateur plutôt que celles de l'ECG. Il fallait faire vite. Elle l'aida à enlever le haut de pyjama et à les appliquer sur la poitrine de l'enfant, qui, tout à coup, s'effondra et cessa de respirer. Anthony n'attendit pas que les parasites sur l'écran du défibrillateur se stabilisent et confirment la fibrillation ventriculaire pour appuyer sur le bouton rouge « arrêt cardiaque », qui appelait les secours d'urgence.

Elsie attrapa le masque du chariot, qu'Anthony appliqua lui-même sur la bouche et le nez de Vicky. Il renversa sa tête en arrière et commença à la ventiler, regardant sa poitrine se soulever et s'affaisser.

— Compressions thoraciques ?

Elsie s'efforça de garder son calme, tout en se remémorant avec précision une récente session de formation aux protocoles de réanimation cardio-pulmonaire, qu'elle appliqua à la lettre.

« Placez le talon d'une main au centre de la poitrine. »

« Gardez le bras droit et le coude verrouillés. »

« Poussez fort et vite à un rythme de trente compressions pour deux respirations. »

Sauf que… cette petite fille commençait tout juste à se remettre d'une importante chirurgie cardiaque. Combien de dommages Elsie pouvait-elle causer en poussant fort sur cette poitrine fragile, où des sutures étaient encore en place sous le pansement adhésif transparent ?

Anthony Morgan dut voir la question dans ses yeux, car il dit :

— Arrêtez les compressions. On va d'abord choquer. Vous connaissez son poids actuel ?

— Elle pesait presque vingt kilos ce matin.

— Chargez à 40 joules, alors, dit Anthony. Nous irons jusqu'à 80 s'il faut répéter.

Elsie retint son souffle lorsque le défibrillateur émit un bip strident pour annoncer que la charge était prête.

— Écartez-vous ! prévint-elle en s'assurant qu'Anthony levait les mains et que son corps ne touchait pas le lit, avant d'appuyer sur le bouton.

Elle grimaça lorsque le petit corps de Vicky se mit à trembler sous l'effet de la décharge électrique qui traversait son cœur.

— Elle est toujours en fibrillation ventriculaire ! dit Anthony en regardant l'écran. On charge à 80 joules, cette fois !

Elsie ajusta le réglage, soulagée de voir arriver les renforts. Elle reconnut un anesthésiste, qui prit aussitôt en charge le contrôle des voies aériennes et l'oxygénation, un cardiologue pédiatrique et Laura, l'une des infirmières les plus expérimentées du service. L'équipe mobile d'intervention arriva peu après, poussant deux autres chariots chargés de matériel.

Ces personnes étaient toutes bien plus expérimentées

qu'Elsie pour faire face à une urgence de ce genre mais, alors qu'elle reculait pour leur laisser la place, Laura secoua la tête.

— Reste, dit-elle, c'est l'occasion d'apprendre. Et nous pourrions avoir besoin de toi…

Elsie regarda l'équipe se mettre en place sous la direction d'Anthony. Parce qu'il était le chirurgien cardio-thoracique et que la décision avait déjà été prise de rouvrir cette petite poitrine. Si c'était une tamponnade qui avait provoqué l'arrêt cardiaque, la pression devait être relâchée le plus rapidement possible pour avoir une chance de sauver la vie de Vicky. On n'avait pas le temps de l'emmener au bloc.

Avec l'aide de deux infirmières, Anthony et son collègue enfilèrent blouses, gants, calots et masques. Quelqu'un d'autre mit en place le champ opératoire. La petite fille à qui Elsie parlait quelques minutes auparavant disparut sous le tissu vert stérile dont on lui recouvrit presque tout le corps. Seule sa poitrine était visible. Alors que Laura attachait sa blouse, Anthony saisit un scalpel, tandis que son assistant prenait une paire de pinces.

Cette scène aurait pu être plus facile à regarder si Elsie avait eu le recul nécessaire, mais voir ce geste invasif pratiqué sur la fillette qu'elle connaissait et à laquelle elle s'était attachée, ainsi qu'à sa mère, était à la limite du supportable, et elle sentit les larmes lui monter aux yeux. Julie lui avait demandé si elle pouvait rester avec sa fille pendant quelques minutes pendant qu'elle-même allait à la cafétéria pour lui acheter une glace. Elsie avait promis de ne pas la laisser seule une seconde et elle n'allait pas l'abandonner maintenant. Si le pire se produisait, elle devrait être capable de dire à Julie qu'elle était là. Que tout avait été tenté pour sauver son enfant.

Cela lui donna la force de regarder Anthony couper les sutures externes, puis échanger le scalpel contre un outil pour couper les fils qui maintenaient le sternum, avant de saisir l'écarteur…

Les yeux fermés, Elsie entendit Anthony demander une aspiration. Puis l'appareil à oxygène fixé au mur se mit en marche en vrombissant.

— Elle n'a pas perdu beaucoup de sang, dit quelqu'un. Ce n'est peut-être pas une tamponnade ?

— Il faut beaucoup moins de sang pour provoquer une tamponnade chez les enfants que chez les adultes, expliqua un médecin, tandis que l'autre demandait si le pouls était revenu.

Elsie ouvrit les yeux, mais elle ne pouvait pas voir l'écran du moniteur. De nouveau, la voix d'Anthony s'éleva, alarmée :

— Je vais essayer un massage cardiaque. Le défibrillateur est prêt ?

— Oui…

Il y eut un moment d'espoir lorsque le cœur de Vicky réagit au massage et recommença à battre, mais il fallait faire cesser le saignement et maîtriser le risque d'hypovolémie. On décida d'aller de toute urgence au bloc.

— Que quelqu'un tienne les portes de l'ascenseur ouvertes ! cria quelqu'un. Nous serons prêts dans une minute !

Elsie capta le regard de Laura et hocha la tête.

— J'y vais ! cria-t-elle.

Soulagée de quitter la salle de soins, elle courut jusqu'à l'ascenseur et appuya sur le bouton pour l'appeler, puis se tint dans l'embrasure pour maintenir les portes ouvertes et empêcher quiconque de monter. Quelques secondes plus tard, l'équipe entrait dans la cabine avec le brancard, sous le regard effrayé des visiteurs qui s'écartaient de leur chemin.

Juste au moment où les portes allaient se refermer,

Elsie remarqua la mère de Vicky, qui essayait de se frayer un chemin dans le couloir bondé. Elle avait l'air affolée.

— Reste avec elle, suggéra Laura. C'est toi qui es le mieux à même de t'occuper d'elle, en ce moment. Je vais m'assurer que tes autres patients sont pris en charge jusqu'à la fin de ta garde.

— D'accord…

Comme Elsie s'avançait vers Julie, elle vit la crème glacée que celle-ci tenait à la main s'écraser sur le linoléum du couloir. Puis elle croisa les yeux hagards de la jeune femme, et comprit qu'elle allait devoir rassembler tout son courage pour la soutenir, tout comme elle l'avait fait pour rester avec Vicky pendant qu'on tentait de la réanimer.

Mère elle-même, Elsie savait ce que ressentait Julie. Elle devait lui assurer que tout ce qui était possible était fait pour sauver Vicky, et ne pas laisser Julie seule un instant en attendant de voir si un miracle allait se produire à l'étage. Ce qui signifiait qu'elle devrait être là si les nouvelles se révélaient aussi mauvaises qu'elle le craignait.

Au moins, Elsie se savait capable de gérer cette situation aussi bien que n'importe qui d'autre. Mieux que certains, même, justement parce qu'elle avait de l'empathie pour cette jeune maman. C'est pour cela qu'elle avait été si déterminée à reprendre la carrière qu'elle avait tant aimée, en particulier dans son secteur de prédilection, la pédiatrie. Un domaine où l'on recevait beaucoup, mais où il fallait aussi beaucoup donner aux patients et à leurs familles.

Elsie prit le bras de Julie, qui, immobile, fixait les lumières au-dessus de l'ascenseur. Sa voix n'était plus qu'un murmure quand elle dit :

— Ils l'emmènent au bloc, n'est-ce pas ?

Soudain, elle s'effondra, et Elsie dut lui passer un bras autour de la taille pour la soutenir et la conduire jusqu'à un endroit tranquille, où elle pourrait répondre à toutes les questions de Julie pendant qu'elles attendraient des nouvelles.

— Oui, Vicky va être opérée maintenant. L'équipe fait tout ce qu'elle peut…

— Je ne comprends pas. J'étais juste partie lui chercher une glace ! dit-elle avant d'éclater en sanglots.

2.

Le parc de Brandon Hill se trouvait à quelques minutes à pied de l'hôpital pour enfants Saint Nicholas de Bristol, dans le centre-ville. C'était un endroit populaire auprès du personnel hospitalier qui avait besoin d'une pause ou qui voulait déjeuner dehors par beau temps, et les parents aimaient y emmener leurs enfants, qui disposaient d'un grand bac à sable et d'une aire de jeux. Des sentiers menaient à la tour Cabot, au sommet de la colline, où de nombreux bancs avaient été installés pour permettre aux visiteurs de se reposer et d'admirer la vue.

Anthony Morgan n'avait pas l'intention de s'asseoir. Il avait juste besoin d'un peu d'exercice et d'air frais. Le jour commençant à décliner, ce n'était pas le meilleur moment pour se rendre dans un parc, mais lorsqu'il arriva à sa voiture il décida qu'il n'était pas encore prêt à rentrer chez lui. Il avait besoin de se changer les idées après cette rude journée passée entre les murs de l'hôpital.

L'aire de jeux pour enfants était déserte, ce qui n'était pas surprenant vu l'heure, et seuls quelques adolescents en skate et des personnes venues promener leur chien s'attardaient dans les allées. À mi-chemin de la colline, un homme lançait un frisbee à un colley dont les aboiements furieux firent sourire Anthony.

Il s'arrêta un moment au sommet pour reprendre son souffle. Il était sur le point de faire demi-tour lorsque son attention fut attirée par une femme assise sur l'un des bancs offrant un superbe panorama sur la ville.

Elle portait un jean et des bottes. En s'approchant un peu plus, Anthony la reconnut aux mèches argentées qui striaient sa chevelure. Il savait exactement pourquoi elle était assise ici, seule, dans ce parc.

Elle ressentait la même chose que lui.

Même s'il aurait préféré rester seul, comme c'était le plus souvent le cas en dehors des heures de travail, il ne pouvait pas simplement s'en aller et la laisser ici. Ce n'était pas un endroit particulièrement sûr pour une femme seule d'une part, et d'autre part il en savait trop sur elle...

Il avait conscience que sa journée de travail avait été aussi mauvaise, si ce n'est pire, que la sienne, ce qui créait entre eux un lien qu'il ne pouvait ignorer. En plus, elle s'était montrée très prévenante avec lui, la première fois qu'il l'avait vue pendant une garde de nuit.

Il se dirigea vers le banc.

— Vous vous appelez Elsie, c'est bien ça ?

Lorsqu'elle leva les yeux vers lui, il y vit briller une larme qui l'émut étrangement, lui dont le cœur était pourtant très bien protégé.

Il sortit un mouchoir soigneusement plié de la poche supérieure de sa veste de costume et le lui tendit, mais elle secoua la tête.

— Merci, j'en ai dans mon sac.

— Prenez-le, je vous en prie...

Anthony glissa le mouchoir dans la main d'Elsie et fut récompensé par un sourire tremblant lorsqu'elle l'accepta.

— Je peux m'asseoir une minute ? demanda-t-il. Je pense que nous avons tous les deux besoin d'un peu de compagnie, non ?

Pour toute réponse, elle fondit en larmes.

Mon Dieu, comme c'était embarrassant !

Elsie Henderson n'était pas une infirmière inexpérimentée,

fraîchement diplômée, qui devait encore apprendre à faire face aux aspects les plus difficiles de la carrière qu'elle avait choisie. Elle avait cinquante-huit ans, pour l'amour du ciel ! Elle était mère, et même grand-mère. Et cela faisait quatre décennies qu'elle n'était plus une débutante dont on pouvait excuser la trop grande émotivité…

Elle n'était plus au travail, en ce moment. Elle avait quitté sa blouse à l'issue de l'une des gardes les plus difficiles qu'elle ait jamais connues, mais elle ne pouvait pas se résoudre à rentrer chez elle tout de suite. Son petit-fils, Felix, aurait senti à quel point elle était bouleversée et lui aurait posé des questions. Comment aurait-elle pu lui dire qu'une petite fille atteinte de spina-bifida comme lui était morte aujourd'hui ? De plus, Brianna, sa propre fille, avait à peu près le même âge que Julie, la mère de l'enfant. Elsie avait été la dernière personne à tenir la petite Vicky dans ses bras alors qu'elle était encore en vie…

Et maintenant elle était là, sur ce banc, et pleurait toutes les larmes de son corps devant le chirurgien qu'elle essayait d'éviter depuis des jours. Elle regarda le carré de coton immaculé orné d'un liseré bleu qu'il lui avait donné. Qui utilisait encore de vrais mouchoirs, de nos jours ? Et qui repassait ceux d'Anthony Morgan ? Une gouvernante ? Sa femme ?

Elsie ferma les yeux. Pourquoi diable se posait-elle ce genre de questions ? Il y en avait une, bien plus urgente, qu'elle devait à tout prix exprimer, et qui la hantait depuis qu'elle était sortie de l'hôpital.

— Était-ce une énorme erreur de la sortir du lit comme ça ? J'ai pourtant fait très attention en la manipulant, et c'était seulement pour quelques minutes ! Cela aurait-il pu être suffisant pour déclencher une hémorragie ?

Anthony secoua lentement la tête. Il avait l'air épuisé.

— On suppose que c'est une arythmie plutôt qu'une tamponnade qui a causé l'arrêt cardiaque. Nous avions déjà failli la perdre la première nuit, après son opération, à cause de problèmes de rythme.

— Oui, je me souviens, dit Elsie. C'est la nuit où je vous ai trouvé dans la salle de repos à 5 heures du matin.

Le hochement de menton d'Anthony lui indiqua qu'il n'avait pas oublié.

— Il se peut que nous n'ayons pas de réponse définitive sur la cause de la mort de Vicky, mais une chirurgie majeure comme celle-ci comporte toujours des risques, et je *peux* vous dire avec certitude que vous n'êtes pour rien dans ce qui est arrivé. Il n'y avait aucune complication postopératoire évidente, et même si Vicky avait été reliée à des moniteurs au moment où elle a perdu connaissance nous aurions fait exactement la même chose que dans la salle de soins, puis au bloc. Hélas, je crois que ça n'aurait rien changé…

C'était réconfortant d'entendre ces paroles, et Elsie levait les yeux avec l'intention de remercier Anthony quand elle s'aperçut qu'il la fixait.

— Je me souviens d'autre chose à propos de notre rencontre nocturne.

Malgré elle, Elsie se sentit rougir. Elle n'était pas habituée à ce qu'un homme lui dise qu'il pensait à elle, et cela la gênait beaucoup.

— Vous m'avez dit que votre petit-fils était atteint de spina-bifida, lui aussi.

— Oui. Felix a six ans. Ma fille Brianna vit avec moi depuis le début de sa grossesse, et nous élevons cet enfant ensemble.

Le regard d'Anthony s'adoucit.

— Cette journée a dû être très éprouvante pour vous. Je suis désolé.

Elsie hocha la tête et répondit doucement :

— Pour vous aussi.

Anthony commença par garder le silence mais, après

un moment d'hésitation, il acquiesça lentement et laissa échapper un soupir en contemplant la ville à leurs pieds. Les lumières s'allumaient ici et là, et il faisait de plus en plus froid. Elle aurait dû rentrer chez elle, mais quelque chose la retenait. Cet homme se souciait beaucoup de ses patients, c'était évident. Elle avait déjà vu ces signes de fatigue sur son visage auparavant, mais elle avait pensé qu'ils trahissaient quelque chose de beaucoup plus profond qu'un surmenage passager. Elle lui avait trouvé l'air triste, perdu même, alors qu'il scrutait avec attention le journal posé sur la table.

Un journal où s'affichait une photo de son fils, un ambulancier qui avait attiré l'attention d'un journaliste en participant à un périlleux sauvetage en montagne. Un jeune homme qui portait comme lui le nom de Morgan, mais dont Brianna lui avait assuré qu'il n'avait aucun lien de parenté avec le cardiologue.

Jonno avait affirmé à Brianna ne pas avoir de famille ici, mais Elsie en avait douté. Et elle avait eu raison : Anthony lui avait confirmé que le jeune homme de la photo était son fils.

Comme il devait être difficile pour lui d'annoncer à des parents qu'ils avaient perdu un enfant, ainsi qu'il avait dû le faire avec Julie et son mari cet après-midi ! Il avait lui-même un fils, et Elsie savait par Brianna que leur relation était plus que conflictuelle. Il y avait des années qu'ils ne s'étaient pas vus ! Anthony avait-il dit autre chose, ce soir-là ?

Oh ! oui ! Comment aurait-elle pu oublier ? Il avait dit qu'il valait mieux ne pas parler de sa vie privée, avant d'évoquer les familles, qu'il jugeait « compliquées ».

Ce commentaire la hantait depuis. C'est pourquoi elle avait essayé d'éviter Anthony Morgan ce jour même, lors de sa première garde après plusieurs jours de congé. Même maintenant, tout en sachant qu'il était probablement aussi bouleversé qu'elle au sujet de Vicky, elle savait qu'elle ne pouvait pas lui révéler ce qu'il ignorait. Si elle le faisait, sa fille ne lui pardonnerait jamais.

— Je vais rentrer chez moi, maintenant, s'entendit-elle dire. Brianna va commencer à se demander où je suis, même si je l'ai prévenue que j'allais être en retard.

— Il fait presque nuit, répondit Anthony en se levant. Je ne veux pas vous laisser traverser le parc toute seule.

Il lui sourit et lui offrit son bras.

— Parlez-moi de Felix. Il a six ans, c'est ça ?

Elsie cligna des yeux, étonnée qu'il se souvienne de tous les détails de leur conversation.

— Oui. Et son spina-bifida est beaucoup moins sévère que celui de Vicky. Il a été opéré *in utero* de la colonne vertébrale lorsque Brianna était enceinte de vingt-cinq semaines environ.

— Vraiment ? Je n'ai pas entendu parler de cette opération.

— Parce qu'elle n'a pas eu lieu ici. Nous avons dû aller en Suisse. C'est à ce moment-là que j'ai décidé d'arrêter de travailler pour soutenir ma fille.

— Vous étiez infirmière à Saint Nicholas à l'époque ? Je ne me souviens pas de vous avoir vue dans les couloirs.

Il n'y pouvait rien, pensa Elsie. Les femmes commençaient à être reléguées à l'arrière-plan à partir de la quarantaine, et, lorsqu'elles atteignaient la cinquantaine elles devenaient carrément invisibles, à l'hôpital comme ailleurs.

— Je travaillais à l'Hôpital central, à l'époque, mais j'ai toujours adoré la pédiatrie. J'ai aussi été longtemps infirmière libérale. Les horaires me convenaient beaucoup mieux lorsque Brianna était à l'école, car j'étais mère célibataire. Je ne suis revenue que récemment à l'hôpital, parce que… j'aime beaucoup ça. À part aujourd'hui…

— Il y a toujours des mauvais jours, dit Anthony, un sourire dans la voix. Mais heureusement ils sont moins nombreux que les bons, et nous avons besoin d'infirmières comme vous, Elsie. Des gens qui comprennent ce que traversent les patients et leurs familles.

Ils marchèrent en silence pendant une minute ou deux, puis ils franchirent les portes du parc.

— Comment allez-vous rentrer chez vous ? demanda Anthony. Voulez-vous que je vous dépose ?

Elsie secoua la tête.

— Ma voiture est garée sur le parking de l'hôpital.

— Et votre fille sera à la maison quand vous rentrerez ? Et Felix ?

— Oui, cela me fera du bien de les retrouver, avoua-t-elle. J'avais juste besoin de pleurer un bon coup avant.

Elle se mordit la lèvre, hésitant à s'aventurer sur un terrain plus personnel.

— J'espère que vous avez aussi de la compagnie à la maison ?

Anthony lui jeta un coup d'œil étrange.

— J'ai perdu ma famille il y a très longtemps, dit-il simplement.

Elsie savait qu'elle ne devait pas insister, mais elle ne pouvait pas résister à son envie d'en savoir plus. Et elle avait du mal à supporter l'idée que cet homme qui s'était montré si compréhensif et lui avait offert du réconfort rentre dans une maison vide.

— Mais pourtant… vous avez un fils. Jonno…

Il leva vers elle un regard méfiant.

— Comment diable savez-vous cela ?

— Vous me l'avez dit, quand vous avez vu sa photo dans le journal.

— Je vous ai dit qu'il s'appelait Jonathan. Comment savez-vous que Jonno a toujours été le surnom de mon fils ?

Il était trop tard pour s'arrêter, maintenant. Sans doute les émotions de cette journée avaient-elles eu raison de ses inhibitions, mais Elsie ne voyait soudain plus aucune raison de ne pas révéler à Anthony ce qu'elle savait. Il avait le droit de savoir, après tout, et peut-être même *besoin* de savoir.

— Ma fille l'a connu, dans sa jeunesse, s'entendit-elle dire calmement. Elle l'a rencontré juste avant qu'il parte à l'étranger. Puis elle a appris qu'elle était enceinte…

Il était peut-être aussi fatigué qu'elle, mais cela n'empêchait pas son cerveau de fonctionner à une vitesse impressionnante. Il répondit aussitôt :

— Vous voulez dire… que mon fils est le père de votre petit-fils ?

Elsie prit une profonde inspiration.

— Oui, lâcha-t-elle.

L'expression sur le visage d'Anthony était indescriptible. D'une voix blanche, il ajouta :

— Mais ça veut dire…

— … que Felix est votre petit-fils, autant que le mien.

Des piétons se rassemblèrent à côté d'eux pour attendre le prochain feu vert et traverser, mais Elsie ne bougea pas d'un pouce, guettant la réaction d'Anthony.

Pendant un instant, elle crut voir quelque chose qui ressemblait à de la nostalgie dans ses yeux, puis il expliqua :

— Jonno n'est pas vraiment mon fils. Biologiquement, du moins. C'est pourtant ce que je croyais jusqu'à ce qu'il fasse un test ADN prouvant le contraire quand il avait dix-huit ans.

Pas étonnant qu'elle l'ait senti blessé quand il avait découvert la photo de Jonno dans le journal ! Il semblait très injuste qu'il ait pu être peiné au point de ressentir le besoin de nier quelque chose d'aussi important pour lui.

— Vous l'avez élevé, dit-elle doucement. Vous l'avez aimé. Cela fait de vous son père et cela fait de lui votre fils, à mes yeux.

Ignorant les regards curieux des inconnus qui passaient

devant eux pour traverser la route, elle marqua une pause avant d'ajouter :

— Et cela fait aussi de Felix votre petit-fils.

Était-ce un effet de la lumière qui déclinait en ce début de soirée, ou Elsie avait-elle vu briller des larmes dans les yeux d'Anthony ? Elle en fut tellement émue qu'elle faillit se mettre de nouveau à pleurer. Sans réfléchir, elle posa la main sur le bras d'Anthony et demanda :

— Voulez-vous le rencontrer ?

3.

Cela avait été étonnamment facile.

Comme si cela devait arriver…

Il avait suffi qu'Elsie suggère un nouveau parc où aller jouer sur le chemin de l'école, avec un grand bac à sable et un mur d'escalade au sommet d'une colline.

— C'est près de l'endroit où je travaille, dit-elle à Felix. Près de l'hôpital. J'y suis allée l'autre jour et c'était si beau que j'ai pensé que tu aimerais voir la tour. Ça pourrait être bien pour Dennis d'aller courir un peu là-bas, tu ne crois pas ?

C'est ainsi qu'Elsie croisa, *par hasard,* un de ses collègues de travail, qui faisait une pause cet après-midi-là, et qui se trouvait *par hasard* près de l'aire de jeux lorsqu'elle et Felix y arrivèrent.

— Je suis heureux de te rencontrer, Felix, dit Anthony en s'accroupissant devant le petit fauteuil roulant. Je m'appelle Anthony. Et lui, c'est qui ?

Il tendit la main pour gratter les oreilles du petit chien assis au pied du banc.

— Il s'appelle Dennis, répondit le garçon avec un sourire. On est venus ici pour se promener et aller à l'aire de jeux. Il y a une tour ici, aussi. En haut de la colline. Elle est très haute !

— Oui, c'est impressionnant.

Anthony lui rendit son sourire, déjà séduit, sans doute, par le naturel du petit garçon, et Elsie se sentit fondre. Parce que cet homme était un autre grand-parent pour Felix !

Elle se rappelait la joie qu'elle avait éprouvée lorsqu'elle avait tenu dans ses bras pour la première fois ce petit être, l'enfant de son enfant ! Anthony éprouvait-il déjà ce sentiment unique ? Son sourire le suggérait, car Elsie ne l'avait jamais vu aussi heureux auparavant.

Felix semblait apprécier Anthony, en tout cas.

— Je veux grimper là-haut ! lança l'enfant. Mais Nana a dit que ce n'était peut-être pas une bonne idée, car aujourd'hui mes jambes sont trop fatiguées. C'est pourquoi nous avons apporté mon fauteuil. Je peux marcher, tu sais. Veux-tu me voir grimper et descendre le toboggan ?

— Oui, avec plaisir.

— Assieds-toi là alors ! ordonna Felix en désignant un banc. Avec Nana.

Il se leva de son fauteuil roulant.

— Et Dennis aussi ! ajouta-t-il après coup. Parce qu'il pourrait croire qu'il est à la plage et creuser des trous dans le sable.

Elsie et Anthony s'assirent sur le banc et regardèrent Felix grimper sur la structure de jeu.

— Il peut vraiment faire ça tout seul ? demanda Anthony.

Elsie hocha la tête.

— Il sera prudent. Et il y a des cordes et des rampes pour s'accrocher. Il déteste que je le surveille de trop près, alors je fais semblant de m'intéresser à autre chose…

— C'est un petit garçon heureux. Et confiant. Ça n'a pas l'air facile pour lui, de marcher dans le sable, mais il est persévérant.

Il sourit.

— Il me rappelle Jonno à cet âge. C'est très étrange.

Elsie jeta à Anthony un coup d'œil timide et dit :

— Eh bien… j'ai encore regardé la photo de Jonno dans le journal. Je l'ai découpée afin de la garder pour Felix, même s'il ne sait pas encore que c'est son père.

Jonno n'est pas non plus au courant pour Felix, mais c'est une autre histoire…

Elle secoua la tête.

— Ce que je veux dire, c'est que j'ai trouvé la ressemblance frappante entre Jonno et vous. Il n'est donc pas surprenant que Felix vous rappelle votre fils.

Anthony haussa les épaules.

— C'est peut-être à cause des yeux et des cheveux noirs. J'ai toujours pensé qu'il me ressemblait plus qu'à sa mère, mais l'ADN ne ment pas. Et j'avais conscience que c'était une possibilité. Qu'il ne soit pas mon fils.

Elsie cligna des paupières.

— Vraiment ? Comment ça ?

Anthony resta silencieux un moment, puis elle l'entendit prendre une profonde inspiration.

— Je suppose que les gens n'attachent plus d'importance à ce genre de choses, de nos jours. Peut-être que je suis le seul à avoir l'impression que le scandale plane en permanence sur ma vie.

— Je n'écoute pas les ragots, répliqua Elsie. Pour moi, vous êtes le grand-père de Felix, et c'est tout ce qui compte.

— Sauf que… ce n'est pas vraiment le cas, n'est-ce pas ? Ce qui importe, c'est que Jonno sache qu'il est le père de cet enfant, pas vrai ?

Elsie hocha la tête.

— J'ai été très claire à ce sujet avec Brianna, ma fille, mais elle dit qu'elle doit trouver le bon moment.

Elle fit un signe de la main à Felix, qui avait atteint le haut de la rampe.

— Elle a tenté de le contacter dès qu'elle a su qu'elle était enceinte, mais il était parti depuis longtemps. Il était dans l'Himalaya et n'a jamais répondu à ses messages sur les réseaux sociaux. Puis elle a découvert que son bébé était atteint du spina-bifida et… Eh bien… la vie a changé pour nous deux. Soudain, essayer de retrouver le père de son enfant, un homme qu'elle connaissait à peine, ne semblait plus si important. De plus, personne ne savait où il était exactement.

— Il est doué pour passer sous les radars, en effet, acquiesça Anthony. Même quand il était encore au Royaume-Uni, j'ai eu du mal à garder le contact avec lui.

— Il n'a pas l'intention de rester très longtemps dans la région. Brianna dit qu'il va vendre son appartement avant de repartir. Pour de bon, cette fois.

Anthony garda le silence, comme s'il avait besoin d'assimiler cette nouvelle, tandis qu'Elsie se demandait ce qui avait pu causer une telle rupture entre un père et son fils.

— Brianna s'inquiète de l'effet que cela pourrait avoir sur Felix de découvrir qu'il a un papa pour le voir disparaître peu de temps après. Mais je lui ai dit que Jonno avait le droit de savoir, et qu'il changerait peut-être d'avis quand il apprendrait qu'il a un fils.

Les sourcils froncés, Elsie demanda :

— N'avez-vous pas eu de nouvelles de lui depuis qu'il est parti ? Depuis presque *sept ans* ?

— Plus longtemps que ça, même. Il m'a tourné le dos après la mort de sa mère. Il m'a rendu responsable de l'accident, et du scandale qui a suivi.

Le cri de joie de Felix qui glissait sur le grand toboggan interrompit ces confidences.

— Tu as vu, Nana ? J'ai descendu le toboggan tout seul !

— Je t'ai vu, chéri. Bravo !

— Je vais recommencer. Regarde, Nana !

Ce n'était pas seulement la couleur de ses cheveux ou de ses yeux qui rappelait à Anthony le fils qu'il avait élevé.

C'était cet entrain, ce naturel, ce charme…

Il était déjà sous le charme lui-même – plus encore que

la petite fille aux nattes blondes qui regardait Felix grimper avec une admiration non dissimulée.

— La mère de Jonno était infirmière à Saint Nicholas, dit-il à Elsie d'un ton neutre. Tout est allé très vite, entre Julia et moi. Il y a eu un premier rendez-vous, puis nous sommes sortis ensemble plusieurs fois au cours du mois suivant et un jour elle m'a annoncé qu'elle était enceinte.

Il garda un long moment le silence.

— Peu après, nous nous sommes mariés. Quand Jonno est né, j'ai compris qu'il était la meilleure chose qui me soit jamais arrivée et j'ai cru que ça pouvait marcher, entre Julia et moi. Mais j'avais tort. J'ai découvert qu'elle avait une liaison avant même que Jonno ait fêté son premier anniversaire, et ce n'était que la première d'une longue série.

— Oh ! mon Dieu ! s'écria Elsie, atterrée. Et… vous êtes resté marié avec elle ?

— Nous vivions sous le même toit, dit Anthony, ce qui ne signifie pas qu'il s'agissait d'un vrai mariage. Elle n'avait pas besoin d'argent, mais elle voulait être la femme d'un chirurgien, et le nom de Morgan était connu dans certains cercles de Bristol depuis des générations. Il donne accès à des portes que l'argent ne suffit pas à ouvrir.

Il s'arrêta pour prendre une profonde inspiration, puis expliqua :

— Elle aurait emmené Jonno loin de moi si je n'avais pas accepté, et je ne l'aurais plus jamais revu. Je n'ai pas passé beaucoup de temps avec lui, de toute façon. Il a été envoyé en pension très jeune et, pour éviter qu'il s'attache trop à moi, elle l'emmenait souvent en vacances. Sous les tropiques, généralement, avec son dernier amant en date.

Elsie restait silencieuse, mais il sentait qu'elle était étonnée qu'il ait pu supporter cette situation et, en y repensant, il en avait presque honte.

— J'ai commencé à passer de plus en plus de temps au travail, admit-il. Quand Julia a été tuée dans un accident de la route, on a appris qu'elle était en compagnie d'un homme qui n'était pas son mari, ce qui a fait scandale, car l'homme en question se trouvait être le dirigeant d'une des plus grandes organisations caritatives du pays. Les gens le prenaient pour un citoyen loyal et droit, totalement digne de confiance. Et puis tout a été révélé au grand jour. Les conquêtes de ma femme, y compris d'autres hommes très en vue. L'appartement discret qu'elle possédait et qui lui servait de « nid d'amour ». Les apparences qu'elle avait sauvegardées en s'impliquant dans toutes sortes d'organisations caritatives et dans les événements de collecte de fonds qu'elle adorait. Bref, la mascarade qu'était notre mariage…

Il marqua une pause, puis reprit :

— Jonno m'en a voulu. Il adorait sa mère et n'avait aucune idée de ce qui se passait vraiment. Avec toute l'intransigeance d'un adolescent de quinze ans, il a décidé que si j'avais été un meilleur mari elle ne serait pas allée chercher quelqu'un d'autre. Et que si j'avais été un meilleur père j'aurais passé plus de temps avec lui. Il était en deuil, et très en colère. Il est retourné à l'internat et pendant les vacances il y avait toujours des amis qui l'invitaient. Il s'est mis au ski de façon intensive, puis à l'escalade et à la plongée sous-marine. Quand il a eu dix-huit ans, il a hérité de sa mère et il a déménagé. C'est à ce moment-là qu'il a fait le test ADN dont je vous ai parlé…

Felix avait quitté le bac à sable et s'avançait vers eux en boitant.

— J'ai faim, Nana !

— Tout comme ces écureuils, dit Elsie en désignant deux petits rongeurs qui couraient sur la pelouse. Il faudra penser à leur apporter quelque chose à manger la prochaine fois.

La prochaine fois ? Anthony espéra qu'il s'agissait d'une invitation.

— En y réfléchissant, je prendrais bien un goûter, moi

aussi, dit Elsie. Si on allait dans un de ces cafés près de l'endroit où nous sommes garés ? Dennis pourrait nous attendre dans la voiture.

— Je pourrai avoir une gaufre ?

— Je suis sûre qu'ils auront des gaufres, oui.

Elsie se tourna vers Anthony et lui offrit un sourire qui lui fit chaud au cœur.

— Vous nous accompagnez ? Vous aimez les gaufres, n'est-ce pas ?

— Je les adore ! répondit-il en lui emboîtant le pas.

Le café n'était pas bondé. Une serveuse apporta deux parts de délicieux gâteau au chocolat à une table voisine, puis vint prendre leur commande, tandis que sa collègue, derrière le comptoir, préparait les cafés.

Il fallut quelques secondes à Elsie pour comprendre ce qui se passait lorsque l'énorme baie vitrée se brisa avec un tel fracas qu'on aurait cru que toute la façade s'effondrait. Instinctivement, elle et Anthony se jetèrent sur Felix. Soudain, elle sentit le bras d'Anthony autour de ses épaules. Il essayait de les protéger tous les deux. De quoi ? D'une bombe qui avait explosé ?

— Vous allez bien ? demanda-t-il quand le vacarme cessa tout à coup. Et Felix ?

— Je crois que oui, répondit Elsie, hébétée. Felix ? Tu vas bien, mon chéri ?

Felix hocha la tête puis, le doigt pointé vers le trou béant dans la façade, murmura :

— Regarde. Il y a une voiture à l'intérieur !

En effet, un véhicule avait traversé la baie vitrée, démolissant la table la plus proche. Des débris de vaisselle et de verre brisé jonchaient le sol. L'homme qui, quelques instants auparavant, attendait son café se tenait le bras, la main en sang. Les deux femmes, qui n'avaient pas touché à leur gâteau, étaient sous le choc. Soudain, un homme en tablier de cuisinier sortit en trombe de l'arrière-boutique, un torchon sur l'épaule.

— J'ai appelé la police, cria-t-il. Et une ambulance. Ne bougez pas. Il y a du verre partout !

Anthony se leva et se dirigea vers la voiture.

— Je suis médecin, dit-il.

Elsie vit un homme âgé sur le siège du conducteur. Il semblait conscient, mais avait l'air hébété. Anthony devait rejoindre la voiture le plus vite possible, car le moteur tournait encore. Si le conducteur mettait le pied sur l'accélérateur, ce serait la catastrophe… Elsie reculait le plus loin possible le fauteuil roulant de Felix quand elle entendit l'homme au bras ensanglanté dire à Anthony :

— J'ai retiré le verre, mais ça saigne encore beaucoup.

— Pliez ce torchon et comprimez bien la coupure pour arrêter le saignement, d'accord ? Je vais examiner le conducteur et je reviens. Pouvez-vous reculer vers le comptoir ?

Soudain, Elsie réalisa qu'Anthony pouvait se mettre en danger en s'approchant du véhicule, et son niveau de stress grimpa en flèche. Et si la voiture le heurtait ? Si elle prenait feu ? Et si le conducteur devenait agressif ? Elle aurait voulu aller aider Anthony, qui se penchait à la portière, mais son instinct lui dictait de ne pas bouger pour protéger Felix. Les secours n'allaient pas tarder à arriver sur les lieux. D'ailleurs, on entendait déjà les sirènes.

Il ne restait plus grand-chose de la porte du café, mais c'est par là que les urgentistes entrèrent, quelques instants plus tard.

Stupéfaite, Elsie entendit Felix s'écrier :

— Maman ! Regarde, Nana… c'est maman !

Brianna était la dernière personne qu'Elsie aurait voulu voir ici. Elle avait pris soin de garder secret ce rendez-vous avec Anthony, et voilà que sa fille allait tout découvrir !

Grâce à la photo qu'elle avait vue dans le journal, elle avait reconnu l'homme en uniforme qui était entré avec Brianna comme étant… Jonathan Morgan !

Le père de Felix.

Le fils d'Anthony.

Mais pour l'heure la seule chose qui préoccupait Brianna était son fils. Dès qu'elle l'aperçut, elle se précipita vers eux.

— Maman… Que fais-tu ici ? Tu es blessée ?

Elle s'accroupit devant le fauteuil roulant.

— Felix ? Tu vas bien, mon chéri ?

L'enfant passa les bras autour du cou de Brianna pour un câlin réconfortant.

— La voiture est entrée par la fenêtre, maman !

— Nous sommes allés nous promener au parc de Brandon Hill après l'école, expliqua Elsie à la hâte. Il y a une belle aire de jeux. Felix avait faim, et nous sommes venus prendre un goûter et…

Brianna n'écoutait déjà plus. Soulagée de savoir Felix et sa mère indemnes, elle se retourna pour balayer le café du regard, cherchant d'autres victimes. Un ambulancier entra avec du matériel, mais ce fut Jonno qui attira l'attention d'Elsie et de Brianna.

Stupéfait, celui-ci fixait Anthony, qui était toujours penché à côté du conducteur, comme s'il s'agissait d'un fantôme.

— Mais enfin, qu'est-ce qui se passe ici ? balbutia-t-il.

— Qu'est-ce qui se passe, maman ? Qui est cet homme ? Quelqu'un a dit qu'il était médecin, mais je ne le connais pas.

— En effet, il *est* médecin, répondit Elsie. Il s'appelle Anthony Morgan. C'est aussi le père de Jonno.

Elle avait parlé assez bas pour ne pas être entendue de Felix, qui, fasciné, regardait travailler les sauveteurs.

— Il… voulait rencontrer son petit-fils, ajouta-t-elle en guise d'explication.

Sous le choc, Brianna garda le silence. Elle se sentait sûrement trahie, acculée par sa propre mère à tout révéler.

Elsie le regrettait, mais ne doutait pas d'avoir fait le bon choix, malgré tout.

— Maman ! Comment as-tu pu…, dit-elle d'un ton sec. Ramène Felix à la maison ! Nous parlerons plus tard. Mais… fais ce que je te demande, s'il te plaît !

— Mais…

Brianna l'ignora et embrassa son fils.

— On se voit bientôt. Mais j'ai du travail, pour l'instant.

Elle rejoignit l'homme au torchon taché de sang, tandis qu'Anthony s'approchait d'Elsie.

— Je suis vraiment désolée, dit celle-ci. Nous n'aurions pas dû venir ici.

— Je suis content que nous l'ayons fait, au contraire, répondit Anthony. Mais je pense qu'il est temps que nous partions. Laissez-moi vous aider à ramener Felix à la voiture.

Les pompiers aidèrent à soulever le fauteuil roulant au-dessus des débris et sur le trottoir. Un officier de police prit leurs coordonnées et leur dit qu'ils seraient bientôt contactés pour faire une déclaration sur l'accident dont ils avaient été témoins.

Quelques minutes plus tard, Anthony aidait Elsie à installer Felix dans son siège-auto et à plier le fauteuil roulant pour le mettre à l'arrière de son pick-up.

— Et le monsieur ? demanda Felix quand Anthony se pencha pour lui dire au revoir.

— Quel monsieur ?

— L'homme dans la voiture ? Il est mort ?

Anthony le rassura.

— Non, non… Il n'a pas vraiment été blessé parce qu'il portait sa ceinture de sécurité, et l'airbag de la voiture l'a protégé. Mais il ne comprend pas très bien ce qui s'est passé. Je pense qu'il a appuyé sur la mauvaise pédale et qu'il a accéléré au lieu de freiner. Mais ne t'inquiète pas. Rien de grave n'est arrivé, et tout va bien se passer.

Son sourire s'effaça lorsqu'il croisa le regard d'Elsie.

Ils savaient tous les deux que quelque chose était arrivé, qui n'avait rien à voir avec un vieil homme ayant mis le pied sur la mauvaise pédale.

Quelque chose qui allait changer la vie de toutes les personnes concernées.

4.

— Arjun, pose ça tout de suite ! L'infirmière veut prendre ta température.

Le garçon de huit ans protesta, mais obéit à Shayana, sa mère, et posa sa tablette à contrecœur.

— J'ai quatre chambres dans mon cœur, hein, Elsie ?

— Oui, c'est vrai, répondit Elsie en insérant l'extrémité du thermomètre dans l'oreille de l'enfant. Ça a l'air génial, ton jeu ! Je parie que mon petit-fils, Felix, adorerait ça.

— Je peux même disséquer ma grenouille ! Je vais te montrer.

Mais Elsie attrapa son bras.

— Tout à l'heure, Arjun. Ton médecin va venir te voir d'un moment à l'autre et, si je n'ai pas pris ta tension artérielle, ton rythme cardiaque et tout le reste, il va me gronder, tu sais !

— Ah bon ? répliqua l'enfant, surpris. Maman me gronde beaucoup, elle aussi !

— N'exagère pas ! dit Shayana.

Elsie sourit en ajustant son stéthoscope sur ses oreilles.

— Arrête de parler juste un instant, Arjun, expliqua-t-elle en gonflant le brassard, il faut que j'entende ton sang circuler.

— Tu entends vraiment mon sang couler dans mes veines ? demanda l'enfant, curieux. Quel bruit il fait ?

— Bam, bam, bam…, répondit Elsie. C'est un peu le même bruit que ton cœur qui, lui, fait bou-boum, bou-boum, bou-boum…

Arjun répéta le son en riant, mais Elsie vit sa mère essuyer une larme.

— J'ai fini ! Tu peux reprendre ton jeu, maintenant, dit Elsie.

Puis elle nota ses observations et s'adressa à Shayana.

— Comment allez-vous ?

— Très bien, répondit la jeune femme. Je suis heureuse qu'il ait pu être opéré. Cela ne fait qu'une semaine et regardez-le…

— Viens voir ! s'écria Arjun. Je vais disséquer ma grenouille…

— Une dissection ? Mon Dieu, qu'est-ce qui se passe ici ?

Tous se tournèrent vers le chirurgien d'Arjun, qui entrait dans la chambre accompagné d'une assistante et de quelques internes qui le suivaient dans sa tournée du matin. Troublée malgré elle par le sourire d'Anthony Morgan, Elsie s'empressa de noter les derniers relevés dans le dossier d'Arjun, mais Anthony n'en avait pas encore besoin. Assis au bord du lit, il regardait l'écran de la tablette avec grand intérêt.

— Tu vois, je l'épingle comme ça ! expliqua Arjun, pas le moins du monde impressionné par tous ces visiteurs. Et ensuite je peux couper sa peau et voir tous ses organes. Tu vois ?

— Waouh ! lança Anthony, impressionné. Je pense que tu pourras bientôt me remplacer. Est-ce que ta grenouille a un cœur ?

— Bien sûr. Je peux même le sortir et le poser sur le plateau !

— D'accord, tu veux bien que je parle un peu de toi à tous mes collègues ? Ils veulent devenir médecins et ils pourront apprendre beaucoup grâce à toi.

Arjun hocha distraitement la tête, absorbé par son jeu.

Anthony se tourna vers ses étudiants.

— Arjun a été opéré il y a un peu plus d'une semaine

après avoir subi un pontage pour réparer un anévrisme coronarien, expliqua-t-il. Et, comme vous pouvez le voir, cela a été une réussite.

Il interrogea Elsie.

— Comment va-t-il, ce matin ?

— Bien, répondit-elle. Tous ses signes vitaux sont dans les paramètres normaux. Il n'y a pas de problème de rythme cardiaque ni d'équilibre hydrique, pas de signe d'infection de la plaie et il n'a pas eu besoin d'analgésie, à part le paracétamol.

— Ruth, mon assistante, va vous renseigner sur les antécédents médicaux d'Arjun pendant que je prends connaissance de son évolution des dernières vingt-quatre heures.

Il s'approcha d'Elsie tandis que Ruth s'adressait aux internes.

— Arjun a contracté la maladie de Kawasaki quand il avait cinq mois et, malgré un traitement agressif, il a fait un infarctus aigu trois semaines plus tard. Il est resté à l'hôpital pendant près de trois mois.

— Cela a été un moment terrible pour toute la famille, chuchota sa mère.

— Je comprends, dit Elsie d'un ton compatissant.

Anthony lui jeta un regard attendri. Il savait qu'elle n'était pas au mieux en ce moment, avec sa propre famille. Il avait échangé quelques mots avec elle pendant sa pause et, pour être honnête, elle avait été soulagée d'avoir quelqu'un à qui parler, même si elle pensait qu'elle lui avait révélé plus de choses qu'il ne voulait en savoir.

Brianna lui en voulait toujours d'avoir organisé cette rencontre entre Anthony et son petit-fils. La mère et la fille se parlaient à peine en ce moment, et Brianna avait même évoqué la possibilité de chercher un autre logement pour elle et Felix, arguant qu'il était ridicule de vivre encore avec sa mère à son âge.

— Arjun a donc fait l'objet d'un suivi attentif de la

part des équipes de cardiologie et de chirurgie cardio-thoracique tout au long de son enfance, mais le pontage aorto-coronarien a pu être reporté jusqu'à ce que ses artères soient plus grosses, car il était bien irrigué par les vaisseaux collatéraux…

Ruth n'avait pas besoin de regarder le dossier de son patient, qu'elle connaissait sur le bout des doigts.

— La dernière série de tests a montré une ischémie étendue, poursuivit-elle. Nous avons trouvé une occlusion complète de l'artère descendante antérieure gauche et une dépression du segment ST sur un test ECG sur tapis roulant, nous avons donc décidé qu'il était temps d'opérer. Connaissez-vous tous le processus de greffe d'une artère coronaire ?

Les étudiants acquiescèrent.

— Quel vaisseau a été utilisé pour la greffe et combien de vaisseaux ont été greffés ? demanda l'un d'eux.

— Deux vaisseaux, précisa Anthony, qui s'immisça dans la conversation. La pratique actuelle consiste à utiliser les artères thoraciques internes comme conduits pour les pontages coronariens chez les enfants atteints de la maladie de Kawasaki. Les résultats sont nettement meilleurs en termes de fonctionnalité à long terme.

Il consulta l'horloge.

— Et si vous en parliez plus en détail à l'étage, Ruth ? Je vous rejoindrai bientôt là-haut, mais cela pourrait prendre un certain temps, car nous devrons attendre que tout le monde soit prêt à assister à l'opération de ce matin. Vous pourriez faire une visite du bloc si vous avez le temps ?

Le cliquetis d'un chariot se fit entendre dans le couloir alors que les internes suivaient Ruth hors de la chambre.

Anthony accrocha le dossier sur le lit et sourit à Arjun.

— Voici ton déjeuner qui arrive, dit-il. Je peux jeter un coup d'œil à ta cicatrice en attendant ?

Arjun sourit et déboutonna son haut de pyjama, révélant

le pansement sur sa poitrine. L'espace d'un instant, le regard d'Anthony Morgan croisa celui d'Elsie et elle sut qu'ils pensaient tous les deux à la même chose.

Vicky…

Une fois qu'Anthony eut terminé d'examiner la suture, il s'écarta du lit et lui sourit.

— Vous avez le temps de prendre un café, Elsie ? Il y a un autre patient dont j'aimerais vous parler.

— Prenez une pause ! l'encouragea Shayana. Je vais m'occuper du déjeuner d'Arjun.

— D'accord, merci, dit Elsie avant de prendre congé et de suivre Anthony dans le couloir.

— Je dois opérer, mais ce ne sera pas avant une bonne demi-heure et j'ai vraiment besoin d'un café, dit Anthony. Venez…

Quelques instants plus tard, ils étaient tous deux assis dans les mêmes fauteuils que le soir de leur première rencontre. La pile de journaux pliés sur la table était toujours là, et le café avait exactement le même goût. Ce qui était très différent, cependant, c'était l'aisance avec laquelle ils bavardaient, désormais.

Comme ils étaient seuls dans la salle réservée au personnel, Elsie n'hésita pas à se montrer directe.

— Est-ce que Jonno vous a contacté ? demanda-t-elle.

Anthony secoua la tête.

— Je ne m'attendais pas vraiment à ce qu'il le fasse, avoua-t-il. Il a beaucoup de choses à gérer, en ce moment. Savez-vous comment il a réagi en apprenant qu'il avait un enfant ?

— Brianna ne me raconte pas tout, répondit Elsie. Mais je sais qu'il a passé du temps avec Felix. Il est allé à une séance d'équitation et je pense qu'il a prévu d'assister à un cours de musique avec Felix cette semaine.

Elle prit une gorgée de café et laissa échapper un soupir.

— Tout cela est un peu triste, je trouve. J'ai l'impression qu'elle a des sentiments assez profonds pour Jonno, mais je doute fort qu'il ressente la même chose pour elle. C'est un solitaire, non ?

Anthony hocha la tête d'un air compatissant.

— Je crois que tout cela doit être très difficile à vivre pour lui. C'est un bouleversement, et entre les hommes et les femmes les relations peuvent être très compliquées, n'est-ce pas ?

— Parfois, je suis presque soulagée d'être célibataire ! ironisa Elsie.

— Moi aussi.

— Vraiment ?

En réalité, Elsie avait du mal à croire qu'un homme aussi séduisant n'ait pas de femme dans sa vie.

— Vraiment, répondit Anthony. J'ai été marié une fois, et j'ai été très déçu. Ce n'était pas du tout ce que j'espérais !

Il leva les yeux, puis ajouta :

— Et vous ? Étiez-vous mère célibataire par choix ?

— Oh ! non… Mon mari est mort juste avant la naissance de Brianna.

— Je suis désolé…

— J'ai eu la chance que ce bébé m'aide à surmonter la pire chose qui me soit jamais arrivée. Mon mariage a été bref, mais il m'a apporté tout ce dont j'avais toujours rêvé.

Anthony vida sa tasse de café et se leva.

— Vous avez eu de la chance d'avoir ça, murmura-t-il. Je suis surpris que personne n'ait réussi à se faire une place dans votre cœur, depuis.

Elsie rit.

— Je n'y pense même plus, pour tout vous dire.

Anthony sourit.

— Pourtant, c'est plutôt agréable, n'est-ce pas ?

— Quoi ? D'être célibataire ?

— De partager ses soucis avec quelqu'un…

— Oui. Mais en ce moment je pense plutôt à Jonno. J'ai de la peine pour lui.

Ils échangeaient un regard complice lorsqu'une infirmière passa la tête par la porte.

— Ah… quelqu'un a dit que je vous trouverais ici, docteur Morgan. Auriez-vous une minute pour parler à la mère de Penelope ? Elle est dans tous ses états à cause de l'opération qui approche.

— Oui, bien sûr, j'arrive tout de suite, répondit Anthony avant de se tourner vers Elsie. Vous connaissez Penny ? Une fillette de trois ans atteinte du syndrome du cœur gauche hypoplasique ? On lui pose un cathéter cardiaque avant de pratiquer une opération de Fontan, plus tard cette semaine. Ce n'est pas aussi risqué que la première opération qu'elle a subie quand elle était nouveau-née, mais c'est quand même un geste important. Je ne suis pas surpris que sa mère appréhende ce qui va suivre.

Elsie tendit la main pour prendre la tasse d'Anthony.

— C'est de Penny que vous vouliez me parler ?

Anthony eut un sourire gêné.

— Non, c'était juste un prétexte pour avoir une discussion avec vous.

Sur le pas de la porte, il se retourna.

— Ne soyez pas trop désolée pour Jonno, dit-il doucement. Le moment était peut-être mal choisi, mais il avait besoin de savoir, et je suis sûr que Brianna finira par le comprendre, elle aussi. Et, s'il vous plaît, ne regrettez surtout pas de m'avoir présenté Felix. J'espère vraiment le revoir quand les choses se seront calmées…

Une fois Anthony parti, Elsie rinça les tasses et les glissa dans le lave-vaisselle. Elle s'était montrée tout à fait honnête lorsqu'elle lui avait dit qu'elle n'espérait plus trouver l'âme sœur et tomber amoureuse. Alors pourquoi avait-elle l'impression que son cœur battait un peu plus vite que la normale, en ce moment ?

Lorsqu'il avait avoué avoir eu recours à la ruse pour se retrouver en tête à tête avec elle, elle avait senti un léger frisson lui parcourir tout le corps, et l'idée de le revoir lui plaisait beaucoup…

Trop, peut-être ?

L'intervention de Fontan était la troisième d'une série d'opérations réalisées sur les enfants nés avec un seul ventricule au lieu de deux. La première opération, la plus risquée, pouvait durer de six à huit heures et avait lieu généralement au cours de la première semaine de vie. Une deuxième opération, pratiquée vers l'âge de six mois, était destinée à préparer la troisième, l'opération de Fontan, qui permettait au sang désoxygéné de contourner complètement le cœur et d'aller directement aux poumons, ce qui diminuait la charge de travail du ventricule unique et améliorait considérablement la qualité de vie de l'enfant.

Anthony Morgan était un chirurgien expérimenté et très respecté, spécialisé dans la chirurgie cardiaque congénitale, pédiatrique et adulte, et la procédure de Fontan était celle qu'il maîtrisait le mieux. C'était une intervention assez longue et complexe pour réduire le monde à ce qui se passait entre les quatre murs d'une salle d'opération, là où Anthony se sentait le plus à l'aise. Lorsqu'on avait la vie d'un enfant entre les mains, plus rien n'avait d'importance et seuls comptaient la concentration, le sang-froid et l'habileté. Pour opérer, il fallait laisser ses émotions et ses problèmes au vestiaire et tendre vers un seul but : la survie et le confort de son patient.

Oh ! les choses pouvaient être tendues, bien sûr ! Il y avait souvent des complications à gérer pendant et après l'opération, lorsqu'un vaisseau sanguin important était déconnecté du cœur et relié à l'artère pulmonaire pour contrôler le flux sanguin jusqu'à ce que le corps s'adapte à la nouvelle anatomie. Parfois, la bataille était perdue, ainsi qu'une toute jeune vie, et cela était profondément bouleversant.

Anthony avait connu de nombreuses complications postopératoires comme celle qui s'était présentée aujourd'hui, mais aucune ne l'avait autant touché que le message qu'il avait reçu en sortant du bloc, quelques heures auparavant…

Entendre la voix de son fils lui avait coupé le souffle. La sirène qui hurlait à l'arrière-plan ainsi que les mots de Jonno étaient très inquiétants.

« Bonjour, papa. C'est Jonno. La standardiste m'a mis directement en relation avec ton répondeur quand elle a su que tu étais au bloc. Je suis en route pour Saint Nicholas avec Felix. Il a eu des convulsions, et on a dû l'intuber pour protéger ses voies respiratoires… »

Il y avait eu un long silence, et Anthony avait eu l'impression de vivre le combat que son fils menait pour trouver les mots justes. Enfin, celui-ci était parvenu à articuler :

« J'ai pensé que tu devais savoir »…

Assise au chevet de son petit-fils, qui respirait grâce à un ventilateur en attendant que des décisions soient prises pour la prochaine étape de son traitement, Elsie avait l'impression d'avoir vécu l'une des journées les plus longues de sa vie, alors que l'heure du déjeuner n'était même pas passée.

Ce terrible appel de Brianna l'informant qu'elle était en route pour l'hôpital avec Felix lui semblait très loin, alors qu'il ne datait que de quelques heures. Être seule auprès de l'enfant, tandis que Brianna et Jonno parlaient au neurochirurgien, lui faisait paraître le temps plus long encore.

Le visage de sa fille était si pâle, quand elle revint enfin, qu'Elsie eut l'impression que son cœur allait se briser.

La main de Felix dans la sienne, elle tendit l'autre vers sa fille et l'attira plus près.

— Nous avons signé les formulaires de consentement, lui dit Brianna, et on va bientôt préparer Felix pour l'opération. On va enlever la dérivation qui draine le liquide céphalo-rachidien pour pouvoir traiter l'infection qui cause tous ses problèmes.

Elsie hocha la tête.

— Où est Jonno ?

— Dans la salle des familles. Il est en train de parler à son père et, comme je sais que c'est important, je les ai laissés seuls. Tiens, les voilà !

L'inquiétude qu'elle lut dans les yeux d'Anthony quand il entra dans la pièce eut sur Elsie l'effet d'une douche froide.

— J'ai pensé que vous auriez besoin d'une petite pause, dit-il tandis qu'Elsie reculait pour laisser Jonno et Brianna s'approcher de leur fils. Si nous allions prendre un café ? Mes consultations de l'après-midi ne commencent pas avant une bonne demi-heure.

Le neurochirurgien de Felix entra dans la chambre à ce moment-là, accompagné d'une infirmière qui tenait un haricot avec une seringue et des médicaments.

Elsie toucha l'épaule de Brianna.

— Nous ne serons pas loin, dit-elle. Envoie-moi un SMS si vous avez besoin de moi.

Nous…

Elsie n'était pas seule pour faire face à cette crise. Savoir qu'il y avait maintenant d'autres personnes dans la vie de Felix, et que ces personnes se souciaient de lui, était très nouveau, et Elsie trouvait cela très bien.

C'était comme si leur famille s'était tout à coup agrandie, et était désormais plus forte pour affronter cette épreuve.

Mais Anthony avait l'air pâle, nota-t-elle. Choqué,

même, et elle aurait bien aimé savoir ce qu'il ressentait en ce moment. Il avait revu son fils pour la première fois depuis de nombreuses années. Il venait tout juste de découvrir l'existence de son petit-fils, et la précarité de son existence pourtant si jeune…

Il avait besoin de soutien, comme Brianna, Jonno et elle-même, songea Elsie, en offrant à Anthony son plus beau sourire. Une fois dans le couloir, elle lui toucha même le bras, soucieuse d'établir un contact physique, autant pour se réconforter que pour le réconforter, lui.

— Vous croyez qu'il y aura des gaufres à la cafétéria ? demanda-t-elle avec un semblant de sourire.

En effet, il y avait des gaufres à la cafétéria de l'hôpital, ainsi que des quiches et autres en-cas chauds. Anthony prit pour eux deux cafés et deux gaufres, mais en réalité ni lui ni Elsie n'avaient vraiment faim.

En se remémorant la dernière fois où elle avait mangé une gaufre, avec Anthony et Felix, Elsie cligna des yeux pour retenir ses larmes. Elle avait l'impression que, depuis, son univers s'était littéralement effondré, créant autour d'elle un immense chaos.

— Je croyais que tout allait bien, dit-elle à Anthony. Hier soir, Brianna et moi avons discuté pour la première fois depuis longtemps. Elle m'a dit que Jonno avait assisté à ce cours de musique avec Felix et qu'ils étaient allés manger des hamburgers ensemble après. Elle a raconté aussi qu'une rumeur circulait selon laquelle il pourrait postuler pour un emploi permanent à Bristol et…

Elle marqua une pause, puis ajouta :

— Je me dis que c'est peut-être le bon moment pour lui dire qu'il a un papa. Et un grand-père…

— Ça le sera, dit Anthony avec calme. Bientôt.

— Je suis vraiment inquiète pour lui, reprit Elsie. Hier, je pensais qu'il couvait un simple rhume, c'est pourquoi j'ai accepté de venir travailler aujourd'hui au lieu de rester à la maison pour m'occuper de lui.

— Je sais. Mais Jonno me dit que l'équipe soignante de Felix est confiante et qu'il va s'en sortir. Ils vont retirer la dérivation et traiter l'infection avec des antibiotiques. Quand il sera suffisamment rétabli, ils envisagent une procédure qui lui permettrait de se passer de dérivation. Il est exactement au bon endroit pour recevoir les meilleurs soins possible, Elsie. Il a ses deux parents auprès de lui… et ses deux grands-parents.

— En effet, dit Elsie.

— J'ai du mal à me faire à cette idée, mais je suis bel et bien le grand-père de Felix. Jonno m'a dit qu'il n'avait jamais fait de test ADN, il l'a juste prétendu parce qu'il était très en colère contre moi à l'époque. Brianna était présente à ce moment-là et elle a affirmé qu'elle voyait une grande ressemblance entre Jonno et moi. Selon elle, nous avons les mêmes yeux.

— C'est vrai, dit doucement Elsie. Et ce sont de beaux yeux…

Elle détourna rapidement la tête, réalisant soudain qu'elle avait soutenu le regard d'Anthony bien plus longtemps qu'elle ne l'aurait dû. Comment avait-elle pu faire un commentaire aussi déplacé ?

Anthony fit mine de ne pas l'avoir remarqué, mais il jeta un coup d'œil à sa montre et s'excusa.

— Il faut que je vous laisse, lança-t-il. Ça va aller ?

Elsie acquiesça.

— Je vais aller retrouver Brianna. Je sais qu'elle a le soutien de Jonno, mais nous sommes déjà passés par là, et… ce n'est pas facile.

Cette fois, ce fut Anthony qui établit un contact physique en touchant le bras d'Elsie.

— Je passerai plus tard, après ma garde.

Anthony remarqua à quel point Elsie était épuisée lorsqu'il lui rendit une dernière visite, tard dans la soirée.

— Vous devriez vraiment rentrer chez vous et dormir un peu, dit-il. Felix est stable, maintenant. Sa température est en train de baisser. Il va probablement se réveiller demain matin et nous surprendre tous en nous disant qu'il va bien.

— Quand Brianna aura fini de dîner, j'irai m'allonger sur le canapé de la salle des parents.

Mais Brianna ne fit pas grand cas de cette idée quand elle revint quelques instants plus tard avec Jonno.

— Rentre à la maison, maman. Je t'appelle s'il y a du changement, c'est promis.

— Si vous ne voulez pas conduire, je peux appeler un taxi, proposa Jonno.

— Ce n'est pas nécessaire, dit fermement Anthony. Je rentre moi-même à la maison et je peux vous déposer, Elsie.

— Oh… Dans ce cas…

La petite maison au bout de la rue, avec son joli jardin, ressemblait exactement au genre de demeure dans laquelle il souhaitait voir grandir son petit-fils. Et quelle chance avait Felix d'avoir non seulement une mère dévouée, mais aussi une grand-mère qui jouait un rôle si important dans sa vie !

— Merci beaucoup, dit Elsie en défaisant sa ceinture de sécurité.

— Voulez-vous que je vienne avec vous ? demanda Anthony, en voyant qu'elle hésitait.

— Je n'aime pas l'idée de rentrer dans une maison vide, expliqua-t-elle, mais ça va aller. Dennis est là et… parfois un chien est le compagnon idéal.

Elsie croisa son regard et, comme il ne faisait pas mine de partir, elle ajouta :

— C'est très gentil de votre part, mais franchement tout va bien.

Anthony détestait l'idée de la laisser seule en compagnie d'un chien, qui ne pouvait pas comprendre ce qui la tourmentait, quoi qu'elle en dise. Les larmes qui brillaient dans ses yeux lui rappelaient le soir où il l'avait vue dans le parc. À cet instant-là, il s'était senti ému comme il ne l'avait plus été depuis longtemps, trop longtemps, et avait ressenti un trouble dont il avait presque oublié l'existence.

Maintenant, grâce à Elsie, son fils lui parlait de nouveau et Anthony entrevoyait un avenir un peu moins solitaire...

C'est peut-être pour cela qu'il tendit la main pour essuyer du pouce une larme sur la joue d'Elsie. Il lui sourit et, sans détourner le regard, elle se laissa aller contre sa main.

Comme mû par un irrésistible élan, Anthony se pencha vers Elsie et effleura ses lèvres des siennes.

Il ferma les yeux un bref instant pour savourer cette caresse qui, très vite, se transforma en un véritable baiser.

5.

Dans la vie, il y a des limites qu'on ne peut pas franchir sous peine d'être incapable de revenir en arrière.

On peut aussi bien sûr agir comme si rien ne s'était passé, comme le firent Elsie et Anthony après ce baiser nocturne, dans la voiture. Après tout, c'était un simple baiser amical, un instant de réconfort à la suite d'une journée très intense en émotions pour tous les deux. Elsie avait même réussi à faire rire Anthony en lui affirmant que cela ne se reproduirait pas, ce à quoi il avait répondu, passant soudain au tutoiement :

— Tu peux pleurer sur mon épaule tant que tu veux, Elsie.

Tout en se remémorant cette conversation, Elsie prit un plat à lasagnes dans le placard. Ce soir, elle avait invité Jonno et Anthony à dîner, pour resserrer les liens qui venaient de se nouer entre eux.

C'était Felix qui, sans le savoir, les avait rapprochés, et tous avaient à cœur de l'entourer du mieux possible pour l'aider dans sa convalescence. Il se rétablissait suffisamment bien pour qu'on puisse envisager une intervention qui lui épargnerait la pose d'une autre dérivation pour drainer l'excès de liquide céphalo-rachidien. Après deux semaines passées à l'hôpital, il était rentré chez lui, ravi de retrouver son environnement familier.

Jonno avait commencé un nouvel emploi dans un service de sauvetage aérien au moment où Felix retournait à l'école. Brianna et lui coordonnaient leurs agendas afin de pouvoir passer le plus de temps possible avec leur fils, l'accompagner à ses rendez-vous médicaux ou, simplement, profiter ensemble de moments privilégiés en famille.

Anthony avait déjà décidé qu'il était temps pour lui de s'installer dans un petit appartement, et il avait proposé à Jonno, Brianna et Felix d'occuper sa maison, située dans une jolie banlieue verdoyante de Bristol. Après avoir longuement hésité, son fils avait accepté de tenter l'aventure.

Elsie, elle, n'avait pas changé de travail, et n'avait pas à faire face aux perturbations liées à un déménagement. En fait, la vie était plus facile pour elle, car l'implication de Jonno signifiait qu'elle avait moins de responsabilités vis-à-vis de Felix, et avait tout loisir de faire ce qu'elle voulait de son temps. Elle pouvait travailler davantage à Saint Nicholas, faire du bénévolat auprès des enfants ou, pour la première fois de sa vie, se concentrer sur elle-même.

Après l'avoir parsemé d'une dernière couche de parmesan, Elsie glissa le lourd plat dans le four. Elle avait préparé une salade verte et un dessert qu'elle entreprit de décorer.

À l'idée qu'elle devrait vivre seule dans quelques semaines, elle sentit la mélancolie l'envahir. Même Dennis s'en allait. Non seulement parce que le petit chien et Felix se languiraient l'un de l'autre s'ils étaient séparés, mais aussi parce qu'il aurait un grand jardin à sa disposition, ainsi qu'un immense parc tout proche, où il pourrait faire de longues promenades.

Le cœur lourd, Elsie acheva de décorer son entremets. Brianna et Felix n'iraient pas très loin, se dit-elle pour se consoler. Et puis, c'était une bonne chose que la famille se soit agrandie, avec un gendre qu'elle commençait à apprécier et un… un autre grand-parent. Un ami qui était aussi un collègue, et un médecin pour lequel Elsie avait beaucoup de respect. Un homme qui l'avait embrassée…

Ils auraient pu tous les deux être soulagés de considérer ce baiser comme un simple geste amical, mais Elsie savait que, pour elle, c'était plus que cela. Parce qu'elle n'arrivait pas à l'oublier. Parfois, elle se surprenait même à poser l'index sur ses lèvres, là où Anthony avait posé les siennes. Elle se remémorait avec délices ce qu'elle avait ressenti juste avant qu'il ne se penche vers elle…

À cet instant, elle avait eu follement envie qu'il l'embrasse…

Cela faisait des années qu'Elsie n'avait pas été embrassée ainsi, et bien plus longtemps encore qu'elle n'avait éprouvé pareil émoi. Pas depuis que les difficultés de la vie l'avaient détournée de la sensualité…

C'était plus qu'une simple attirance, songea-t-elle, car elle y pensait beaucoup trop. En fait, même si Elsie était capable de cacher ses sentiments, ils devenaient plus forts de jour en jour. Dans sa vie, les choses revenaient à la normale, mais ce qu'elle ressentait lorsqu'elle voyait Anthony dans le service était tout sauf ordinaire.

Elle remarquait tellement de choses chez lui, maintenant, comme la couleur de la chemise ou de la cravate qu'il avait choisi de porter ce jour-là, ou la façon dont il avait coiffé ses cheveux pour dompter ses boucles… La chaleur de son sourire lorsqu'il la saluait et soutenait son regard plus longuement que celui de ses autres collègues…

Le simple fait de penser à ce contact visuel faisait battre son cœur plus vite, ce qui semblait ridicule pour une femme de son âge.

Oui… entre Anthony Morgan et elle, c'était plus que de l'attirance. Elsie devait admettre qu'elle l'appréciait, et que, pour la première fois depuis… très longtemps, elle avait envie qu'il l'embrasse encore.

Pour être honnête, elle désirait même un peu plus que cela…

Quel dommage que l'homme qui suscitait son enthousiasme soit le seul avec lequel elle ne pouvait pas envisager ne serait-ce qu'une brève aventure ? C'était le père de Jonno, le partenaire de sa fille !

À en juger par la bouteille de champagne coûteux que

Jonno avait apportée un peu plus tôt, alors qu'il rentrait avec Brianna de la leçon d'équitation de Felix, le jeune homme ne tarderait pas à devenir officiellement… son gendre.

Ils avaient tous deux l'air très heureux, et Brianna portait une nouvelle bague à l'annulaire.

— Nous avons quelque chose à fêter, avait indiqué Jonno, mais nous ferions mieux de mettre cette bouteille au frais jusqu'à ce que papa arrive.

Ils étaient fiancés !

Jonno, qui il y a tant d'années avait juré qu'il ne suivrait jamais les traces de son père, souriait d'une oreille à l'autre en racontant comment Felix l'avait aidé à demander Brianna en mariage pendant sa leçon d'équitation, cet après-midi-là.

— On a fait un plan, Felix et moi ! dit Jonno. Et si Brianna accepte nous vivrons bientôt tous les trois, comme une vraie famille !

Anthony croisa le regard d'Elsie et y vit le reflet de sa propre surprise devant la rapidité avec laquelle les choses évoluaient. Jonno et Brianna prévoyaient de s'installer dans la maison familiale des Morgan dès qu'Anthony aurait déménagé, ce qui n'était plus qu'une question de semaines.

— Donc Felix avait caché la bague dans sa botte, poursuivit Jonno. Il a dit à sa mère qu'il avait un caillou qui le gênait pour monter à cheval, alors elle l'a enlevé pendant qu'il montait Bonnie et… et elle a dit :

— Qu'est-ce que c'est que ça ?

Hilare, Felix essayait d'imiter la voix de sa mère.

— Quand j'ai compris ce qui se passait, intervint Brianna, je ne pouvais plus parler…

— Et moi non plus, quand j'ai réalisé qu'elle acceptait, conclut Jonno, ému aux larmes.

Il croisa le regard d'Anthony, qui eut bien de la peine à chasser la boule qui lui serrait sa gorge.

— Nous allons former une vraie famille, répéta Felix. Tu viendras avec nous, hein, Nana ?

Anthony prit une gorgée de champagne tandis qu'Elsie répondait prudemment, en se levant pour aller jeter un œil au plat qui cuisait dans le four.

— On en a déjà parlé, chéri, tu te souviens ? Je viendrai te voir, mais tu vivras dans ta maison avec maman, papa et Dennis. Moi, je vais rester ici.

— Et grand-père ? Il va venir vivre avec vous ?

Tout le monde éclata de rire, mais Anthony perçut l'embarras dans la voix d'Elsie qui répondit à la hâte :

— Non… ton grand-père a trouvé un bel appartement dans lequel il va bientôt emménager.

Anthony se rendait compte qu'elle évitait délibérément de le regarder, et il se demanda si elle pensait à la même chose que lui.

Ce baiser qu'ils avaient échangé…

Il ne savait toujours pas comment c'était arrivé. Et encore moins pourquoi il ne parvenait pas à chasser le souvenir de ce qui n'avait pourtant été qu'un geste de réconfort… entre amis.

Non, ce n'était pas tout à fait cela.

Il était attiré par Elsie, et il n'avait fallu qu'un frôlement de leurs lèvres pour qu'il sache qu'il y avait quelque chose de très différent chez elle, et de très désirable. Hélas, cette attirance était tout à fait déplacée. Leurs enfants étaient sur le point de se marier, et ils devaient tous deux oublier ce baiser, ainsi que l'espoir qu'il avait fait naître en chacun d'eux !

— Organiser un mariage demande un peu de temps, dit Anthony. Dis-moi ce que je peux faire pour t'aider.

— Ce ne sera pas un grand mariage, répondit Brianna. Juste une cérémonie très simple, peut-être à la plage ou dans un joli jardin. Felix sera là, bien sûr, et nous espérons vraiment que vous pourrez tous les deux venir. Nous allons établir une liste et arrêter la première date qui convient à tout le monde.

Anthony s'éclaircit la gorge avant de demander :

— Allez-vous partir en voyage de noces ?

— Cela n'est pas prévu pour l'instant. Nous pensons qu'il faut d'abord régler le problème du déménagement. Ensuite, nous verrons…

— Ce serait merveilleux ! dit Elsie, en posant sur la table un grand plat de lasagnes. En attendant, si vous voulez partir en week-end en amoureux pour célébrer vos fiançailles, je serais ravie de m'occuper de Felix !

Anthony perçut le regard que Jonno et Brianna échangèrent. Visiblement, l'idée d'Elsie les séduisait tous les deux.

— Brianna et moi sommes en congé ce week-end, murmura Jonno.

— Dans ce cas, laissez-moi vous réserver des billets et un bon hôtel à Paris, proposa Anthony. Ce sera mon cadeau de fiançailles. Je vais aider Elsie, pendant votre absence. À nous deux, nous pourrons distraire Felix et Dennis pendant un week-end, j'en suis sûr.

— Servez-vous ! lança Elsie en invitant tout le monde à venir s'asseoir à table.

— Avec plaisir ! dit Jonno. Ça sent délicieusement bon.

Ils dînèrent dans la bonne humeur, et félicitèrent Elsie pour son plat de lasagnes. Au moment de passer au dessert, Anthony fit une proposition à Elsie.

— Pourquoi ne viendrais-tu pas chez moi avec Felix, samedi soir ? suggéra-t-il. Comme ça, Felix pourra découvrir l'endroit, et profiter du jardin.

La fourchette en suspens, Elsie demanda :

— Tu veux dire que… nous dormirions chez toi ?

Il acquiesça.

— Vous pourriez même choisir votre chambre. Ma gouvernante sera ravie de tout préparer. C'est un peu en désordre car j'ai commencé à faire mes cartons, mais je suis sûr qu'on pourra s'arranger.

— Mais… Brianna et Jonno n'ont même pas encore décidé de partir !

Les intéressés échangèrent un regard complice.

— Oh ! je pense que si, murmura Jonno. Comment refuser un week-end à Paris ?

— J'adorerais y aller ! confirma Brianna. Nous pourrions prendre l'avion le vendredi soir et être de retour le dimanche à l'heure du dîner. Si ça te convient, Felix ? Tu veux bien rester avec Nana et grand-père ?

Felix écarquilla les yeux.

— Dans ma nouvelle maison ?

— Oui, répondit prudemment Elsie. Nous pourrions arriver samedi dans la matinée et rentrer chez nous le soir, peut-être ? C'est bien, pour une première visite, non ?

Elle sourit à Anthony, qui lui rendit son sourire.

— Mais je veux rester dormir, moi ! insista Felix. Et Dennis aussi.

— Nous verrons, dit Elsie.

Mais Felix savait qu'il avait gagné. Radieux, il lança :

— On va faire une soirée pyjama dans ma nouvelle maison !

Lorsque Elsie se tourna vers lui, Anthony eut le sentiment qu'elle pensait exactement à la même chose que lui.

Il ne se passerait rien, bien sûr.

Parce que ce n'était pas possible.

Même dans le cas improbable où Anthony ressentirait la même attirance qu'elle ?

Elsie avait oublié depuis longtemps à quel point il était excitant d'avoir envie d'un homme. Mais cela n'était-il pas totalement déplacé pour une femme de son âge ? Elle se surprenait à jeter à la dérobée des coups d'œil dans les couloirs, dans l'espoir d'apercevoir Anthony Morgan, comme une adolescente !

Elle ferait mieux de se concentrer sur sa tâche, à savoir faire la toilette d'Oscar, âgé de quatre ans, qui ne demandait qu'à se rendormir.

— Cette somnolence est un effet secondaire courant du sédatif administré à Oscar pour son IRM, expliqua-t-elle à sa mère pour la rassurer. Il va bientôt s'assoupir et se sentira beaucoup mieux à son réveil.

Elle essora le gant de toilette qu'elle avait trempé dans l'eau chaude et le posa sur le menton du petit garçon, mais celui-ci secoua la tête.

— Tu veux que maman te lave ? demanda-t-elle doucement.

Mais Oscar repoussa la main d'Elsie, renversant la bassine d'eau qu'elle avait posée sur le lit.

— Oups…, dit Elsie sans perdre son calme. Bon, il faut changer ces draps, de toute façon. Que dirais-tu de t'asseoir sur les genoux de maman pendant que je refais ton lit ?

Enveloppé dans une couverture et blotti dans les bras de sa mère, Oscar s'endormit aussitôt. Comme elle allait sortir de la chambre, les bras chargés de linge sale et humide, Anthony Morgan y entra.

Il devait venir directement de la salle de réveil ou du bloc opératoire, car il portait une blouse verte. Il avait même encore les chaussons en papier par-dessus ses chaussures et ses cheveux étaient aplatis d'avoir été maintenus pendant une période prolongée sous une charlotte en papier.

Tout à coup, le cœur d'Elsie se mit à battre la chamade. Il était bien plus sexy en tenue de chirurgien qu'en chemise et costume de ville.

— Désolée, dit-elle sans trop savoir pourquoi elle s'excusait. Je… vais dans la buanderie.

Anthony sourit et s'écarta pour la laisser passer.

— Bien sûr. Je suis bien dans la chambre d'Oscar Smythe ?

— Oui.

Elsie s'empressa d'aller déposer son linge et revint dans la chambre au moment où Anthony se présentait à la mère d'Oscar.

— Je sais qu'il y a une réunion demain avec toute l'équipe, dit-il, mais une salle pleine d'étrangers peut être un peu intimidante alors je voulais venir vous voir avant…

Elsie savait que ce sourire rassurerait la mère de l'enfant.

— Vous êtes le chirurgien dont le cardiologue m'a parlé, n'est-ce pas ? Vous allez enlever le…

La jeune mère se tut, émue aux larmes.

— La tumeur, acheva doucement Anthony. Nous pensons qu'il est peu probable qu'elle soit maligne, mais nous ne pouvons pas en être totalement sûrs tant que nous n'avons pas examiné les tissus prélevés pendant l'opération. Il est plus probable qu'il s'agisse d'une tumeur myofibroblastique inflammatoire, qui est généralement bénigne. Je vais imprimer des informations à ce sujet et les déposer plus tard pour que vous et votre mari les lisiez. Vous pourrez ainsi noter toutes les questions que vous souhaitez poser à l'équipe médicale.

— Oui, à ce propos, il y a une chose que je n'ai pas comprise, à propos des valves…

— Les premiers tests ont montré que la tumeur se développait dans le cœur d'Oscar. Nous savons qu'elle n'affecte pas le système de conduction, ce qui est une bonne chose car cela signifie que son rythme cardiaque est normal, mais nous voyons qu'elle touche la valve aortique, qui transmet le sang oxygéné au reste du corps. C'est pourquoi Oscar a des évanouissements lorsqu'il fait de l'exercice : il ne reçoit pas assez d'oxygène.

Elsie remonta la couverture ornée de motifs enfantins et replia le drap dessus. Quelques taies d'oreiller propres et elle en aurait terminé ici, mais elle ne se pressait pas, curieuse d'entendre ce qu'Anthony disait.

— Nous devrons remplacer la valve aortique quand nous enlèverons la tumeur, dit-il. Et la meilleure façon de le faire est de l'échanger avec la valve pulmonaire, qui amène le sang du cœur aux poumons.

— Pourquoi ?

— La valve pulmonaire est soumise à une pression bien moindre que la valve aortique, ce qui lui permet de durer bien plus longtemps – peut-être une vingtaine d'années –, avant d'être remplacée de nouveau. C'est ce qu'on appelle la procédure de Ross. Je suis sûr qu'Elsie connaît tout cela et sera en mesure d'en reparler avec vous plus tard…

Anthony se tourna vers elle, un sourcil levé, un sourire au coin des lèvres.

Rêvait-elle ou… avait-elle décelé une lueur de malice dans ses yeux noirs ?

6.

— Alors, l'opération d'Oscar s'est bien déroulée, hier ?

— Oui. Cela a pris presque toute la journée, depuis le moment où nous l'avons vu en préopératoire et celui où il a quitté la salle de réveil pour rejoindre le service de chirurgie pédiatrique. Ses parents avaient l'air épuisés, comme tu peux t'en douter, mais ils étaient très soulagés.

Anthony se sentait rasséréné, quant à lui, par le confort familier de cette conversation banale. Ce n'est que lorsque Elsie avait frappé à la porte, cet après-midi-là, qu'il avait réalisé qu'il n'avait pas invité de femme chez lui depuis… très longtemps. Non qu'il n'ait jamais eu de compagnie féminine au fil des ans, mais il n'avait pas accueilli ces femmes chez lui, sans doute pour protéger son intimité.

Avec Elsie, c'était différent, bien sûr. Car elle n'était pas seule et si quelqu'un devait être accueilli chez lui, c'était bien son petit-fils. L'excitation de Felix à l'idée d'explorer ce qui allait bientôt devenir sa maison et son jardin faisait déjà de cette visite un événement, mais Anthony devait bien admettre qu'il y avait plus qu'une légère gêne entre lui et Elsie. Surtout maintenant que Felix était parti jouer au fond du jardin, les laissant soudainement seuls…

— Je suis très satisfait, ajouta-t-il. J'aime les cas complexes comme celui-ci, surtout lorsque je découvre que la tumeur est bénigne, ce qui est le cas ici, heureusement.

Le sourire d'Elsie illumina son visage.

— C'est une *merveilleuse* nouvelle ! s'exclama-t-elle, visiblement ravie pour son petit patient et sa famille.

Il était impossible de ne pas apprécier la chaleur et la générosité de cette femme, et Anthony lui rendit son sourire.

— Grand-père ! Grand-mère ! Venez voir ce que j'ai trouvé…

Felix surgit de derrière le tronc d'un énorme chêne, Dennis sur ses talons, criant de joie. Il risquait de trébucher, mais il n'était pas près de ralentir.

— Un *bateau !*

— Oh oui, dit Anthony, en arrachant le lierre qui avait envahi la barque renversée, j'avais oublié qu'il était là !

— Je peux jouer dedans ?

— Il faudrait le retourner et on ne peut pas le faire tant que les mauvaises herbes n'auront pas été arrachées. Je ne suis pas sûr que ce soit très amusant pour Nana.

— Pourquoi pas ? dit Elsie. J'aime travailler au grand air !

Felix sautillait d'excitation.

— Est-ce qu'il flotte ?

— J'en doute, répondit Anthony, car il est ici depuis très longtemps.

Il aida Felix à retirer le lierre du bateau.

— Il y a probablement des trous dans la coque et l'étang est dangereux pour les enfants. Tu ne dois pas t'approcher trop près tout seul, d'accord ?

Felix hocha la tête.

— Mais je pourrai aller voir avec toi ? demanda l'enfant en levant vers lui son visage suppliant.

Anthony acquiesça.

— Allons jeter un coup d'œil dans la remise pour voir si nous trouvons des bottes à ta taille. Peut-être aussi pour Nana ?

— Nana a déjà des bottes.

— Oui, mais ce sont des bottes en cuir, et elle risquerait de les abîmer en marchant dans la boue du jardin.

Anthony s'avança vers une vieille cabane, sans se retourner pour regarder ce qu'Elsie portait aux pieds. Il n'en avait pas besoin car il avait déjà tout vu dès qu'il lui avait ouvert sa porte, ce matin.

C'étaient les mêmes longues bottes noires qu'elle portait dans le parc le jour où il s'était arrêté pour lui parler. Avec un jean et un pull oversize de la même couleur que ses yeux. Anthony lui-même portait un jean et un vieux pull noir tricoté à la main. Jamais il ne s'était montré à Elsie en tenue aussi décontractée, songea-t-il.

— Nous y voilà ! dit-il en ouvrant la porte de l'abri de jardin, qui grinça sur ses gonds. Il y a tout un tas de bottes en caoutchouc là-dedans !

— Ça sert à quoi, ça ? demanda Felix en brandissant une épuisette. C'est pour aller à la pêche ?

— Je ne pense pas qu'il y ait de poissons dans l'étang. Mais il y a beaucoup de grenouilles, en revanche. On pourrait même trouver des têtards à cette époque de l'année.

Immobile, Felix, son épuisette à la main, regardait son grand-père comme s'il était un magicien qui venait de sortir un lapin de son chapeau.

— J'adore les grenouilles…

— Moi aussi ! dit Elsie. C'est trop mignon !

La vraie magie, songea Anthony, c'est que soudainement toute gêne entre lui et Elsie avait disparu. Grâce à Felix, ils avaient noué tous les trois un lien très fort, et souriaient comme une bande de garnements qui s'apprêtent à faire un mauvais coup.

— Il y a de vieux bassins dans le jardin. Mettons des bottes et voyons si nous pouvons attraper des têtards, d'accord ? Nous pourrons essayer de retourner le bateau, aussi.

Deux heures plus tard, ils étaient tous les trois frigorifiés et couverts de boue, mais Anthony ne s'était pas autant amusé depuis une éternité. Ensemble, ils avaient dégagé le vieux bateau de la végétation qui y était enchevêtrée et l'avaient retourné pour laisser Felix jouer au pirate, jusqu'à ce que l'attrait de la chasse aux grenouilles prenne le dessus. Ensuite, ils avaient ramené l'enfant épuisé dans la maison, avaient séché Dennis avec de vieilles serviettes et allumé un feu dans le salon.

— Il y a plus d'une salle de bains à l'étage, expliqua Anthony à Elsie, mais je pense que Felix aimera la grande baignoire sur pieds, près de la chambre qu'il a choisie. Il se réchauffera très vite, une fois dans l'eau, et cela fera du bien à ses jambes.

— Je n'ai pas froid ! dit Felix, qui claquait des dents.

Puis ses yeux s'agrandirent.

— Est-ce que les têtards pourront venir dans le bain avec moi ?

Anthony éclata de rire.

— Non. Ils n'aiment que l'eau froide de l'étang. Je vais m'occuper d'eux ici pendant que Nana te donne un bain.

Il se tourna vers Elsie.

— As-tu des vêtements secs pour Felix ?

— J'ai mon pyjama, répondit l'enfant. Nana a dit que je n'avais pas besoin de l'apporter mais je l'ai mis dans mon sac quand elle ne regardait pas parce que *tu* as dit qu'on pourrait faire une soirée pyjama !

Les joues d'Elsie étaient devenues toutes roses cependant, bizarrement, Anthony eut l'impression qu'elle n'était pas gênée, mais plutôt heureuse.

— C'est vrai, mais nous laisserons Nana décider plus tard, d'accord ? Après le dîner. Tu as faim ?

Felix hocha la tête.

— Quel est ton plat préféré ? On pourrait se faire livrer des pizzas. Ou du *fish and chips*. Ou… ce que tu veux, parce que c'est la première fois que tu viens ici et qu'il faut fêter ça. Réfléchis-y pendant que tu prends ton bain et ensuite tu me le diras.

À table, Felix se retournait sans cesse pour regarder les têtards, fasciné, et Elsie dut lui rappeler plus d'une fois de ne pas parler la bouche pleine.

— Il faut combien de temps pour que les bosses deviennent des jambes ? demanda-t-il. Et où va la queue quand elle disparaît ?

Anthony échangea avec Elsie un regard amusé, et le repas se termina dans la bonne humeur.

Felix s'endormit devant le feu, l'ordinateur portable d'Anthony toujours ouvert sur une application expliquant les différentes étapes de la transformation d'un têtard.

— Il va rêver de grenouilles toute la nuit, murmura Elsie, en clignant des yeux pour en chasser une brume soudaine. Et il gardera longtemps le souvenir de cette journée passée avec son grand-père, tu sais.

Elle planta ses yeux dans ceux d'Anthony.

— Merci…

Il ne répondit pas immédiatement. Au lieu de cela, il prit son verre de vin sur la table basse et but une longue gorgée. Comme elle conduisait, Elsie avait à peine touché au sien.

— Tu sais, dit lentement Anthony, j'ai déjà pêché des têtards dans cet étang avec Jonno, et nous nous étions bien amusés aussi, à l'époque… Mais, quand sa mère est rentrée à la maison, elle a reproché à la nounou d'avoir laissé Jonno se mouiller et se salir et l'a renvoyée. Les têtards ont disparu le jour suivant ! Ensuite, elle a emmené Jonno en vacances en Floride pendant un mois.

Anthony laissa échapper un long soupir.

— Ce jour-là, nous avons tous les deux compris que ce n'était pas la peine de pêcher des têtards, parce que Jonno n'aurait pas le temps de les regarder grandir.

Émue aux larmes, Elsie comprit qu'Anthony avait l'impression d'avoir été puni pour avoir passé du temps avec son fils. Pour l'avoir *aimé*.

— Tu sais, dit-elle doucement, je parie que Jonno se souvient encore du jour où il a pêché ces têtards avec toi.

Pendant un long moment, Anthony soutint son regard, puis il lui sourit.

— Tu es une femme très bienveillante, Elsie, répondit-il doucement. Je t'apprécie beaucoup, tu sais.

Peut-être était-ce son ton caressant, ou sa façon de la regarder, mais elle eut soudain la certitude qu'Anthony Morgan éprouvait pour elle plus que de l'amitié.

Mais l'aimait-il autant qu'elle l'aimait ?

Elsie se sentir soudain rougir, et repoussa machinalement une mèche de cheveux derrière son oreille. Elle aurait voulu dire à Anthony qu'elle avait aussi de l'affection pour lui, mais elle n'en eut pas le courage.

Au lieu de cela, elle déclara :

— Je devrais rentrer à la maison pour coucher Felix.

— Sinon, je peux le porter jusqu'à l'étage et le mettre au lit, dit Anthony. Si tu apportais un des bocaux de têtards et le posais sur la table de nuit ? S'il se réveille la nuit, il se souviendra de l'endroit où il est et il n'aura pas peur.

— Mais…

Les mots restèrent bloqués dans sa gorge. Avait-elle vraiment failli dire à Anthony qu'elle ne pouvait pas rester parce qu'elle avait oublié son propre pyjama ?

Que ferait-elle s'il lui lançait encore un de ces regards qui suggéraient qu'un pyjama était la dernière chose dont elle avait besoin ?

En proie à un trouble soudain, Elsie prit une longue gorgée de vin, puis une autre… Elle n'aurait sans doute pas besoin de conduire ce soir.

À moins qu'elle n'agisse ainsi pour s'assurer d'avoir une très bonne raison de ne pas le faire ?

— Je t'aime, Nana…

— Je t'aime aussi, mon chéri. Fais de beaux rêves.

Anthony regarda Felix se blottir sous la couette, dans le lit où son propre fils dormait il y a si longtemps. Il sourit en voyant Elsie franchir la porte de la chambre, la veilleuse diffusant sa discrète lueur derrière elle. Alors qu'il croyait Felix profondément endormi, il fut surpris d'entendre sa petite voix ensommeillée.

— Je t'aime, grand-père…

Son sourire vacilla et il murmura d'une voix tremblante :

— Je t'aime aussi, mon pote.

Ils redescendirent en silence au salon et s'installèrent sur le canapé.

— Il est incroyable, n'est-ce pas ? dit Anthony à Elsie. Quelque chose chez lui donne de la joie à tous ceux qui ont la chance de faire partie de sa vie. Cela faisait si longtemps qu'on ne m'avait pas fait une telle déclaration !

— Felix a de la chance d'avoir un grand-père dans *sa* vie maintenant, répondit Elsie. Et plus il y a de gens autour de nous pour nous dire qu'ils nous aiment, mieux c'est !

Anthony hocha la tête, et risqua une confidence.

— Je sais que je n'ai pas été un très bon père, avoua-t-il d'un ton calme. C'était plus facile de fuir dans mon travail que d'essayer de résoudre mes problèmes, je pense. En tant que mari, en tant que père, je ne me sentais pas vraiment à la hauteur.

Pour la première fois depuis qu'il avait entrepris cette conversation, son regard accrocha celui d'Elsie.

— Cela ressemble à une seconde chance. Peut-être que je peux être un meilleur grand-père.

Les yeux d'Elsie se plissaient quand elle souriait, remarqua-t-il.

— Je suis désolée que tu te sois senti aussi peu soutenu par le passé, que tu aies dû cacher ce que tu ressentais pour ton fils. Je peux te promettre que Felix te rendra au centuple tout l'amour que tu lui donneras, et que tu mérites amplement. Tu es l'une des personnes les plus gentilles que j'ai eu le privilège de rencontrer.

Cette chaleur dans sa voix, dans ses yeux… C'était cela, qui lui plaisait le plus. Et, surtout, sa façon de tendre la main pour toucher son bras, comme pour souligner la sincérité de ses paroles. Embarrassé, Anthony sentit une larme couler lentement sur sa joue. Il savait qu'Elsie l'avait vue, car elle l'essuya doucement du bout du pouce.

Soudain, ils furent ramenés quelques semaines en arrière, dans la voiture, le soir où il avait raccompagné Elsie chez elle, après sa dure journée de travail à l'hôpital. Et, pour la première fois de sa vie d'adulte – à l'âge avancé de soixante-deux ans –, Anthony Morgan se sentit assez à l'aise pour montrer son vrai visage, et ses vrais sentiments.

C'était inévitable qu'ils finissent dans les bras l'un de l'autre, n'est-ce pas ? Certes, c'était un risque à prendre, mais il ne pouvait pas laisser passer sa chance.

Alors, il se pencha vers Elsie et l'embrassa.

7.

Peut-être était-il vrai qu'on ne pouvait trouver le vrai bonheur qu'en prenant des risques ? Qu'en osant sortir de sa zone de confort, et en se rendant vulnérable ?

Certes, cette première fois n'avait pas été parfaite. Il y avait eu quelques maladresses, quelques instants de gêne aussi pour Elsie, au moment de révéler son corps de femme mûre.

Mais en fin de compte, ça n'avait aucune importance, pas plus que le fait qu'ils avaient tous deux perdu l'habitude de partager avec quelqu'un un peu de leur intimité. Car le plaisir que cette étreinte leur donna avait tout balayé.

Il ne s'agissait pas que de sexe, entre eux, bien que cette étreinte ait été étonnamment sensuelle. Cela faisait longtemps qu'Elsie n'avait pas partagé son lit avec quelqu'un d'autre que son petit-fils venu pour un câlin matinal, et elle avait totalement oublié ce que c'était de s'endormir en entendant respirer un autre être, en sentant la chaleur de sa peau…

Par un accord tacite, ils avaient gardé pour eux le secret de cette première nuit. Elsie s'était levée très tôt le lendemain matin parce qu'elle ne voulait pas que Felix découvre qu'elle n'avait pas dormi dans sa propre chambre et lui pose des questions gênantes, ou – pire – qu'il en parle à ses parents lorsqu'ils rentreraient de Paris, plus tard dans la journée.

Elsie était dans la cuisine, en train de préparer le petit déjeuner, quand Anthony descendit. Felix était déjà à table, le nez collé sur le bocal en verre contenant les têtards, qu'il regardait nager. Il ne remarqua donc pas la façon dont ses grands-parents se contemplaient, essayant de cacher des sourires à la fois ravis et un peu timides.

— Alors, Felix, comment s'est passée ta première nuit dans ta nouvelle maison ? demanda Anthony. C'était bien ?

Felix hocha la tête.

— Je me suis réveillé mais Dennis était sur mon lit et les têtards étaient là aussi, alors je n'avais pas besoin de maman. Ou de Nana.

— C'est bien, murmura Anthony, en évitant soigneusement le regard d'Elsie.

Les pattes des têtards commençaient à apparaître et leurs queues à rétrécir rapidement quand Elsie revint chez Antony, quelques jours plus tard. Elle se sentait un peu coupable, bien sûr, de garder secrète sa relation naissante avec Anthony, mais celui-ci avait eu raison de dire qu'ils étaient assez grands pour agir comme ils le voulaient, n'est-ce pas ? Ce qu'ils choisissaient de faire en privé, c'était leur affaire. Ils étaient tous deux convenus dès le départ que, si l'un d'eux souhaitait mettre fin à leur relation, ils feraient en sorte que cela ne change en rien les rapports qu'ils entretenaient avec leurs enfants et leur petit-fils. Ils étaient assez sages pour savourer cette surprise inattendue, mais aussi pour accepter ce que, plus jeunes, ils auraient sans doute combattu avec force.

Brianna et Jonno étaient manifestement ravis que leurs parents respectifs s'apprécient autant, et ils leur étaient reconnaissants de s'occuper aussi bien de Felix. En effet, cela leur permettait de gérer leur déménagement en même temps que leurs obligations professionnelles respectives. En plus de toutes ces contraintes, ils devaient organiser leur mariage et n'avaient guère le temps d'observer ce qui se passait entre Anthony et Elsie.

Brianna, pour sa part, n'avait rien remarqué d'inhabituel. Elle craignait surtout que sa mère ne se sente seule depuis qu'elle, Felix et Dennis avaient quitté sa maison.

— Tu es sûre que ça va ? lui demanda-t-elle quelques semaines après que Felix et elle eurent déménagé. Ça doit être terriblement calme, sans nous.

Elsie accompagna sa réponse d'un sourire.

— Mmm… Je vais bien, vraiment… Je sais que vous n'êtes pas loin et je ne m'ennuie pas autant que je l'aurais cru.

Certainement pas, en tout cas, les soirs où Anthony se présentait sur le pas de sa porte, comme il l'avait fait la veille encore, avec un sac rempli de délicieux plats thaïlandais à emporter. Où quand ils passaient leurs soirées sur Internet, à regarder des clips de groupes de leur jeunesse, découvrant à l'occasion qu'ils avaient plus d'une fois assisté au même concert, probablement au même moment, sans le savoir.

Heureusement qu'Elsie était occupée à ranger sur une étagère les livres préférés de Felix, et que sa fille ne pouvait pas voir son visage, car elle rougit au souvenir du baiser qu'elle avait échangé la veille, avec Anthony. Ils s'étaient précipités vers la chambre d'Elsie comme deux adolescents impatients, et s'étaient arraché leurs vêtements.

Le contact de ses mains, de ses lèvres sur sa propre peau lui était de plus en plus familier, et, entre chaque rendez-vous, elle brûlait de le retrouver.

Brianna ramassa des dinosaures en plastique oubliés dans un coin de la pièce.

— Assez rangé pour aujourd'hui ! décréta-t-elle. Il nous reste quelques heures avant d'aller chercher Felix à l'école, et j'aimerais avoir ton avis sur quelque chose.

— Ah oui ? C'est à quel propos ?

Brianna hésita un instant avant de répondre, fixant sa mère.

— Tu es sûre que tu vas bien ? Tes joues sont toutes roses.

Elsie fit un geste nonchalant de la main, espérant chasser ainsi le souvenir des heures torrides passées la veille avec Anthony.

— J'ai peut-être un peu trop travaillé, aujourd'hui, mais j'ai presque fini, répondit-elle en repoussant ses boucles rebelles de son visage. Tu peux laisser quelques vêtements de Felix ici pour qu'il se sente moins dépaysé quand il retrouvera son ancienne chambre. Pourquoi ne pas mettre ces dinosaures sur le rebord de la fenêtre ?

Elle les prit doucement des mains de Brianna.

— Sur quoi voulais-tu mon avis ?

— Il faut que tu voies ça ! s'écria Brianna. J'ai trouvé une robe de mariée qui me plaît, mais elle n'est pas vraiment traditionnelle et je veux savoir ce que tu en penses.

Elsie éclata de rire avant de répondre :

— Votre relation n'a pas vraiment été traditionnelle non plus, donc je suppose que cette robe est parfaite.

Brianna n'emmena pas sa mère dans une boutique de mariage.

— Je ne voulais rien de trop sophistiqué, et pas de blanc, expliqua-t-elle, mais une robe que je pourrais porter encore et encore pour me rappeler le jour où nous avons choisi de faire savoir au monde entier à quel point nous nous aimons.

L'un des plus grands magasins de Bristol avait un rayon consacré aux robes de cocktail, et c'était un véritable plaisir de déambuler parmi les magnifiques modèles confectionnés dans des tissus superbes tels que la soie et le velours.

Brianna avait les mêmes yeux bruns que sa mère, mais sa chevelure était plutôt dorée qu'argentée. Tous les tons de terre lui convenaient, mais sa couleur préférée avait toujours été le vert, et c'était justement la couleur de la robe qu'elle avait trouvée. Il s'agissait d'une jupe très simple de style ballerine dont le bustier de soie était rebrodé de magnifiques perles.

— Laisse-moi te l'offrir, dit Elsie. Ce sera mon cadeau.

Brianna serra sa mère très fort dans ses bras.

— Seulement si tu me laisses à mon tour t'acheter une robe pour le mariage.

— Je n'ai pas besoin d'une nouvelle robe ! protesta Elsie. Je ne veux impressionner personne, tu sais.

Oh ! vraiment ?

Cette petite voix qui lui soufflait la vérité la désarçonna.

Et Anthony ? Il te dit souvent que tu es magnifique au naturel, mais il ne t'a jamais vue apprêtée, n'est-ce pas ? Tu ne veux pas lui montrer, pour voir le désir briller dans ses yeux ?

Elsie s'efforça de faire taire cette voix insidieuse en lançant tout fort :

— Pourquoi ne pas trouver un joli nœud papillon pour Felix ? Peut-être un rouge vif assorti à la monture de ses lunettes ?

— La prochaine fois, dit Brianna. La priorité, c'est toi. Je veux que tu profites de mon mariage car cet événement ne se produira qu'une fois, tu sais !

Elle lui sourit par-dessus son épaule avant d'admirer d'autres robes.

— Au fait, maman… Je n'ai jamais vraiment compris pourquoi tu ne t'es jamais remariée, jusqu'à aujourd'hui. Je ne pourrais jamais ressentir pour un autre homme ce que je ressens pour Jonno. Tu devais tellement aimer mon père !

Elsie se tourna vers un présentoir mais elle ne regardait pas vraiment les robes, en proie à une émotion soudaine. Se sentait-elle… coupable ?

Non de cacher un grand secret à sa fille, mais parce qu'elle avait l'impression d'avoir oublié le père de cette dernière. L'espace d'un instant, elle eut du mal à se rappeler clairement son visage, et encore plus ce qu'elle avait ressenti dans ses bras. C'était comme si ses souvenirs s'évanouissaient, effacés par sa nouvelle histoire d'amour avec Anthony.

Mais, si c'était le cas, était-ce si terrible ? Cela faisait plus de trente ans qu'elle avait perdu l'homme qu'elle avait tant aimé, et qu'elle n'avait jamais cherché à remplacer.

Non, ce n'était pas très grave, car cela lui permettait d'entrevoir une vérité qu'elle n'avait pas soupçonnée.

Elle n'avait nul besoin de raviver de vieux souvenirs pour ressentir une nouvelle fois la force de l'amour naissant, car Anthony avait su trouver le chemin de son cœur. Peut-être que cela avait commencé la toute première fois qu'elle lui avait parlé, lorsqu'elle avait senti à quel point il avait été blessé par la rupture de sa relation avec son fils. Ce lien entre eux s'était sans aucun doute renforcé grâce à l'attention sincère qu'il lui avait témoignée lorsque Felix avait été malade, mais ce qui l'avait vraiment fait craquer avait été leur tout premier contact sensuel.

À moins que ce ne soit tout cela à la fois ? Ou le fait d'avoir appris à faire confiance à un homme qui lui donnait l'impression d'être la plus belle femme du monde ?

Mais pouvait-elle vraiment se fier à Anthony ? Que se passerait-il si elle avait une nouvelle fois le cœur brisé ? Aurait-elle la force et le courage de faire ce qu'elle avait promis : s'assurer que cela n'aurait aucun effet sur les autres membres de leur nouvelle famille recomposée ?

— Regarde ça, maman…

Heureusement, la voix de Brianna la ramena à l'instant présent.

— Cette couleur serait parfaite sur toi…

Elsie éclata de rire.

— Tu veux que les gens pensent que c'est moi, la mariée ?

Brianna haussa les épaules.

— Qui se soucie de ce que les autres pensent ? Et puis, cette robe n'est pas blanche, mais gris pâle.

— Argentée, plutôt.

Brianna sourit.

— Un gris pâle qui brille un peu, c'est vrai. Mais elle est très élégante avec sa taille haute style années 1920. Et j'adore la veste longue qui va avec. Essaie-la, maman. S'il te plaît !

Elsie se mordit la lèvre. C'était vraiment une robe magnifique et, parmi toutes les pensées qui lui traversaient l'esprit, une en particulier avait refait surface : le désir d'être la plus belle possible, ce jour-là.

Pour impressionner l'homme dont elle était tombée amoureuse ? Ou pour célébrer la femme qu'elle était devenue : une personne dont elle avait envie d'être fière ?

Peu importe ! Cette tenue serait le parfait contrepoint à la robe de Brianna. En souriant, elle tendit la main et prit le cintre.

Anthony Morgan savait que son attention devait se porter sur la mariée et sur son fils, adorable dans son petit costume noir élégamment coupé, assorti à celui de son père et agrémenté d'un nœud papillon rouge comme la monture de ses lunettes.

Pourtant, il ne pouvait pas détacher les yeux de la mère de la mariée.

Elsie était tout simplement étincelante, et ce n'était pas seulement l'effet de cette robe argentée qui brillait sous le soleil de cette journée parfaite pour une cérémonie sur la plage. Elle rayonnait littéralement de joie, et il se surprit à retenir une larme d'émotion. Et… était-ce son mouchoir qu'elle utilisait ? Celui qu'il lui avait donné dans le parc, le jour de leur première rencontre ?

Il écouta les vœux que Jonno et Brianna échangeaient

sous l'arche fleurie, devant Felix et quelques amis réunis pour l'occasion. Comme la vie de son fils avait changé, en l'espace de quelques mois seulement, et la sienne, aussi !

Ils faisaient tous deux partie d'une famille, désormais. Une famille recomposée, certes, mais un vrai clan uni et soudé, un bonheur qu'il n'aurait jamais cru connaître. Jonno et lui étaient plus proches qu'ils ne l'avaient jamais été auparavant. Il avait aussi le bonheur immense d'avoir Felix dans sa vie et – cerise sur le gâteau – de vivre une belle histoire avec Elsie, la mère de sa nouvelle belle-fille. La grand-mère de son précieux petit-fils.

Une femme à laquelle il s'était attaché au-delà de ce qu'il aurait cru possible, et dont la compagnie lui était devenue aussi indispensable que l'air qu'il respirait.

— Quand Felix t'a rencontré, dit Brianna, il a fait le vœu que tu sois son papa, sans savoir que tu l'avais toujours été. Son souhait se réalise pleinement aujourd'hui, et le mien aussi. Je t'aime, Jonno. Je t'ai toujours aimé et je t'aimerai toujours…

Oui… Anthony était presque sûr que c'était son mouchoir qu'Elsie utilisait pour se tamponner les yeux, et cette idée lui plaisait. Mais il aurait préféré effacer lui-même une larme avec son pouce, comme il l'avait fait dans la voiture, le soir où il l'avait embrassée pour la première fois.

Non… Ce qu'il voulait vraiment, c'était être à côté d'elle et lui tenir la main, mais ce geste les aurait trahis, révélant leur secret et rompant définitivement le charme de cette romance qui n'appartenait qu'à eux.

C'était au tour de Jonno de prononcer ses vœux.

— J'ai mené une vie pleine d'aventures, commença-t-il. Mais fonder une famille avec toi sera la plus grande aventure de ma vie, la plus belle dont on puisse rêver. Je t'aime, Brianna, et rien ne pourrait me rendre plus heureux que de devenir ton mari aujourd'hui.

Une fois que le célébrant les eut solennellement déclarés

mari et femme, tous se rassemblèrent pour faire des photos avant de profiter du pique-nique qu'ils avaient fait préparer pour ce mariage tout simple. On prit de magnifiques clichés de Jonno et de Brianna pieds nus, tenant chacun une main de Felix pour le soulever au-dessus des vagues qui se brisaient doucement, un petit chien heureux gambadant sur leurs talons. Le jeune photographe suggéra des photos plus classiques, avec Elsie et Anthony assis sur un rondin de bois flotté.

Assez proches pour se toucher, ils sourirent à l'objectif et se tournèrent l'un vers l'autre.

— Tu es superbe aujourd'hui, dit Anthony à Elsie. J'adore cette robe.

Il l'aimait plus encore que la veille, et les plis de la veste qu'elle portait par-dessus sa robe scintillante cachèrent opportunément la main d'Anthony qui saisit celle d'Elsie tandis qu'ils offraient leur meilleur profil au photographe.

— Tu sais quoi ? murmura Elsie.

— Quoi ?

— Je préférerais enlever mes chaussures et jouer dans les vagues, moi aussi. Tu crois que le photographe nous trouve trop vieux pour faire quelque chose d'aussi amusant ?

Anthony soutint son regard le temps d'un battement de cœur et se sentit fondre sous la douceur de ses yeux bruns. Il devait faire attention, sous peine de se retrouver bientôt pris au piège. Si Elsie savait ce qu'il ressentait vraiment pour elle, ça changerait tout, n'est-ce pas ? C'en serait fini de leur joyeuse insouciance, et elle s'enfuirait probablement aussi vite qu'elle le pourrait. Sans faire de vagues, bien sûr, mais entre eux, rien ne serait jamais plus comme avant. Or Anthony ne voulait pas que les choses soient différentes. Il souhaitait que cette idylle dure aussi longtemps que possible.

Mais aujourd'hui, c'était la fête ! On célébrait l'amour, mais aussi la famille.

— Je pense qu'on pourrait lui montrer qu'il n'y a pas d'âge pour s'amuser.

Il eut un sourire malicieux, puis ajouta :

— En tout cas, nous sommes assez vieux pour faire ce que nous voulons sans rendre de compte à personne.

Il se baissa pour enlever ses chaussures et ses chaussettes.

— Je ne me souviens pas de la dernière fois que j'ai eu du sable entre les orteils. C'est triste, non ?

Elsie était déjà pieds nus quand elle répondit :

— Il n'y a pas de temps à perdre, alors…

Puis, laissant tomber sa veste, elle prit le bas de sa robe et s'élança vers les vagues.

8.

Il était rare qu'un chirurgien cardio-thoracique soit appelé au service des urgences d'un hôpital pédiatrique, surtout lorsqu'il s'agissait d'un cas de traumatisme acheminé par hélicoptère.

C'était une première pour Saint Nicholas. D'une part, parce qu'il s'agissait d'une blessure thoracique pénétrante et d'autre part, parce que ce cas impliquait un père et son fils. C'est Jonathan Morgan qui avait amené le garçon de dix ans avec une tige de métal fichée dans la partie supérieure de la poitrine et c'est son père, Anthony Morgan, qui s'était précipité pour rejoindre l'équipe de traumatologie, après avoir été alerté d'une blessure pulmonaire par empalement avec une possible atteinte cardiaque.

Il n'aurait pas été surprenant que l'enfant ne survive pas au transfert à l'hôpital, mais quand Anthony arriva, il fut rassuré de voir Jonno faire ses transmissions.

— Jack jouait avec ses amis après l'école sur un chantier de construction interdit au public, où ils avaient pénétré sans autorisation. Il a fait une chute d'environ deux mètres sur des blocs de béton dont dépassaient des tiges d'armature. L'ambulance et les pompiers sont arrivés sur les lieux en moins de quinze minutes et lui ont administré un analgésique et un sédatif avant de couper la tige. Les secours aériens ont été appelés pour un transport rapide lorsqu'un pneumothorax et une lésion cardiaque potentielle ont été suspectés. Il a un pneumothorax du côté droit, une fréquence respiratoire actuelle de 32 et une saturation en oxygène de 98 %. Il est en rythme sinusal normal mais il est tachycardique et a de fréquents battements ectopiques. Je penche pour une tamponnade cardiaque mais je n'ai pas envisagé de péricardiocentèse. On a un accès intraveineux bilatéral mais l'administration de fluide est limitée pour cause d'hypotension permissive.

Jonno soutint le regard de son père pendant un instant, la main toujours pressée sur la compresse posée à la base de la tige pour aider à prévenir tout mouvement qui pourrait élargir la blessure. L'état du jeune patient pouvait se détériorer à tout moment, et l'espoir de lui sauver la vie s'amenuiser rapidement. Et peut-être voulait-il aussi être rassuré sur le fait que sa gestion des urgences avait été la meilleure possible ?

Anthony approuva d'un signe du menton.

— S'il y a une tamponnade, cela pourrait être la cause des saignements importants des vaisseaux cardiaques.

Après une rapide appréciation du patient et de son niveau de détresse respiratoire, il leva les yeux vers les moniteurs au-dessus du lit, notant les dernières mesures de la pression sanguine et des niveaux d'oxygène, du rythme cardiaque et de la fréquence respiratoire.

— Faisons une radiographie antéro-postérieure du thorax en décubitus dorsal. S'il reste stable, j'aimerais un CT scan, mais nous allons préparer un bloc immédiatement. Jonno, tu veux bien continuer à stabiliser cette tige ?

Jonno hocha la tête.

— J'ai bientôt terminé ma garde et je n'ai rien de prévu. Je reste.

Anthony s'approcha et déposa un lourd tablier de plomb sur les épaules de son fils afin qu'il puisse rester pendant qu'on prendrait les radios.

— Dans ce cas, tu es le bienvenu au bloc, si tu veux suivre ton patient. Si tu te mets en tenue, tu pourras continuer à t'occuper de cette tige jusqu'à ce qu'on l'enlève en toute sécurité.

À travers les portes vitrées de la zone de réanimation où ils se trouvaient, Anthony vit qu'une équipe d'ambulanciers était arrivée dans le service. C'était Brianna qui parlait à l'infirmière de triage.

Jonno les avait vus, lui aussi.

— Brianna était la première sur les lieux, dit-il à Anthony. Elle a amené un des camarades de Jack qui est lui aussi tombé dans le sous-sol du bâtiment, mais il a eu la chance de s'en sortir avec une fracture de la cheville. Peux-tu lui dire que je rentrerai tard ? J'aimerais vraiment rester et aller au bloc avec toi.

Anthony transmit le message mais, lorsque les images des radios s'affichèrent à l'écran au moment où Brianna venait de quitter son patient, il l'interpella.

— Tu veux des nouvelles ? lui demanda Anthony. C'est aussi ton patient, car Jonno m'a dit que ton équipe était la première sur les lieux.

Brianna acquiesça.

— Et ce n'est pas la première fois que je suis soulagée de voir arriver Jonno, admit-elle. Il sera ravi de pouvoir assister à l'opération. Est-ce que ce sera la première fois qu'il te verra travailler au bloc ? C'est un événement, en tout cas !

Il était temps qu'Anthony regagne le service de réanimation pour coordonner les prochaines étapes de la prise en charge de son patient, mais pendant une fraction de seconde, il se sentit envahi par un sentiment qu'il n'avait jamais éprouvé auparavant.

Celui d'avoir une famille présente autour de lui…

Brianna regardait attentivement l'écran.

— Oh ! mon Dieu ! Cette tige est juste à l'intérieur du cœur, n'est-ce pas ?

— Ça a pénétré par l'épaule pour aller perforer le

poumon et l'oreillette droits. Ça pourrait aussi avoir touché le septum, et je suis inquiet pour l'artère pulmonaire. J'espère qu'on pourra faire un scanner et avoir une meilleure vue de ce qui se passe avant d'ouvrir. On va devoir réaliser un pontage. Ton homme risque de rentrer tard…

Son homme.

Son fils.

Brianna était la mère de son petit-fils. Elle était devenue sa belle-fille en épousant Jonno et faisait désormais partie de sa vie.

Brianna lui sourit.

— Pas de problème, dit-elle. Maman s'occupe de Felix aujourd'hui, et ma garde finit bientôt.

Comme son *pager* sonnait, Brianna se détourna pour le consulter.

— Bonne chance…

— Oui…

En mentionnant Elsie et Felix, Brianna venait d'assembler les pièces qui manquaient pour que le puzzle familial soit complet. Une image qu'Anthony chérissait, avec tout ce qu'elle représentait, et qui avait changé sa vie.

Sur cette pensée, il disparut. Désormais, c'était le petit Jack, âgé de dix ans à peine, qui recevrait toute l'attention d'Anthony Morgan, aussi longtemps qu'il le faudrait.

Quelques jours plus tard, tous les membres de la famille à l'exception de Felix discutaient de ce cas, assis sur la terrasse de l'ancienne maison des Morgan. Felix jouait à cache-cache avec Dennis parmi les grands arbres du jardin. Jonno préparait le barbecue pour faire cuire leur dîner, tandis que Brianna déposait une salade composée et une panière sur la table. Elsie, qui venait de finir de mettre le couvert, s'assit à côté d'Anthony.

— Devinez qui j'ai vu arriver dans mon service aujourd'hui ?

Le visage de Brianna s'éclaira.

— Jack ? Il est déjà sorti des soins intensifs ?

— Il s'en sort étonnamment bien, confirma Elsie avec un hochement du menton. Une équipe de télévision est venue les interviewer, lui et ses parents, aujourd'hui. Ses copains ont fait une vidéo de la tige de métal dans sa poitrine qui est devenue virale sur les réseaux sociaux.

— Je ne savais pas que ses amis l'avaient filmé ! s'écria Brianna en secouant la tête pour marquer sa désapprobation. Je les aurais arrêtés, si j'avais su.

— Tu étais occupée à maintenir Jack en vie, ma chérie.

Jonno sourit à sa femme alors qu'elle lui passait une bière avec un quartier de citron vert enfoncé dans le goulot, puis son sourire s'élargit encore quand il se tourna vers son père.

— J'aurais aimé que tu puisses voir comment papa a géré cette opération. C'était incroyable ! dit-il, de l'admiration dans la voix.

Anthony haussa modestement les épaules, mais Elsie voyait bien à quel point il appréciait ces louanges. Lui et Jonno se rapprochaient de jour en jour, pour sa plus grande satisfaction. Le fait qu'elle et Anthony soient tous deux présents pour le dîner de ce soir, et prêts à entendre le programme de cette « lune de miel » familiale, était la preuve que cette nouvelle famille élargie était une réussite.

— Pas étonnant que personne ne croie qu'il ait survécu à l'accident, ajouta-t-elle, ou que tout le monde veuille connaître tous les détails !

— J'espère que cela servira d'avertissement pour les ados qui utilisent les chantiers de construction comme terrains de jeu ! déclara Anthony. S'ils sont fermés au public, c'est qu'il y a une bonne raison !

Il secoua la tête.

— En tout cas, ce garçon a eu beaucoup de chance. Nous avons tenté cette opération sans trop savoir ce que nous allions découvrir. Un faux mouvement aurait pu être catastrophique.

— Jonno m'a tout raconté ! dit Brianna en souriant. Il était intarissable.

— La mise en place d'un pontage et l'élimination de l'hémothorax ont été difficiles, reprit Jonno. Mais ensuite, il a fallu retirer la tige de métal, avec le risque d'une hémorragie massive à tout moment. C'était tendu…

— Je n'ai jamais rien manipulé avec autant de lenteur et de précaution que cette maudite tige ! reconnut Anthony. En réparant les dommages causés à l'atrium, nous avons découvert que l'artère pulmonaire avait également été déchirée. Si la tige avait bougé pendant le transport, nous n'aurions jamais pu arriver jusqu'au bloc.

Il sourit à son fils, puis à Brianna.

— Vous avez fait un travail formidable. Merci.

— Et maintenant, c'est maman qui se charge des soins postopératoires ! lança Brianna. C'est fou, non ? J'aime l'idée que toute notre famille participe à la guérison d'un patient !

Elle se leva et se tourna vers le jardin.

— Tu as assez couru pour l'instant, Felix. Tu ne crois pas que Dennis a besoin de se reposer ?

— On est des loups, maman ! rappela Felix. On peut courir très longtemps !

— Il se fatiguera bien assez tôt, dit Elsie.

— Les loups, c'est sa nouvelle obsession, murmura Jonno en posant la viande sur la grille du barbecue.

— C'est de cela que nous voulons vous parler, renchérit Brianna. Nous avons choisi le sud de la France pour nos vacances. Dès que Felix a su qu'il y avait un parc naturel où l'on pouvait voir des loups à l'état sauvage, il a voulu nous accompagner.

— C'est dans les montagnes, à la frontière italienne, ajouta Jonno. Mais si nous nous installions près de la côte, nous aurions de superbes plages et tous les villages médiévaux à explorer à proximité. J'ai déjà envisagé de louer un van ou une voiture assez grande pour pouvoir transporter facilement le fauteuil roulant et tous nos bagages.

— Il y a beaucoup de choses à faire avec les enfants dans la région : des parcs d'attractions, l'aquarium d'Antibes et les gorges du Verdon, où l'on peut louer des kayaks. Nous avons pensé louer une villa, peut-être avec une piscine.

— Ça a l'air parfait, dit Elsie. Mais pourquoi un hébergement aussi grand ?

Brianna échangea un regard avec Jonno avant de reprendre la parole.

— C'est de cela que nous voulions vous parler, aussi. Nous aimerions que vous veniez tous les deux avec nous. Pour des vacances en famille, en quelque sorte.

— Au lieu d'un voyage de noces, ajouta Jonno avec un sourire. Et nous ne vous invitons pas juste pour pouvoir nous éclipser un soir pour un dîner romantique et vous laisser Felix, même si cela serait très agréable. Nous pensons que ce serait bien pour nous tous, surtout pour Felix. Qu'en dites-vous ?

Le souffle d'Elsie se bloqua dans sa poitrine lorsqu'elle croisa le regard d'Anthony, ému aux larmes tout comme elle. Ils ne pouvaient pas rêver mieux, n'est-ce pas ? Un moment à partager tous ensemble, à vivre des aventures… C'était l'occasion idéale pour poser des bases solides et envisager sereinement l'avenir…

— C'est une très bonne idée, dit-elle avec une légère hésitation. J'ai hâte d'y être !

Anthony acquiesça d'un signe de tête, mais ne prononça pas un mot.

— Nous ferons les réservations après le dîner, dit Jonno.

Ces steaks sont presque cuits et je ne sais pas ce que vous en pensez, mais moi, je meurs de faim…

Ils ne parlèrent que de leur voyage durant tout le dîner, en se mettant d'accord sur les dates, la durée de leur absence et la personne qui s'occuperait de Dennis. Felix en parlait encore quand Elsie et Anthony montèrent lui dire bonne nuit après son bain.

— Vous savez que les loups ont quarante-deux dents ? C'est bien plus que les humains !

— Je l'ignorais, avoua Elsie.

— Et toi, grand-père, tu savais que les loups vivent en famille, comme les gens ?

— En meute, plutôt. Oui, je le savais, répondit Anthony, distrait, alors que Felix se blottissait sous sa couette. Et toi, sais-tu d'où viennent toutes ces étoiles ? Je ne les ai jamais vues avant.

— C'est maman qui les a collées au plafond, dit Felix.

— Elles étaient dans son ancienne chambre, chez moi, confirma Elsie. C'est une tradition, dans la famille, de faire un vœu avant de s'endormir.

Elle embrassa son petit-fils.

— Je parie que je sais quel vœu tu vas faire ce soir… Est-ce que ça a quelque chose à voir avec les loups ?

Étonnamment, Felix secoua la tête.

— C'est à propos de ma petite sœur, dit-il.

Elsie échangea un regard étonné avec Anthony. Leur cachait-on quelque chose ?

— Maman dit qu'il vaut mieux ne pas faire ce vœu, ajouta Felix avec tristesse. Mais mon amie Georgia va bientôt avoir une petite sœur ou un petit frère, et moi aussi c'est ce que je veux !

— Nous verrons, répondit Anthony en caressant les boucles sombres de Felix. Fais de beaux rêves !

Comme ils redescendaient en silence, Elsie et Anthony surprirent une conversation entre Jonno et Brianna, occupés à charger le lave-vaisselle.

— Il faut trouver un endroit avec au moins quatre chambres. Une pour nous, une pour Felix, une pour ma mère et une pour ton père.

— Tu crois qu'ils ont vraiment envie de partir en vacances ensemble ?

— Ils ont l'air de très bien s'entendre. Cette photo d'eux courant dans les vagues à notre mariage, c'était quelque chose, quand même !

Anthony et Elsie échangèrent un regard et s'arrêtèrent dans leur élan, curieux d'entendre la suite. Elsie avait-elle tort de penser que leur secret était encore bien gardé ? Brianna était-elle sur le point d'informer Jonno d'une possible romance entre leurs parents ? La conversation cessa soudain mais, juste au moment où Elsie était sur le point d'ouvrir la porte de la cuisine, Jonno reprit la parole.

— Ils… n'oseraient pas, dit-il lentement. Ou peut-être que si ?

— Sûrement pas. Ils sont trop vieux pour ça. Assez vieux pour se méfier, en tout cas.

— J'espère que tu as raison, répondit Jonno. Tu t'imagines en train d'expliquer ça à Felix ?

— Je ne veux même pas y penser ! dit Brianna en riant. C'est tellement dégoûtant que ça pourrait me faire renoncer à l'idée de partir en vacances.

— Imagine la situation s'il se passait quelque chose entre eux et que ça se terminait mal ?

— Je sais ! On devra peut-être tirer à pile ou face pour savoir quel grand-parent pourra venir dîner. Et les anniversaires et Noël seraient un vrai cauchemar…

Incapable d'en entendre davantage, Elsie s'éloigna de la porte.

Anthony Morgan avait l'habitude de gérer des complications inattendues lorsqu'il opérait, et cette conversation accablante lui fit l'effet d'une hémorragie soudaine qui pouvait être fatale si elle n'était pas contrôlée rapidement. Il fallait clamper, et décider plus tard de la manière de traiter la cause du mal.

Anthony capta le regard d'Elsie et hocha légèrement la tête pour lui faire comprendre qu'il avait la situation en main. Puis il s'éclaircit la gorge bruyamment pour annoncer son arrivée et entra dans la cuisine comme si de rien n'était.

Il arborait un large sourire.

— Mon timing était parfait, non ? lança-t-il en ignorant le coup d'œil coupable qu'échangeaient Jonno et Brianna. J'ai échappé à la corvée de vaisselle !

Elsie entra quelques secondes après lui.

— Désolée… Je voulais aider à débarrasser.

— Il était bien plus important que Felix ait un bisou de bonne nuit de ses grands-parents, répondit Brianna avec un peu trop d'enthousiasme. Tu veux une tisane, maman ? Nous allons chercher une villa à louer sur Internet.

— Je crois que je vais rentrer chez moi, dit Elsie. J'ai une longue journée de travail demain et je dois me lever tôt.

— Si tu veux rester un peu, on pourra t'appeler un taxi…

Anthony intervint.

— Non… Je ne vais pas te laisser prendre un taxi. Je commence tôt moi aussi, et… nous ne rajeunissons pas, n'est-ce pas ? dit-il avec une ironie mordante. Je vais rentrer moi aussi et te déposer chez toi.

— Vous êtes d'accord pour qu'on réserve quelque chose, alors ? Une villa assez grande pour que chacun ait son propre espace ?

Tout en récupérant son manteau et son sac, Elsie acquiesça, avant de prendre rapidement congé.

L'hémorragie avait été jugulée, songea Anthony une fois dans la voiture, mais il restait à décider de la conduite à tenir pour tenter d'arranger les choses. Pour être tout à fait honnête, il n'avait pas vraiment envie d'entreprendre cette conversation, car il voulait offrir à Elsie une porte de sortie. Lui donner l'opportunité de ne pas avoir à s'inquiéter de la réaction de sa fille quand elle découvrirait que sa mère avait une liaison avec son beau-père.

La seule façon de s'assurer que tout irait bien était de rompre, ce qui leur épargnerait d'avoir à garder un secret et de mentir par omission. Il avait probablement suffi de cette photo sur la plage pour mettre la puce à l'oreille de Brianna. Vivre dans la même villa pendant une semaine, avec en toile de fond le paysage de la Provence, serait sans doute délicat, et, à en croire la conversation qu'ils avaient surprise, il n'était pas non plus question de révéler la vérité sous peine de gâcher ces vacances en famille.

Anthony gara sa voiture devant la maison d'Elsie et coupa le moteur. Il repensa au premier baiser qu'il avait échangé avec Elsie, aux larmes qu'elle avait tenté de dissimuler. Depuis qu'il la connaissait, elle s'était fait une place dans son cœur et avait rendu sa vie meilleure.

Il était évident que ces moments avec Elsie allaient lui manquer.

Si elle s'était mise à pleurer maintenant, il n'aurait pas hésité à la prendre dans ses bras et à lui promettre qu'ils pouvaient trouver un moyen de faire fonctionner leur couple. Mais Elsie ne pleurait pas. Et il savait mieux que quiconque qu'elle avait ses réserves quant à l'avenir de leur relation. Il l'aimait, mais ne tenait pas à le lui avouer sous peine de l'effrayer. Elle avait perdu l'amour de sa vie, il ne l'oubliait pas, et, si elle ne désirait pas construire quelque chose avec lui, elle apprécierait certainement qu'ils restent amis.

Ainsi, ils pourraient tous deux être invités à des fêtes

d'anniversaire et à des repas de Noël avec leurs enfants et petits-enfants… si le souhait de Felix se réalisait un jour.

Oui, d'un mot, il pouvait gâcher son avenir tout entier, et causer d'importants dommages à toute cette famille nouvellement recomposée.

Anthony n'était pas prêt à prendre ce risque.

Pourquoi la situation était-elle si difficile entre eux deux ?

Elsie ne savait pas vraiment quoi dire. Elle voulait faire savoir à Anthony qu'elle comprenait combien il était important pour lui d'avoir renoué avec son fils. Et d'avoir une famille autour de lui, pour la première fois depuis des décennies. Ou, plutôt, depuis toujours.

Il savait déjà l'importance qu'elle accordait à sa présence dans la vie de son petit-fils, car c'est elle qui lui avait parlé de l'existence de Felix. Elle lui avait offert la chance de rencontrer l'enfant, ce qui les avait rapprochés, tous les deux.

Et, oui, elle était amoureuse d'Anthony, mais elle savait qu'il ne ferait peut-être jamais assez confiance à quelqu'un pour s'engager dans une vraie relation et, bien que leur entente sensuelle soit aussi merveilleuse qu'inattendue, elle n'était pas prête, pour la préserver, à mettre en péril la relation qu'Anthony entretenait avec Jonno et Felix. Sans oublier Brianna.

Elsie s'était déjà brouillée avec sa propre fille après avoir secrètement organisé une rencontre entre Anthony et Felix, et elle ne pouvait pas laisser cela se reproduire. Brianna avait besoin de son soutien pour s'installer dans sa nouvelle vie avec l'homme qu'elle aimait, et Elsie avait toujours fait passer les besoins de sa fille avant les siens. Cela l'avait d'ailleurs aidée à rebondir lorsqu'elle avait dû faire face à son veuvage.

Anthony se demandait probablement comment redéfinir leur relation sans faire de vagues. Il ne voudrait pas risquer de perdre de nouveau son fils pour une idylle à l'avenir incertain. Serait-il soulagé si Elsie elle-même suggérait de revenir à une simple amitié ?

Ce qu'elle avait vraiment envie de faire, cependant, c'était l'inviter dans son lit et l'y garder pour la nuit.

Mais comme elle l'aimait assez pour s'en abstenir, elle dit d'une voix douce :

— Je ne veux pas que nous ayons à nous relayer auprès des personnes que nous aimons le plus au monde, tu sais.

Résigné, Anthony hocha lentement la tête.

— Nous avons de la chance qu'ils n'aient fait que des supputations. Qu'ils ne connaissent pas vraiment la vérité.

— Ils *ne doivent pas savoir* la vérité, affirma Elsie.

Elle répugnait à le dire, mais Jonno avait passé de nombreuses années à détester son père, et le lien entre eux était fragile. S'il se brisait de nouveau, il était fort probable qu'il ne serait jamais réparé.

— Je pense que la solution pourrait être d'assumer une vérité que nous n'avons pas besoin de cacher, dit Anthony. Que nous sommes des parents, des grands-parents et… des amis. Juste des amis.

Elsie déglutit avec peine. C'est ce que voulait Anthony, n'est-ce pas ?

Ce dont il avait besoin.

Elle acquiesça.

— Juste des amis…, répéta-t-elle. Oui, on peut faire ça.

Elle essaya de sourire, en vain. Anthony gardait quant à lui les yeux braqués sur sa maison, comme s'il brûlait d'y entrer. Pour leur dernière nuit ensemble ?

Soudain, Elsie ne songea plus qu'à une chose : se barricader chez elle pour pleurer à sa guise. Prolonger cette conversation ne ferait que compliquer inutilement les choses pour Anthony, et ce n'était pas ce qu'elle souhaitait.

Elle se pencha vers lui et planta un baiser sur sa joue.

— Merci de m'avoir raccompagnée, dit-elle. Je vais

aller voir quelles informations intéressantes je peux glaner sur les loups pour ma prochaine visite à Felix.

Sans laisser à Anthony le temps de répondre, elle se précipita hors de la voiture.

9.

C'était comme si rien ne s'était passé, vraiment.

Elsie se trouvait dans la salle sécurisée où l'on conservait les médicaments et le matériel du service de chirurgie pédiatrique, et aidait une collègue infirmière à ranger après une journée exceptionnellement chargée. Après s'être acquittée de cette tâche, elle rentrerait chez elle et passerait la soirée sur son canapé. Seule, comme tous les soirs.

Il n'y aurait pas de mission secrète à organiser, personne pour qui cuisiner un bon petit plat ou avec qui avoir une conversation intéressante. Pas non plus d'étreinte torride en perspective, hélas !

Non, il n'y avait plus rien de tout cela dans sa vie, et elle avait du mal à s'habituer à l'absence d'Anthony, alors que cela faisait à peine deux semaines qu'ils ne s'étaient pas vus. Avait-elle vraiment cru qu'à son âge, elle pouvait s'engager dans une liaison sensuelle avec un homme, et donner libre cours à ses fantasmes ? C'était ridicule ! Elle aurait dû depuis longtemps renoncer à tomber amoureuse…

— Peux-tu venir voir un dossier avec moi, s'il te plaît, Elsie ? demanda Laura, un jeu de clés à la main. Je veux m'assurer que les chiffres concordent et demander à la pharmacie de réapprovisionner tout ce qui commence à manquer.

— Bien sûr.

Elsie consulta la feuille où le personnel devait enregistrer les détails et signer pour tout médicament pris.

— Nous avons eu quelques procédures nécessitant une

sédation et une analgésie aujourd'hui… J'ai aidé à poser cette voie veineuse centrale et j'ai entendu parler d'une ponction lombaire. Qu'y a-t-il eu d'autre ?

— Une onde naso-gastrique et une sonde urinaire posées sur deux enfants différents mais tout aussi terrifiés, ajouta Laura en déverrouillant la porte de l'armoire. En plus, il y a eu cette grave crise d'asthme, et deux crises d'épilepsie qui n'ont pas été faciles à contrôler. Cela me fait penser…

Elle jeta un regard en biais à Elsie.

— Comment va ton petit-fils ? Il a été admis aux soins intensifs récemment, n'est-ce pas ?

Elsie hocha la tête.

— Il va très bien maintenant. Il est très impatient car les vacances approchent et que nous allons dans le sud de la France.

— C'est super… Vous en avez, de la chance !

— C'est un voyage de noces, à l'origine, qui s'est transformé en vacances familiales. Ma fille Brianna s'est mariée il y a peu.

— Mmm… J'ai entendu ça, oui…

Le regard de Laura se fit soudain plus curieux.

— Je ne suis pas du genre à faire des commérages, mais je n'ai pas pu m'empêcher d'entendre quelque chose à propos de votre fille et du fils d'Anthony Morgan.

Elsie laissa échapper un discret soupir de soulagement. Les rumeurs allaient bon train à l'hôpital, et elle et Anthony avaient bien fait de se montrer discrets.

— C'est une véritable histoire d'amour, n'est-ce pas ? demanda Laura un moment plus tard. Ce n'est pas étonnant que tout le monde en parle ! Ces retrouvailles entre le père et l'enfant, c'est un vrai conte de fées !

— Oui, confirma Elsie. C'était un mariage magnifique aussi. Tout simple, sur la plage du Pain de Sucre.

Elle chercha la liste des médicaments contrôlés comme la morphine, le fentanyl et le midazolam, qui devaient être enfermés dans des tiroirs distincts, mais elle avait la tête ailleurs. La veille, elle avait trouvé en faisant du rangement chez elle un très joli cadre argenté en forme de cœur et avait décidé d'y mettre une photo du mariage de Brianna et Jonno.

Le choix s'était révélé compliqué. Voulait-elle la superbe photo des mariés en train d'échanger leurs vœux, les yeux dans les yeux, avec Felix qui les regardait avec adoration ? Ou celle où ils soulevaient en riant aux éclats l'enfant au-dessus de l'écume d'une vague déferlante ?

À moins qu'elle ne préfère le cliché d'Anthony et elle, assis sur cette bûche de bois flotté, tout sourires ? Elsie n'oublierait jamais ses doigts mêlés aux siens à ce moment-là, cachés sous les plis de sa magnifique robe argentée. Même maintenant, alors qu'il n'était plus près d'elle, elle avait l'impression de ressentir ce qu'elle avait éprouvé à ce contact.

Avait-il été aussi amoureux d'elle, durant leur brève idylle, qu'elle l'avait été de lui ?

Non… elle ne pouvait pas penser à leur histoire au passé. Les sentiments ne s'évaporaient pas comme par magie, juste parce qu'on l'avait décrété !

— Ça doit être un peu bizarre pour toi, quand même, non ? reprit sa collègue. Avec Anthony Morgan ?

Elsie balaya la question d'un geste nonchalant de la main. Quand elle le voyait dans le service ou le croisait dans les couloirs de l'hôpital, elle avait l'impression que rien ne s'était passé entre eux. Qu'ils n'étaient que des collègues. Des amis. Et cela semblait lui convenir parfaitement.

Laura insista.

— Je veux dire, c'est un merveilleux chirurgien et les familles de ses patients l'apprécient beaucoup, mais Anthony Morgan est un peu… distant, n'est-ce pas ?

Distant… ?

Cette fois, Elsie secoua la tête et répondit :

— Pas vraiment, enfin je ne trouve pas…

Puis, très vite, elle changea de sujet et se concentra sur sa tâche.

— J'ai un total de six ampoules de morphine utilisées aujourd'hui. Ce qui veut dire qu'il devrait en rester douze dans la boîte.

Tandis que Laura comptait les ampoules, Elsie se répétait les mots que sa collègue avait prononcés.

« Distant » signifiait « froid », « peu amical ». Méprisant, même ?

Ses pensées la ramenèrent à la toute première fois qu'elle avait parlé à Anthony, quand, aux petites heures du matin, elle l'avait trouvé dans la salle de repos du personnel. Certes, elle ne l'aurait jamais décrit comme particulièrement sociable. Il faisait son travail et il le faisait très bien, mais il gardait toujours ses distances. Elle se souvenait de sa façon d'éluder les questions qu'elle posait sur ses patients, de l'émotion qu'il avait ressentie lorsqu'il avait vu la photo de Jonno dans le journal. C'était quelqu'un de réservé, certes, mais il avait eu de bonnes raisons d'apprendre à se protéger, n'est-ce pas ? Elle se rappelait même avoir pensé qu'il était le genre d'homme capable de garder un secret pour toujours.

Mais il était aussi capable d'empathie, de bienveillance. Ses baisers, ce soir-là, au coin du feu, et ses caresses avaient été comme un baume sur son cœur blessé.

Non. Anthony Morgan n'était pas distant. C'était un homme intelligent, doux et attentionné qui avait été échaudé et avait érigé des murailles autour de lui.

Elle l'aimait, pour toutes ces raisons et plus encore, et il lui manquait tellement que cela lui faisait mal.

Une fois les ampoules de morphine comptées, elles rangèrent le fentanyl, le midazolam et la kétamine, puis vérifièrent les antibiotiques, les stéroïdes et une douzaine d'autres médicaments, avant de signer les fiches où était consigné leur décompte. Puis Laura regarda sa montre.

— C'est presque l'heure des transmissions. Je vais aller chercher le formulaire de commande pour la pharmacie si tu veux aller voir tes patients. Quelqu'un de l'équipe de nuit peut faire l'inventaire du matériel de perfusion.

— Merci. Je ne veux pas être en retard à la maison aujourd'hui. Brianna dépose Felix avant sa garde de nuit. J'ai attendu ça avec impatience toute la semaine !

— Il doit te manquer terriblement, dit Laura.

— En effet…

La réponse d'Elsie était sincère. Et ne concernait pas seulement son petit-fils.

— Nana… Nana… on est là !

— Je pense que Nana le sait, Felix.

Cela faisait trop longtemps que Brianna n'avait pas franchi la porte de la maison de son enfance.

— Dennis, tais-toi ! Tu ne seras pas le bienvenu ici si tu continues à aboyer comme ça.

Mais sa mère n'avait pas l'air de s'en soucier. Accroupie dans la cuisine, elle accueillait son petit-fils avec un gros câlin.

— On va faire une soirée pyjama, grand-mère !

— Oui. Tu as pensé à prendre ton pyjama ? Et tes histoires préférées ?

Felix hocha la tête.

— Maman a dit que je ne pouvais pas enlever les étoiles du plafond.

— Ce n'est pas grave. Tu te souviens que nous en avons laissé une sous ton oreiller pour que tu puisses toujours faire un vœu ?

Son sourire s'effaça dès qu'elle vit Brianna, les traits tirés, entrer dans la cuisine.

— J'ai une surprise, Nana ! lança l'enfant en brandissant son cheval en peluche préféré, vedette de la série Nobby qu'il aimait tant. Nobby n'est plus un poney cow-boy.

— Ah bon ? s'étonna Elsie, alors qu'elle connaissait toutes ces histoires par cœur à force de les lire à Felix. Il est retourné au cirque ?

C'est Brianna qui répondit.

— Non. Tu ne vas pas le croire. Nobby est…

— Ne lui dis pas ! ordonna Felix. Je vais le cacher sous mon oreiller pour que ce soit une vraie surprise.

Brianna lui tendit son sac à dos, puis il disparut à l'étage.

— Tu as le temps de prendre une tasse de thé ? demanda Elsie. Je viens d'en faire.

— Oui, confirma Brianna, sans retenir un soupir comme elle s'asseyait à la table de la cuisine.

— Qu'est-ce qu'il y a, ma chérie ?

— Rien. Je suis juste un peu fatiguée, sans doute à cause de la gastro-entérite que Felix m'a passée la semaine dernière. Il y a un poste de jour qui se libère, qui correspondrait mieux aux horaires de l'école. J'ai postulé, alors croise les doigts pour moi, maman !

— Promis, dit Elsie en posant devant elle une tasse de thé fumant. Tu veux que j'aille surveiller Felix pendant qu'il descend l'escalier ?

Brianna secoua la tête.

— Nous avons aussi des escaliers, tu te souviens ? Il a une nouvelle technique qui consiste à glisser sur les fesses au lieu de descendre à reculons, ce qu'il trouve très amusant.

Elsie s'assit à son tour, mais elle semblait préoccupée.

— Il prend beaucoup de temps pour mettre ce livre sous son oreiller, tu ne trouves pas ?

— Il est probablement en train de le lire pour la énième fois. Je ne devrais pas te gâcher la surprise, mais Nobby passe des vacances dans un centre équestre, où il y a un petit garçon handicapé qui a toujours eu peur de monter à cheval. Je ne te dirai pas la fin, mais Felix pense que toute l'histoire parle de lui.

— J'ai hâte de l'entendre ! dit Elsie avec un sourire.

— Il faut que je te raconte son vœu, aussi. Juste pour que tu saches comment réagir.

— Il veut avoir un petit frère ou une petite sœur, c'est ça ? Comme Georgia ?

Brianna leva vers elle un regard surpris.

— Comment tu sais ça ?

— Il me l'a dit. Tu sais, le soir où nous avons dîné tous ensemble, avec Anthony.

— Tu ne m'as rien dit.

— Non…

À l'expression étrange de sa mère, Brianna se demanda si quelque chose ne lui avait pas échappé.

— Depuis, toi et Anthony n'êtes pas revenus ici en même temps, n'est-ce pas ?

— Ah oui ?

Était-ce son imagination ou Elsie évitait-elle son regard ?

— Nous nous rattraperons pendant les vacances, en France, quand nous serons tous ensemble. C'est dans quelques semaines seulement !

— Je sais.

Brianna hocha la tête et, à son grand dam, sentit une larme couler sur sa joue.

— Qu'est-ce qu'il y a, ma chérie ? interrogea Elsie en prenant une boîte de mouchoirs, au bout de la table.

Après un long silence, Brianna se décida à parler.

— Je ne pense pas que Felix soit le seul à vouloir un petit frère ou une petite sœur. Je crois que Jonno veut un autre bébé, lui aussi.

— Et alors ? demanda Elsie d'un air inquiet.

— Je ne peux pas, maman. Je ne pourrais pas supporter une autre grossesse !

Elle savait qu'Elsie comprenait exactement pourquoi.

Bien sûr qu'elle comprenait ! Elle avait vécu chaque moment avec elle, depuis le choc de l'annonce de la pathologie du bébé à l'expérience terrifiante de l'opération *in utero*. Elsie avait même hypothéqué sa maison pour payer l'opération pour laquelle elles avaient dû se rendre à l'étranger.

— Jonno croit qu'il comprend à quel point cela a été difficile, ajouta Brianna tranquillement. Et je sais qu'il était là quand Felix a eu ces crises et a dû être opéré, mais…

Elsie acheva sa phrase à sa place.

— … il ne peut pas vraiment savoir combien tu as peur de prendre ce risque de nouveau.

— Il affirme que la probabilité d'avoir un deuxième enfant avec une anomalie du tube neural est très faible – environ 4 % seulement, mais ça me semble énorme.

Elsie hocha la tête.

— Je suis désolée, ma chérie, dit-elle doucement. Cela devrait être un moment si heureux pour vous tous. C'est terrible de devoir penser à ça !

— Mais *c'est* un moment heureux, maman ! Et le vœu de Felix n'est pas déraisonnable. Ce n'est pas que je ne veux pas d'un autre bébé. Mais… je crois que je n'en suis pas capable, et j'ai l'impression de décevoir Jonno…

Elsie posa sa main sur celle de Brianna.

— Mais non, voyons ! Un avenir radieux s'offre à vous. Vous vous aimez et vous avez un fils adorable ! Quant à Jonno, son père est de retour dans sa vie et il a retrouvé la maison où il a grandi. Ce sont de grands changements, tu sais. Quand il aura eu un peu de temps pour s'y habituer, il comprendra que c'est plus que suffisant. Je suis sûr qu'il ne se rend pas compte du traumatisme que tu as subi et…

— Mais… maman, coupa Brianna, tu aurais dû voir son regard quand il m'a révélé le vœu de Felix… Il souhaite exactement la même chose, et je l'aime tellement qu'une part de moi rêve de lui donner ce qu'il veut.

— Vous parlez de moi ? lança Felix depuis le seuil de la porte, Dennis sur les talons.

Elsie se leva précipitamment.

— Je me demandais si tu voulais un biscuit ? suggéra-t-elle. J'ai fait des cookies aux pépites de chocolat hier soir.

— Miam ! Dennis peut en avoir un aussi ?

— Non, mon chéri, dit Brianna en se levant à son tour. Viens me faire un câlin, Felix, car il faut que j'aille travailler. Je serai de retour demain matin pour t'emmener à l'école.

La tétralogie de Fallot était une maladie cardiaque complexe, car elle comptait quatre anomalies différentes mais liées entre elles et qui influaient sur la quantité de sang oxygéné pouvant être diffusée dans le corps.

Anthony Morgan avait rencontré Jemma pour la première fois alors qu'elle n'avait que deux mois. Ses parents avaient remarqué qu'elle bleuissait lorsqu'elle pleurait pendant une période prolongée. Née un peu prématurément, elle était trop fragile pour subir une opération complète, mais une procédure moins invasive avait été effectuée pour améliorer son flux sanguin.

Aujourd'hui, plus d'un an plus tard, Anthony avait déjà passé plusieurs heures au bloc, et il était confiant : son travail d'aujourd'hui permettrait à cette petite fille de vivre pleinement avec de très bonnes perspectives à long terme. Il avait réparé le trou entre les ventricules et supprimé l'obstruction du flux sanguin vers les poumons en élargissant la valve pulmonaire et les artères associées. Ils étaient maintenant prêts pour l'étape cruciale de l'opération, qui consistait à débrancher Jemma de l'appareil cardio-vasculaire qui assurait la circulation extracorporelle pendant le travail délicat du chirurgien.

Le réchauffement du corps de Jemma commença : on retira le clampage aortique pour permettre au cœur de réintégrer le circuit de circulation sanguine et l'air fut retiré des chambres du cœur. L'utilisation de palettes pour redémarrer le cœur et le regonflage des poumons faisaient partie d'un processus automatisé, mais il n'était pas rare de rencontrer des difficultés lors de ces opérations, et Anthony devait être prêt à gérer toute complication.

Ce n'est que lorsqu'il eut refermé le thorax et que Jemma fut transportée en salle de réveil, où elle serait étroitement surveillée, qu'Anthony put enfin relâcher la pression. Alors qu'il s'apprêtait à franchir les portes battantes de la zone de préparation, l'image d'Elsie Henderson s'insinua dans son esprit.

En réalité, c'était l'une des premières images qui lui venaient à l'esprit chaque matin, quand il se réveillait dans ce grand lit. Seul. Lorsqu'il se rendait dans la cuisine impeccable de son nouvel appartement pour se faire un café avant d'aller travailler, il pensait à elle, aussi, car il ne pouvait s'empêcher de comparer ce design épuré et impersonnel avec la chaleur douillette de la petite cuisine d'Elsie. Anthony détestait de plus en plus sa nouvelle demeure, qui lui rendait pourtant service. Elle était proche de l'hôpital, et le travail avait toujours été son échappatoire, lorsque les frustrations s'accumulaient dans sa vie.

Cependant, ces derniers temps, il devait bien reconnaître que la vie s'était montrée généreuse avec lui : Jonno et lui se rapprochaient de semaine en semaine, et Anthony faisait désormais partie intégrante de la vie de son petit-fils. Il passait au moins une fois par semaine pour jouer avec Felix, souvent dans le jardin, où Jonno l'aidait parfois à travailler. Brianna se montrait toujours très accueillante avec lui. Sa belle-fille était aussi chaleureuse que sa mère, et sincèrement heureuse de voir Jonno renouer avec lui.

Qu'est-ce qui n'allait pas chez lui ? se demanda Anthony en appuyant sur le bouton de l'ascenseur qui le conduisait au service des soins intensifs. Alors qu'il avait tout ce dont on peut rêver, pourquoi n'était-il pas l'homme le plus heureux de la planète ? Pourquoi était-il soulagé de devoir effectuer une opération chirurgicale complexe qui l'empêcherait de penser à ses problèmes pendant plusieurs heures ?

Quelque chose manquait à sa vie. Ou plutôt, quelqu'un : Elsie…

Hélas, elle ne partageait pas ses sentiments, et il avait sans doute eu raison de lui proposer de mettre fin à la relation intime qu'ils avaient entamée afin de protéger ce qui était le plus important pour elle : sa fille et son petit-fils.

Lorsqu'il la trouva dans la chambre de Jack, quelques minutes plus tard, il sentit la nostalgie s'emparer de lui. Le simple fait d'être aussi proche d'elle comblait une petite partie du vide que son absence avait laissé dans sa vie, mais c'était aussi un retour vers le passé, et cela faisait mal.

Il prit une profonde inspiration avant de s'adresser à son petit patient.

— Bonjour, Jack, je suis le Dr Morgan. Désolé de venir te voir aussi tard, mais je viens juste de terminer une opération…

— Pourquoi tu n'as pas de grenouilles sur ta blouse, comme Elsie ? demanda l'enfant.

Anthony haussa les épaules.

— Peut-être que je suis un peu trop sérieux pour porter des blouses avec des grenouilles.

— Ce n'est pas vrai ! intervint Elsie en faisant un clin d'œil à Jack. Je sais que le Dr Morgan a de vraies grenouilles dans son jardin. Parfois, il attrape même des têtards et les met dans un bocal.

Jack la regarda, les yeux écarquillés.

— Comment tu le sais ?

— Nous sommes… amis.

Elsie avait parlé d'une voix ferme, mais il avait eu le temps de voir un éclair de doute dans son regard. Pensait-elle avoir dépassé les limites ? Ou craignait-elle que des rumeurs courent à leur sujet dans l'hôpital ? Il aurait voulu la rassurer, mais il préférait éviter de la regarder.

La mère de Jack, debout au chevet de son enfant, vola à son secours.

— Les gens qui travaillent ensemble sont souvent amis, tu sais, Jack. Et tu devrais suivre l'exemple du Dr Morgan et aller pêcher des têtards avec tes copains plutôt que d'explorer des chantiers interdits !

Jack fit la moue.

— Je ne suis plus un bébé, maman ! J'ai dix ans, maintenant !

— Oui, et tu aurais pu mourir, Jack, répliqua sa mère doucement. Le Dr Morgan t'a sauvé la vie, et je voudrais que tu réfléchisses à tout ça.

Anthony chercha le regard de Jack.

— Je suis d'accord avec ta maman, dit-il au garçon. Pour l'instant, je dois voir si ta blessure guérit bien. Peux-tu déboutonner ton haut de pyjama, s'il te plaît ?

Jack obéit.

— On m'a enlevé quelques points de suture aujourd'hui.

— Je sais. Pour reboucher l'incision du drain thoracique. Les points de suture de l'incision principale vont se résorber tout seuls, sous la peau, précisa Anthony en examinant la cicatrice sur la poitrine de Jack.

Il s'adressa à la mère du garçon.

— Il cicatrise bien, mais gardez un œil sur toute rougeur ou suintement, et surveillez sa température. Au-dessus de 37,5 °C, il faudra aller consulter votre médecin de famille ou venir aux urgences de Saint Nicholas.

— Merci, docteur. On m'a dit qu'il pourrait retourner à l'école dans une semaine ou deux, c'est vrai ?

— Oui, mais il ne devra pas porter de cartable de plus de trois kilos. Le kinésithérapeute est-il venu vous donner des exercices à faire à la maison ?

La jeune femme acquiesça.

— Il a dit que c'était très important pour éviter toute raideur dans le cou ou les épaules. Et les exercices de respiration sont très utiles aussi.

Elsie avait les papiers de sortie à la main, prêts à être signés.

— Avez-vous vu les résultats de la radiographie pulmonaire, de l'ECG et de l'échographie effectués ce matin ?

— Oui.

Anthony lui adressa un rapide sourire, avant de se tourner vers la mère de Jack.

— Et tout semble normal, ce qui est rassurant. Nous avons pris rendez-vous avec un cardiologue dans un mois pour la surveillance postopératoire, mais n'oubliez pas que vous pouvez venir à tout moment si vous êtes inquiète, par exemple s'il semble inhabituellement fatigué ou essoufflé.

— Alors je peux rentrer chez moi maintenant ? demanda Jack.

— Oui. Mais tu dois quand même faire un peu attention. Tu as des fils sous la peau qui maintiennent le sternum, expliqua-t-il en touchant la poitrine de Jack. Si tu mets tes doigts ici, tu peux sentir de petites bosses. Il faut douze semaines pour guérir complètement, alors évite les sports violents et les gestes trop brusques.

Il prit un stylo dans la poche de sa tunique et apposa sa signature sur le formulaire de sortie.

— Prends soin de toi, Jack, ajouta-t-il. Je ne veux plus jamais te voir arriver dans mon hôpital avec un morceau de métal planté dans la poitrine, d'accord ?

— D'accord.

Anthony sourit en prenant congé de la mère de l'enfant, accepta ses remerciements d'un modeste signe de tête, puis quitta la chambre.

Sans même un dernier regard pour Elsie.

10.

Le cœur lourd, Elsie termina péniblement sa garde. Elle aida Jack et sa mère à se préparer, puis le père de l'enfant vint les chercher. Tous les membres du personnel se rassemblèrent pour faire une haie d'honneur et célébrer ce rétablissement miraculeux. Ils parleraient de ce cas encore longtemps et il était déjà gravé dans la mémoire d'Elsie, car c'est Anthony qui avait pratiqué la délicate intervention chirurgicale et sauvé la vie du garçon.

Encore un lien entre eux, un rappel de tout ce qui manquait à sa vie désormais.

Que se serait-il passé s'ils s'étaient rencontrés plus jeunes ? se demanda Elsie alors qu'elle ôtait sa blouse pour mettre ses vêtements de ville à la fin de sa garde. Elle et Anthony avaient un petit-enfant en commun, mais si cela n'avait pas été le cas, se seraient-ils rencontrés, appréciés, aimés ? Pas sûr, car Anthony avait beaucoup de mal à accorder sa confiance.

Mais celle-ci serait toujours là, même s'ils étaient seulement amis, n'est-ce pas ? Si elle pouvait surmonter le manque, ils pourraient se soutenir mutuellement et partager des moments en famille, au lieu de s'éviter, comme c'était le cas ces derniers temps.

Au moment où Elsie traversait le parking où l'attendait sa voiture, son téléphone sonna, et le nom de sa fille apparut sur l'écran.

— Salut…

Brianna s'efforçait d'avoir l'air enjoué, mais Elsie sentit tout de suite que quelque chose n'allait pas.

— Que se passe-t-il, ma chérie ? demanda-t-elle en posant son sac sur le siège passager, avant de prendre place au volant. Comment s'est passée la leçon d'équitation de Felix aujourd'hui ?

— Elle n'est pas encore terminée. Il apprend à toiletter Bonnie alors il y en a encore pour un moment. Et ensuite, nous irons retrouver Jonno pour aller dîner. Alors je profite d'un instant de répit pour t'appeler.

Le souffle d'Elsie se bloqua dans sa poitrine lorsqu'elle perçut l'émotion qui teintait la voix de Brianna. Quelque chose n'allait pas du tout.

— Dis-moi tout, suggéra-t-elle avec douceur. Je suis sûre que ce n'est pas aussi grave que tu le penses.

— Si, ça l'est ! répondit Brianna dans un sanglot étranglé. Je suis enceinte, maman…

Un quart d'heure plus tard, Elsie était toujours dans sa voiture, la tête penchée sur le volant, les yeux fermés.

Le coup frappé à sa fenêtre n'était pas fort, mais il la fit sursauter. Son cœur battait la chamade lorsqu'elle découvrit le visage inquiet d'Anthony.

— Désolé, dit-il, assez fort pour qu'elle puisse l'entendre à travers la fenêtre. Je ne voulais pas te faire peur, mais…

Il contourna la voiture pour ouvrir la portière côté passager.

— Je peux monter une minute ? demanda-t-il. Je viens de parler à Jonno.

Elsie retira son sac du siège pour qu'Anthony puisse s'asseoir. Était-il déjà au courant de la grossesse de Brianna ?

— Il m'a appelé depuis son club d'escalade, dit Anthony en s'asseyant. Il a choisi le parcours le plus difficile pour essayer de se vider la tête, mais ça n'a pas marché et il avait besoin de parler à quelqu'un avant d'aller retrouver Brianna et Felix. Je suppose que tu connais la nouvelle ?

Elsie hocha la tête. Brianna lui avait raconté tout ce qui s'était passé depuis qu'elle avait fait le test de grossesse et annoncé le résultat à Jonno, qu'elle avait quitté en lui disant qu'une grossesse non planifiée était la dernière chose qu'elle désirait.

Désemparé, Jonno avait appelé son père, ce qui était une preuve de confiance, mais qui, pour l'instant, était compliqué à gérer pour Elsie. Car, en plus du choc de la nouvelle annoncée par Brianna, le fait de se retrouver si proche d'Anthony après s'être prudemment tenue à distance au cours des deux dernières semaines était presque étouffant. Elle percevait même l'odeur familière de sa peau et de ses cheveux…

Au prix d'un gros effort de concentration, elle demanda :

— Que pense-t-il de la grossesse ? Je ne crois pas que Brianna lui ait donné l'occasion de s'exprimer à ce sujet…

— Il est très heureux. Il m'a dit qu'il n'avait jamais pensé à fonder une famille, mais qu'il était tombé amoureux de Felix dès leur première rencontre et qu'il adorait Brianna. Avoir un autre bébé avec elle serait un vrai cadeau, et cette fois, il serait là pour la soutenir à chaque étape : la grossesse, la naissance, les premiers pas, toutes ces choses qu'il a manquées avec Felix.

Elsie déglutit avec peine. Elle comprenait très bien cela, et sentait qu'Anthony serait lui aussi ravi de partager tous les moments importants de la vie d'un nouveau petit-enfant, mais…

Anthony parla à sa place.

— Jonno sait que Brianna est terrorisée à l'idée d'être de nouveau enceinte. C'est pourquoi il comprend que c'est la dernière chose que Brianna voulait voir arriver. Tu as raison, elle ne veut même pas en discuter avec lui et… Eh bien… je crois qu'il a peur qu'elle ne puisse pas faire face. Il est vraiment inquiet pour elle, mais il ne sait pas comment arranger les choses.

— Arranger les choses ? répéta Elsie en secouant la tête avec vigueur. On ne peut pas « arranger » ce genre de choses, hélas ! Brianna a très peur. Elle sait que Jonno veut un autre enfant et elle a l'impression de le décevoir, mais elle n'est pas capable de faire face à ce genre d'événement. Pas encore…

Elsie se tut, trop émue pour continuer. Puis, après un long silence, elle prit une longue inspiration et ajouta :

— Et elle ne devrait pas avoir à le faire.

Anthony avait l'air perplexe.

— Mais alors… comment est-ce arrivé ? Je peux comprendre une première grossesse accidentelle, mais deux ?

Sur la défensive, Elsie répondit :

— Brianna prenait la pilule quand elle a rencontré Jonno. Elle l'a prise pendant des mois parce que ses règles étaient trop irrégulières. Elle a eu des vomissements, et c'est sans doute à cause de cela que la contraception n'a pas fonctionné. Ce n'était pas vraiment sa faute…

— Je n'ai pas dit cela.

Elsie ignora son commentaire et poursuivit :

— Elle a arrêté la pilule pendant sa grossesse, bien sûr, et elle ne l'a pas reprise après, même si son cycle était encore irrégulier, car elle n'en avait pas vraiment besoin. Je ne sais pas comment c'est arrivé, cette fois-ci. Mais, tu sais, il y a deux personnes impliquées ici, et Brianna n'est pas la seule responsable.

Anthony se tourna vers elle.

— Responsable, c'est un bien grand mot ! À t'entendre, on croirait que c'est une catastrophe. C'est peut-être une grossesse non planifiée, mais ce n'est pas une grossesse non désirée. Pas pour le père, en tout cas.

— C'est trop pour Brianna, affirma Elsie. Elle a beaucoup

de choses à gérer en ce moment. Elle vient de se marier. Elle s'installe dans une nouvelle maison, commence une nouvelle carrière. Elle a déjà un enfant handicapé dont elle doit s'occuper et qui lui prend beaucoup de temps.

— Mais il n'est pas du tout évident que, si elle avait un autre enfant, il serait handicapé, lui aussi ! À vrai dire, les risques sont même plutôt minces.

— C'est pourtant de cela qu'elle a peur.

— Mais je te le répète, les chiffres indiquent un risque inférieur à 4 % ! De plus, on peut détecter des anomalies par un scanner dès la onzième semaine de grossesse. Sais-tu où elle en est exactement ?

— Non, et elle l'ignore encore elle-même. Elle m'a dit qu'elle se sentait un peu fatiguée depuis des semaines, mais elle a mis ça sur le compte du stress du déménagement. Jonno et elle ont pris rendez-vous dès que possible avec l'obstétricien qui a mis Felix au monde.

Elsie prit une grande inspiration, et marqua une pause avant de poursuivre.

— Tu crois vraiment que c'est si facile ? Que si tu découvres que quelque chose ne va pas avec ton bébé, tu peux simplement te débarrasser du problème ? Sans aucun état d'âme ?

— Je ne dis pas que c'est facile. Je pense juste que…

Elsie leva la main. Elle n'avait pas fini de s'exprimer.

— Nous n'avons découvert le spina-bifida de Felix que lorsque Brianna était à cinq mois de grossesse. Elle sentait déjà son bébé bouger depuis quelques semaines. Mais cela n'aurait rien changé si nous l'avions su plus tôt. Nous avons aimé ce bébé dès que nous avons appris qu'il allait naître, une fois passé le choc de la nouvelle. Et tu ne peux pas savoir à quel point Brianna a été traumatisée quand on lui a proposé de mettre fin à cette grossesse. Pour moi, qui étais la seule personne à la soutenir jour après jour, cela a été très difficile, car je me demandais sans cesse si je faisais le bon choix en l'aidant dans son combat pour mettre ce bébé au monde coûte que coûte. Mais aujourd'hui, quand je regarde mon petit-fils…

— C'est le mien aussi, souligna Anthony.

— Oui, mais tu n'étais pas là…

Elsie savait que ces mots lui feraient mal, mais elle ne pouvait pas les retenir.

— Tu n'imagines pas ce que ma fille a traversé, murmura-t-elle en retenant ses larmes. Ce n'était pas seulement la grossesse, ou même l'opération qu'elle a subie des mois avant la naissance, ou encore l'insupportable attente qui a précédé l'accouchement. Après la naissance, il y a eu d'autres opérations, des visites à l'hôpital et des rendez-vous avec des spécialistes. Avec, à chaque fois, la crainte que le pire puisse se produire. Même quand nous parvenons à ne pas y penser, cela ne dure pas, et l'épée de Damoclès est là, toujours, au-dessus de nos têtes.

La voix d'Elsie se brisa. Brianna n'était pas la seule à être terrifiée à l'idée de revivre tout cela. Pendant un long moment, un impressionnant silence régna dans l'habitacle, puis Anthony prit la parole.

— Je suis là, maintenant, et Jonno aussi. Et nous aurions été là pour Felix si nous avions su. Nous étions là, tous les deux, lorsqu'il a été hospitalisé la dernière fois, et nous serons là à partir de maintenant. Tu sais que tu peux compter sur nous, et Brianna aussi.

Elsie se mordit la lèvre.

— Je sais.

Les reproches qu'elle venait de formuler à demi-mot à l'intention d'Anthony étaient injustes. Elle avait l'impression de sentir un gouffre se creuser entre eux, malgré leur proximité physique. Le lien ténu qui les unissait encore s'effilochait, et était sur le point de se rompre.

Fallait-il le couper net ?

— Je suis désolée, dit-elle. Je n'ai pas encore eu le

temps d'assimiler la nouvelle. Pour l'instant, je ne pense qu'à protéger ma fille, car c'est ce que font les mères, n'est-ce pas ?

— En effet, acquiesça Anthony. Les pères aussi, pour leurs fils.

Lorsqu'elle croisa son regard, elle se sentait plus seule que jamais, et elle eut soudain envie d'en finir avec cette conversation pénible.

Elle boucla sa ceinture de sécurité.

— Je pense que nous en avons assez dit pour le moment. J'ai besoin de rentrer à la maison pour réfléchir à tout cela à tête reposée.

Anthony ouvrit sa portière.

— Bien sûr. Il n'y a probablement rien d'autre à dire pour le moment. Pas avant que nous en sachions davantage.

Il hésita puis, avant de sortir, lâcha :

— Je suis prêt à faire tout ce que je peux pour soutenir Brianna et Jonno, dit-il. Je veux que tu le saches, Elsie.

Elle hocha la tête, mais ne le suivit pas du regard quand il sortit de la voiture et claqua la portière derrière lui.

Avait-elle vraiment cru qu'ils pourraient devenir les meilleurs amis du monde et être capables de se soutenir mutuellement tout en partageant des moments heureux avec leurs enfants, en famille ?

Pour l'instant, cela lui semblait aussi fantaisiste que de s'engager dans une relation au long cours avec l'homme dont elle était tombée amoureuse…

Elsie remit son sac sur le siège passager, puis démarra, en s'efforçant de se concentrer sur sa conduite pour reléguer à l'arrière-plan les pensées qui se bousculaient dans sa tête.

Cependant, sur le chemin du retour, elle sentit une émotion nouvelle se mêler à la tristesse que suscitait en elle la perte d'Anthony. C'était presque du soulagement, car en vérité, le fait que chacun d'eux ait décidé de soutenir son enfant facilitait leurs rapports. Désormais, les choses étaient claires, et il serait sans doute plus facile de se retrouver en présence l'un de l'autre à l'avenir.

Elle se souvint alors que, bientôt, ils devaient partir tous les cinq en vacances, et espéra que ce séjour ne serait pas annulé en raison des récents bouleversements auxquels chacun devait faire face.

C'est pourquoi la relation entre elle et Anthony devait prendre fin, songea Elsie. Les relations familiales étaient déjà suffisamment compliquées comme cela ! Il était tout naturel que chacun juge la situation du point de vue de son enfant, et échange avec l'autre à ce propos. Car ils avaient beau avoir des histoires très différentes – Elsie avait surprotégé Brianna avant même qu'elle vienne au monde et entretenait un rapport fusionnel avec elle, tandis qu'Anthony venait de renouer avec son fils après une trop longue séparation –, chacun avait très à cœur le bien-être de tous.

S'ils avaient décidé de poursuivre leur relation secrète, la situation aurait-elle été plus difficile à gérer ? Peut-être, car, chacun réagissant différemment à l'annonce de la grossesse de Brianna, ils seraient sans doute restés soudés au bénéfice de la famille tout entière.

La famille…

S'ils avaient appris à se connaître et s'étaient rapprochés, c'est parce qu'ils faisaient partie de la même famille, et, ironiquement, c'était aussi la raison pour laquelle leur relation ne pouvait pas se poursuivre.

C'est aussi pour cette raison qu'Anthony n'aurait pas non plus dû se trouver là où il était en cet instant même : sur le seuil de son ancienne maison. Il savait parfaitement qu'Elsie viendrait garder Felix pendant que ses parents allaient à leur rendez-vous avec un échographiste spécialisé dans les techniques avancées de diagnostic des anomalies fœtales…

Mais cela faisait déjà plus d'une heure que Brianna et Jonno auraient dû donner des nouvelles, or il n'en avait aucune. Peut-être Jonno avait-il simplement oublié de rallumer son téléphone après le rendez-vous de cet après-midi, mais, si ce n'était pas le cas et qu'ils n'étaient toujours pas rentrés, il savait qu'Elsie serait aussi inquiète que lui.

Plus, même, peut-être. Parce que, comme elle l'avait souligné si justement, il n'avait pas traversé les épreuves que Brianna et Elsie avaient subies, et n'avait peut-être pas conscience du choc que provoquerait une mauvaise nouvelle au sein du couple que formaient Brianna et Jonno.

Il avait été là, cependant, lorsque Felix avait été suffisamment malade pour qu'ils soient tous inquiets. Il avait offert son soutien à tous, et savait qu'Elsie l'avait apprécié. C'est à cette occasion qu'ils s'étaient rapprochés, créant un lien qui n'avait cessé de s'approfondir et de se renforcer jusqu'à ce qu'il pense avoir trouvé quelqu'un en qui il pouvait avoir suffisamment confiance pour… Eh bien, il n'avait pas été assez courageux pour aller jusqu'à imaginer un avenir commun avec Elsie Henderson. Il avait abandonné l'idée du mariage il y a si longtemps qu'il n'y pensait même plus, mais il savait qu'il était amoureux d'elle et qu'elle lui manquait beaucoup. Dans ces conditions, être amis n'était pas vraiment ce qu'il espérait…

Au lieu de s'attaquer à la montagne de papiers en retard sur son bureau, il était venu ici dans l'espoir d'en apprendre davantage. Et quand Elsie lui ouvrit la porte, il comprit aussitôt qu'il avait eu raison : elle était folle d'angoisse.

— Que se passe-t-il ? lança-t-elle dès qu'elle le vit. Tu as des nouvelles ? Est-ce que… ?

Elle s'interrompit, ne trouvant pas les mots pour exprimer ce qu'elle voulait savoir.

— Non, je n'ai pas de nouvelles, lui répondit Anthony. J'espérais trouver Brianna et Jonno ici.

Elsie fit un signe de dénégation et l'espace d'un instant son regard accrocha le sien, comme si elle cherchait quelque chose qu'elle savait pouvoir trouver en lui.

La force d'espérer, peut-être ?

Oui. Il pouvait faire cela pour elle.

— Nous en saurons plus très bientôt, dit-il avec douceur. Et tout ira bien.

En tant que médecin, il savait qu'il ne fallait pas offrir un réconfort si l'on n'avait aucune certitude. Mais en tant qu'homme, il avait envie d'y croire, lui aussi.

— Quel que soit le résultat, ajouta-t-il, nous ferons face, au jour le jour. Tout ira bien.

Il vit Elsie prendre une profonde inspiration avant d'acquiescer. Sur son front, les plis d'inquiétude s'adoucirent un peu, et il sentit son cœur se serrer en comprenant qu'elle acceptait son soutien.

Se pouvait-il qu'elle ait besoin de lui ?

— Tu veux entrer et les attendre ici ? demanda-t-elle en s'écartant.

Puis elle secoua la tête avec un léger sourire.

— C'est bizarre, non ? Que je t'invite à entrer dans la maison qui a été la tienne pendant si longtemps ?

Anthony sourit, lui aussi.

— Tout est un peu étrange en ce moment, tu ne trouves pas ?

Les joues d'Elsie étaient roses, et elle n'osait pas le regarder.

— Je suis désolée pour l'autre jour. Je n'aurais pas dû te dire tout ça…

— Tu étais bouleversée…

Anthony retira son manteau et, machinalement, l'accrocha à la patère en bois près de l'escalier, comme il l'avait fait pendant des années.

Elsie regarda sa montre et, le sourire aux lèvres, demanda :

— Veux-tu une tasse de thé ? Ou quelque chose de plus fort ? Le soleil est couché, et même si ce n'était pas le cas, je ne pense pas que cela ait une quelconque importance !

— C'est une bonne idée, acquiesça Anthony. Que fait Felix ?

— Il est devant son nouveau film préféré. Tu sais, celui sur le petit zèbre qui devient un cheval de course ?

— Je ne connais pas, non.

— Je suis sûre que cela ne va pas tarder ! Tu peux aller voir la fin, si tu veux.

Anthony secoua la tête.

— Je préférerais boire un verre de vin avec toi… si tu es d'accord ?

— Bien sûr.

Comme Anthony suivait Elsie en direction de la cuisine, il remarqua qu'elle se détendait un peu.

— Voyons s'il y a quelque chose au frais, dit-elle en ouvrant le réfrigérateur. Jonno et Brianna devraient être rentrés depuis longtemps. Pourquoi penses-tu que c'est si long ?

— Il se peut que le médecin ait eu du retard, et comme il s'agit d'un examen très détaillé, le rendez-vous a pu se prolonger.

— Ne peuvent-ils pas voir tout de suite s'il y a une anomalie dans la colonne vertébrale ?

Elsie sortit une bouteille de vin blanc, remplit deux verres et invita Anthony à aller s'asseoir au salon, qui offrait une vue sur le joli jardin.

— C'est plus compliqué qu'un simple examen de la colonne, expliqua Anthony, surtout à ce stade précoce du développement. Il s'agit plutôt de mesures précises de l'anatomie intracrânienne, comme la fosse postérieure. La translucidité est également importante. Même la forme de la tête peut être un indicateur d'une anomalie du tube neural, comme le spina-bifida.

— Tu as l'air de bien connaître le sujet.

Anthony laissa échapper un long soupir.

— Depuis que nous avons évoqué cette pathologie, j'ai rafraîchi mes connaissances.

— Alors toi aussi, tu es inquiet ? demanda Elsie avant de prendre une longue gorgée de vin. Même si l'analyse de sang a montré que le niveau d'alpha-fœtoprotéine de Brianna était normal ?

Anthony capta le regard d'Elsie et le soutint un peu plus longtemps qu'il ne l'aurait dû.

— Tous les parents s'inquiètent, n'est-ce pas ?

Aussi réticente que lui à rompre le contact visuel, Elsie répliqua :

— Et les grands-parents aussi ! Pourquoi n'appellent-ils pas ?

— Jonno m'a dit qu'ils espéraient que leur médecin serait disponible pour examiner les résultats avec eux immédiatement. Peut-être que c'est cela qui les retient si longtemps. C'est une chance que le cycle de Brianna ait toujours été si irrégulier, d'une certaine façon. Nous aurions pu attendre beaucoup plus longtemps si elle n'avait pas fait le test très tôt. De plus, la technologie est très avancée, ce qui rend le dépistage précoce beaucoup plus précis.

Il s'adossa aux coussins moelleux du canapé, tandis qu'un long silence s'installait entre eux.

Un silence qu'Anthony brisa en disant d'un air rêveur :

— J'ai toujours aimé cette pièce. C'est drôle, parce que je n'y venais presque jamais. Mais je l'aime encore plus maintenant. Peut-être qu'il faut une famille heureuse pour donner vie à un salon comme celui-ci.

— C'est vrai. C'est dans la cuisine qu'on prépare les repas pour les gens qu'on aime, et c'est dans le salon qu'on se réunit, alors quand ces deux pièces n'en font qu'une, comme ici, c'est très convivial.

— Nous mangions rarement ensemble, quand Jonno était enfant, admit Anthony. Sauf quand nous recevions. Jonno prenait ses repas avec sa nounou…

Anthony parcourut la pièce du regard. Il y avait des photos sur le frigo, maintenues par des aimants, et aussi des dessins de Felix, dont l'un représentait une tête de loup. L'animal avait des yeux jaune vif et une mâchoire hérissée d'innombrables crocs !

— L'ambiance a tellement changé, dans cette maison ! Cela me fait plaisir de revenir ici, de partager de bons moments avec vous…

Il s'éclaircit la gorge.

— Je peux t'avouer autre chose ?

Elsie lui jeta un regard méfiant. Pensait-elle qu'il allait lui parler d'eux, de leur relation ? Mais il n'avait pas envie de s'aventurer sur ce terrain glissant.

— Je n'aime pas l'endroit où je vis, lui dit-il. Même si cette maison était moins chaleureuse avant, elle l'était beaucoup plus que cet appartement ne le sera jamais !

Elsie ouvrait la bouche pour répliquer quand ils entendirent le bruit de la porte d'entrée.

Tous deux retinrent leur souffle en écoutant les pas se rapprocher sur le sol carrelé du couloir. Anthony prit le verre d'Elsie et le posa à côté du sien, sur la table, tandis qu'ils se levaient tous les deux pour accueillir Brianna et Jonno.

Brianna entra la première. Elle semblait fatiguée. Et pâle. Jonno passa le bras autour des épaules de sa femme et, pendant un long moment, personne ne prononça un seul mot.

Puis Jonno s'éclaircit la gorge.

— Tout va bien, dit-il. Tout est parfaitement normal. C'est une fille. Nous allons avoir une petite fille !

Alors que des félicitations s'imposaient, ni Anthony ni Elsie n'esquissèrent un mouvement. Quand Elsie tourna vers lui un visage à la fois soulagé et heureux, Anthony ne put s'empêcher de penser qu'elle voulait partager son bonheur avec lui, et pas seulement parce qu'ils seraient tous deux grands-parents de cet enfant à naître. Il espérait que cette bonne nouvelle pour leurs enfants était aussi le signe d'un renouveau pour eux deux…

Oui, une part de l'amour qu'il lisait dans ses yeux était pour lui. Et pour lui seul. Elsie l'aimait autant qu'il l'aimait, il en avait la certitude…

Ce fut Felix qui brisa le silence en faisant irruption dans le salon. Quand on lui annonça qu'il allait bientôt avoir une petite sœur, son visage s'illumina.

— Je le savais ! s'exclama-t-il. C'était ça, mon vrai vœu, pas d'aller voir les loups !

Il était tellement excité qu'il dansait presque.

— Tu as vu le dessin que j'ai fait, grand-père ? Il est sur le frigo.

— Oui, il est très beau. J'adore les dents.

— On va bientôt voir des loups en vrai. Dans combien de nuits, maman ?

— Neuf, répondit Brianna. C'est bientôt !

— Alors nous y allons toujours ? demanda Elsie, en se penchant pour embrasser Felix.

— Pourquoi pas ? Je suis enceinte, maman, pas malade.

Brianna regarda Jonno. Ils étaient fous de joie, c'était évident.

— Quoi de mieux pour célébrer cette bonne nouvelle qu'un petit séjour en famille ?

— Nous protégerons maman des loups, n'est-ce pas, Felix ? lança Jonno en prenant son fils dans ses bras.

Le hochement de tête solennel du petit garçon alors qu'il enroulait les bras autour du cou de son père émut Anthony aux larmes.

Il faisait partie de cette famille, lui aussi, et c'était ce dont il avait toujours rêvé. Ou presque, songea-t-il comme le regard d'Elsie croisait le sien.

En tout cas, c'était plus que ce qu'il n'avait jamais eu auparavant, et il devrait s'en contenter.

11.

C'était une journée merveilleuse.

Le soleil brillait encore en fin d'après-midi lorsque la famille Morgan/Henderson partit à la découverte du petit village français qui serait le leur pendant les prochains jours. Le vol s'était déroulé sans encombre et les vues spectaculaires à l'atterrissage, avec les montagnes d'un côté et la Méditerranée scintillante de l'autre, leur avaient donné un avant-goût de toutes les splendeurs qui les attendaient.

Jonno avait conduit la voiture de location sur la courte distance qui séparait l'aéroport de Villefranche-sur-Mer, où se trouvait leur luxueux logement avec vue sur la mer. Mais ils n'avaient guère eu le temps d'en profiter car, déjà, ils partaient explorer un endroit plus merveilleux encore…

Ils devraient grimper de nombreuses marches pour visiter le village et admirer ses maisons aux couleurs pastel et ses rues pavées décorées de fleurs éclatantes, mais Felix et Jonno avaient déjà un plan.

— Papa va faire comme Nobby ! décréta Felix. Je pourrai grimper sur son dos quand ça montera trop.

Heureusement, le petit fauteuil roulant était assez léger pour être facilement poussé, et tous les cinq visitèrent la citadelle du XVIe siècle, avant de faire le tour du port, où ils cherchèrent un restaurant pour le dîner. Ravie, Brianna prenait une foule de photos.

— Oh ! là-bas ! s'exclama Elsie. Quelle magnifique chapelle !

Le minuscule bâtiment se trouvait près de la mer. Dans les tons ocre, il était richement décoré.

Felix pointa du doigt le haut de l'édifice.

— Regardez ! Il a des yeux !

— C'est la chapelle Saint-Pierre, expliqua Anthony, en faisant défiler les informations qu'il avait trouvées presque instantanément sur son téléphone. C'est le saint patron des pêcheurs et les yeux sont là pour veiller et protéger ceux qui s'aventurent en mer.

Elsie prit une photo des trois générations de Morgan regardant le clocher. Comment Anthony avait-il pu croire qu'il n'était pas le père biologique de Jonno ? La ressemblance entre eux était frappante. Leurs façons de plisser les yeux dans la lumière du soleil déclinant, la tête penchée du même côté, étaient identiques. Brianna l'avait manifestement vu aussi, car elle rit aux éclats.

Elle avait posé machinalement la main sur son ventre et, à l'idée qu'un nouveau membre viendrait bientôt agrandir cette famille, Elsie était si heureuse qu'elle avait l'impression que son cœur risquait d'éclater.

— Tu vois, mon chéri ? dit-elle à Felix. C'est quatre poissons qui se rejoignent pour former la croix. C'est cool, non ?

Mais Felix en avait assez de faire du tourisme pour l'instant.

— J'ai faim ! lança-t-il.

Ils prirent place sur la terrasse d'un joli restaurant du bord de mer et profitèrent d'une superbe vue sur le port où les voiliers tanguaient doucement. Des guirlandes lumineuses décoraient l'auvent, et le menu, adapté aux enfants, comprenait des pizzas et des lasagnes.

— Nous sommes presque à la frontière italienne, souligna Jonno, mais je ne crois pas que les lasagnes seront aussi bonnes que les tiennes, Elsie.

— Moi, je vais manger un plat français ! annonça Brianna.

— Comme les escargots ? répliqua Jonno.

— Qu'est-ce que tu racontes, papa ! dit Felix. Personne ne mange des *escargots !*

Quand Elsie croisa le regard d'Anthony dans un éclat de rire, elle oublia complètement qu'elle devait garder ses distances. Qu'il fallait protéger sa fille et son petit-fils. En fait, tout cela lui paraissait absurde, à présent. Anthony et elle avaient tous les deux ressenti le même soulagement à l'annonce des nouvelles rassurantes sur le développement de leur futur petit-enfant, et ils étaient tous les deux déterminés à faire de ces vacances une agréable parenthèse.

Mais c'était si romantique, ici ! Le soleil couchant et la vue sur le port… La lumière des réverbères dans les rues pavées… Sans oublier la flûte de champagne qu'Anthony penchait vers la sienne !

Alors… juste pour un instant, Elsie soutint le regard d'Anthony plus longtemps qu'elle ne l'aurait dû, et il ne détourna pas le sien. Ils trinquèrent, et le reste du monde s'effaça l'espace d'un battement de cœur. Le sourire d'Anthony invitait à un échange plus intime, plus sensuel. Quelque chose qui n'avait rien à voir, en tout cas, avec ce que partageaient généralement les amis…

Troublée à l'extrême, Elsie ouvrit son menu. Ce n'est qu'à ce moment-là qu'elle remarqua le silence qui s'était installé à la table. Elle surprit Brianna en train de baisser les yeux, comme si elle voulait éviter son regard.

Se pouvait-il qu'elle ait compris ce qui se jouait entre elle et Anthony ?

Pourvu que non !

Elsie sentit un léger frisson courir dans son dos. C'était un appel à la prudence, voilà tout ! Elle ne pouvait pas se permettre de baisser la garde, pas même un seul instant.

Alors qu'ils étaient dans le pays le plus romantique qui soit. Quel gâchis !

— Tu n'as rien remarqué ? Rien du tout ?

— Euh… pas vraiment, non, répondit Jonno sans quitter des yeux Felix qui, le nez collé contre la vitre du parc d'observation, admirait les loups.

— Et hier soir, au dîner ? Tu as vu la façon dont maman regardait Anthony ? Cela m'a rappelé l'époque où elle sortait les albums de photos et me racontait des histoires sur mon père ! Elle me disait à quel point il était merveilleux, et elle pleurait, parfois.

— J'étais sans doute trop occupé à choisir les plats que j'allais déguster, rétorqua Jonno. Comment étaient ton entrecôte et ta purée aux truffes ?

Il sourit à Brianna.

— Je suis content de ne pas avoir pris les escargots juste pour impressionner Felix ! Et puis nous nous sommes tous couchés trop tôt ! Nous savions que nous aurions besoin d'un peu d'endurance pour les aventures d'aujourd'hui.

Mais Brianna, pendant le trajet spectaculaire qui l'avait conduite à travers de jolis villages, des forêts et des gorges creusées dans les falaises dominant la rivière, n'avait pu penser à rien d'autre qu'à la scène qu'elle avait observée la veille. Elle n'avait pratiquement rien retenu non plus des explications que leur avait données le guide dans la vieille étable, près de laquelle Felix attendait le début de la distribution de nourriture.

Après avoir admiré les loups, ils avaient prévu d'assister à un spectacle de fauconnerie, puis de laisser à Felix un peu de temps pour explorer l'attrayante aire de jeux pour enfants, avant d'aller pique-niquer dans la forêt. Il ne ferait aucun doute que Felix serait profondément endormi dans la voiture au moment où ils retourneraient sur la côte, d'autant plus qu'il était debout depuis l'aube.

Brianna vit Anthony désigner quelque chose, au loin, et elle aperçut une silhouette derrière les troncs. Comme Felix secouait la tête pour indiquer à Anthony qu'il ne voyait rien, son grand-père le souleva dans ses bras. Quelques secondes plus tard, Felix gigotait, tout excité de voir les gardes forestiers sortir avec des morceaux de viande dans un seau pour nourrir les loups.

Brianna, qui observait sa mère à la dérobée, se pencha vers Jonno et lui souffla à l'oreille :

— Je pense qu'elle l'aime bien. En fait, j'en suis sûre.

— Je comprends ! répliqua Jonno en passant un bras autour de ses épaules. Mon père est un homme charmant ! Tel père, tel fils !

Il attira Brianna à lui mais elle le repoussa doucement d'un coup de coude.

— Ce serait bizarre, quand même, si nos parents s'aimaient comme… Enfin…

— Comme nous, tu veux dire ?

Le regard de Jonno l'effleura, doux comme une caresse. Puis il pencha la tête et l'embrassa.

Comment résister ? Elle n'avait jamais été aussi heureuse de toute sa vie. Et elle voulait que les gens qu'elle aime le soient autant qu'elle.

— Et s'ils nous avaient entendus, ce soir-là ? demanda-t-elle. Tu sais, quand nous avons plaisanté à ce sujet pendant que nous faisions la vaisselle ? Nous avions peur d'être obligés de tirer à pile ou face pour savoir quel grand-parent pourrait venir à un anniversaire ou à un repas de Noël ?

— Oui. Tu crois qu'ils auraient pu… agir en conséquence ?

— J'espère que non ! répondit Brianna. Je m'en voudrais de les empêcher d'être aussi heureux que nous !

— Tu as raison. Papa a suffisamment souffert de son

premier mariage pour ne pas répéter ses erreurs, déclara Jonno, avant de lever un sourcil. Tu crois qu'on devrait les encourager ? Les envoyer dîner en amoureux ce soir pendant que *nous* gardons Felix, au lieu de faire l'inverse ?

— C'est peut-être un peu trop évident, non ?

Brianna avait une meilleure idée.

— Je pourrais m'asseoir à l'avant, avec toi, sur le chemin du retour ? Ce serait un début…

Jonno hocha la tête, puis déposa un nouveau baiser sur ses lèvres.

— Je t'aime, murmura-t-il. Même si tu es une redoutable entremetteuse.

Dans les bras de son grand-père, Felix cherchait des yeux ses parents.

— Ils arrivent, maman ! C'est l'heure du repas des loups. Viens voir, papa !

Quelques heures plus tard, Felix s'endormit à peine installé dans la voiture. Prétextant des nausées incommodantes, Brianna en profita pour prendre place à l'avant de la voiture, laissant Elsie et Anthony s'installer à l'arrière.

La journée avait été parfaite et le timing l'était tout autant, car de gros nuages sombres s'amoncelaient désormais au-dessus des montagnes. Une tempête s'annonçait, c'était le moment de se mettre à l'abri.

— Peut-être que nous devrions rentrer directement à la villa et laisser tomber notre visite du prochain village ? suggéra Jonno. J'ai entendu dire que les tempêtes pouvaient être assez violentes, dans cette partie de la France.

Anthony hocha la tête.

— Oui, elles font souvent la une des journaux. Avec des inondations et des grêlons gros comme des œufs de pigeon.

— Oh ! arrête ! dit Elsie. Je suis sûre que nous serons rentrés avant que l'orage n'éclate.

Brianna sourit.

— Et je pense que, même s'il grêle, Felix continuera à dormir ! La visite au parc des loups l'a épuisé !

Le petit garçon s'était bien amusé, et Jonno sourit en jetant un regard en biais à Brianna.

— Comment faire, pour lui proposer des activités intéressantes, après ça ?

Elle le rassura d'un sourire.

— Nous verrons bien…

Les énormes nuages obscurcissaient le ciel lorsqu'ils atteignirent l'une des parties les plus étroites de la route, avec un mur de pierre du côté de la falaise et la rivière qui bouillonnait au fond du ravin, sur leur droite. Quelques grosses gouttes de pluie frappèrent le pare-brise, et Jonno mit les essuie-glaces en route. Le premier coup de tonnerre fut très violent, et l'éclair déchira l'horizon.

Tout se passa en un clin d'œil, trop vite pour que Jonno puisse faire quoi que ce soit. Un camion arrivant en sens inverse fut soudain déporté par une rafale de vent, et Jonno eut tout juste le temps d'éviter une collision frontale. Il tourna le volant et freina en même temps, tandis que des éclairs fendaient le ciel noir…

Brianna ?

Felix ?

Elsie se retourna pour protéger Felix, mais elle constata que les bras d'Anthony étaient déjà là. La voiture avait basculé, tourné encore et encore… Les airbags s'étaient déclenchés, puis ça avait été le silence.

— Maman ! Papa…, gémit Felix.

— Ne t'inquiète pas, mon chéri. Je vais m'occuper de toi.

La voix de Jonno était étonnamment calme, et Elsie ouvrit les yeux. Ils étaient encore en vie…

— Brianna ? dit Jonno, inquiet. Tu as mal quelque part ? Prends une grande respiration, chérie. Encore…

— Je vais… bien…, dit Brianna, mais Elsie perçut de la panique dans sa voix.

Soudain, elle comprit. Ils étaient tombés dans une rivière peu profonde, et l'eau commençait à pénétrer dans la voiture.

— Jonno… Nous devons quitter la voiture, vite ! Il faut faire sortir Felix.

Soudain, Elsie entendit la voix d'Anthony tout près d'elle.

— Elsie ? dit-il en tendant la main vers elle, tu es blessée ?

Elsie essaya de bouger et cria de douleur.

— Mon pied… Je crois qu'il est coincé sous le siège avant.

— Je n'arrive pas à ouvrir cette porte ! s'écria Jonno.

Il avait enlevé sa ceinture de sécurité et frappait la portière avec son épaule. En vain.

— Et la commande des fenêtres ne fonctionne pas !

Affolé, Felix éclata en sanglots, et Elsie défit sa ceinture de sécurité afin de pouvoir le prendre dans ses bras et le rassurer.

— C'est bon, mon chéri, lui dit-elle. Nous avons eu un accident avec la voiture, mais nous sommes tous sains et saufs. Des gens vont venir nous aider.

En effet elle entendait crier des badauds, sur la berge toute proche. Sur la route, la circulation semblait s'être arrêtée, car les phares des véhicules brillaient sans bouger à travers le rideau de pluie.

Soudain, le pare-brise de la voiture vola en éclats, brisé par un homme qui, dehors, avait tenté d'ouvrir la portière en vain. Un autre vint à la rescousse et dit en anglais :

— Les secours arrivent, surtout pas de panique. En attendant, si personne n'est blessé, nous allons vous faire sortir d'ici !

Jonno s'extirpa du véhicule, puis dit à Elsie :

— Passe-moi Felix.

Felix s'accrocha à Elsie, alors que Jonno tendait les bras pour attraper son fils.

C'était l'une des choses les plus difficiles qu'Elsie ait jamais faites : elle arracha les bras de Felix de son cou et le poussa vers Jonno.

Felix fut hissé hors de la voiture, puis passa de bras en bras jusqu'à la berge. Plusieurs personnes s'étaient rassemblées pour former une chaîne humaine. Ils avaient de l'eau jusqu'aux genoux, et les rochers qui les entouraient semblaient glissants.

— À ton tour, maintenant, Brianna ! dit Jonno.

— Mais je ne peux pas… Il n'y a pas de place… Tu dois sortir avant moi.

Brianna se tourna vers l'arrière de la voiture, le visage crispé de terreur.

— Maman… Qu'est-ce que tu as au pied ?

— Tout va bien, ma chérie, ne t'inquiète pas.

C'était un mensonge, mais la seule chose qui préoccupait Elsie en ce moment était que sa fille sorte saine et sauve de cette voiture.

— C'est bon, ma chérie. Je vais me dégager juste après toi.

Jonno s'était glissé par la fenêtre et tendait le bras pour attraper Brianna et l'aider à s'extraire de l'habitacle.

Elsie l'entendit gémir tandis qu'elle se faufilait dans le cadre étroit de la fenêtre, aidée par les personnes postées dehors. Brianna ne pouvait pas se permettre d'avoir peur pour le bébé qu'elle portait, songea-t-elle en bonne professionnelle. Le plus urgent était de la mettre en sécurité sur la terre ferme.

Une fois Brianna tirée d'affaire, Elsie laissa échapper un soupir de soulagement, aussitôt suivi d'une grimace de douleur. Elle ne voyait pas son pied, mais elle avait sans doute quelque chose de cassé.

— Je peux atteindre le levier du siège, dit Jonno à

Anthony. Si tu te glisses à l'avant, nous pourrons mettre le dossier à plat et ce sera plus facile d'atteindre Elsie.

Elsie essaya de nouveau de libérer son pied, mais il était coincé. Elle avait l'impression que du métal lui mordait la peau tandis qu'elle tirait encore plus fort. Elle abandonna lorsqu'elle sentit l'avant de la voiture, maintenant beaucoup plus léger, basculer dangereusement sur le côté.

Terrorisée, elle ferma les yeux.

C'est alors qu'elle entendit un hélicoptère qui planait au-dessus d'elle. Des véhicules de secours se trouvaient sur la route, en surplomb, et elle apercevait la lumière des gyrophares. Les sauveteurs allaient-ils enfin venir les sortir de là ?

— Il faut que tu sortes, dit-elle à Anthony. Vite…

— Sors, papa !

La voix de Jonno tremblait, maintenant.

— Je vais essayer de dégager ton pied, Elsie. Quelqu'un a un pied-de-biche et la police est là. Ils disent que le camion de pompiers n'est pas loin.

Mais Anthony ne bougea pas. Il gardait la main d'Elsie dans la sienne et la serrait fermement.

— Je ne bouge pas tant que tu ne seras pas en sécurité, dit-il d'un ton décidé. Je ne suis pas blessé, tout va bien.

Étonnamment, parmi toute cette terreur, le regard confiant d'Anthony la rassura.

C'était un regard tendre, aimant…

Puis il lâcha sa main et se pencha vers elle.

— Je vais voir ce qui se passe avec ton pied, lui expliqua-t-il.

Elsie sentit la main d'Anthony sur sa cheville, puis sur son pied.

— Il y a une pointe de métal, lança-t-il, assez fort pour couvrir le bruit grandissant de l'eau et des cris des badauds, à l'extérieur du véhicule. Elle traverse ta chaussure. Je ne peux pas dire si elle s'est enfoncée dans ton pied car je n'y vois pas assez clair.

— Je peux peut-être utiliser le pied-de-biche pour soulever le siège, dit Jonno.

— J'ai attrapé un bout de lacet, dit Anthony. Je vais voir si je peux le défaire et desserrer la chaussure mais… tout est sous l'eau…

Aux pieds d'Elsie, le visage d'Anthony touchait presque l'eau, dont le niveau montait lentement, déstabilisant la voiture.

— S'il te plaît, murmura Elsie, sors de cette voiture, Anthony ! Les secours arrivent.

Soit il ne l'entendit pas, soit il l'ignora.

— J'ai desserré le lacet, cria-t-il d'un ton triomphal. Je vais tenir ta cheville et t'aider à sortir ton pied de la chaussure. Essaie encore, Elsie…

Elle tira et sentit son pied glisser un peu. De nouveau, elle essaya, plus fort cette fois. Une douleur fulgurante la saisit, mais son pied bougea pour de bon.

Elle était libérée !

Anthony se redressa aussitôt, puis entreprit de la pousser vers la fenêtre. Quelques secondes plus tard, elle sentit les bras de Jonno autour d'elle, qui la hissait à l'extérieur…

Incapable de prononcer un seul mot, elle se laissa porter. Mais elle ne s'estimait pas encore en sécurité, pas même lorsqu'elle eut rejoint la terre ferme. Folle d'inquiétude, elle demanda aux sauveteurs de la poser à terre.

Elle ne serait pas vraiment tranquille tant qu'elle ne saurait pas si Anthony était sain et sauf. En se penchant vers le ravin, elle vit sa tête sortir par la fenêtre de la voiture. Jonno, aidé par d'autres sauveteurs, le tenait fermement par les bras, mais la voiture était de moins en moins stable, et ondulait dangereusement, poussée par les flots.

Puis, juste au moment où Anthony émergeait enfin de l'habitacle, visiblement sans dommage, la voiture bascula sur le côté, sous les cris des sauveteurs qui, de l'eau jusqu'à la taille, se hâtaient vers les berges.

Elsie entendit les acclamations de ce qui était maintenant une foule de badauds. Les lumières de plusieurs véhicules d'urgence clignotaient, et elle vit Brianna et Felix regarder la scène, hagards, enveloppés dans des couvertures données par de parfaits inconnus.

L'instant d'après, Jonno était près d'elle, son bras passé autour de la taille de son père qu'il venait de tirer de la voiture, in extremis.

Soudain Elsie n'eut plus qu'un seul désir : se blottir contre l'homme qu'elle aimait.

Et, à en juger par la façon dont il se précipitait vers elle, il ressentait exactement la même chose…

12.

Ce bip bip régulier était le plus joli bruit qu'ils aient jamais entendu.

À l'échographie, le son des battements de cœur du bébé à naître leur apprit que la petite fille de Brianna et Jonno avait été bien protégée dans le ventre de sa maman, qui pleurait de soulagement.

La seule à avoir été blessée dans l'accident était Elsie, dont le pied était gravement contusionné après avoir été écrasé et tordu sous le siège du conducteur. Aucun os n'était fracturé mais, avec son gros bandage, elle ne pourrait pas marcher pendant quelques jours et devrait se déplacer en fauteuil roulant.

« Tu es comme moi quand mes jambes sont fatiguées ! » avait lancé Felix.

Lorsque leurs sauveteurs eurent découvert que Jonno et Brianna travaillaient tous deux dans un service d'urgence en Angleterre, qu'Anthony et Elsie étaient respectivement médecin et infirmière, et que le petit garçon vivait avec un spina-bifida, ils les traitèrent tous comme des rois. Lorsqu'ils quittèrent la salle d'échographie de l'hôpital de Nice, quelques membres de l'équipe qui les avait secourus attendaient les résultats.

— Le bébé va bien, annonça Jonno. Mais nous allons écourter nos vacances et rentrer à la maison pour être proches de nos médecins, par sécurité.

Jonno était peut-être surprotecteur envers sa femme et son bébé, mais personne n'allait le contredire. Elsie avait envie de retrouver sa maison, elle aussi. Le choc d'avoir été si près de perdre la vie aujourd'hui allait mettre un certain temps à se dissiper.

— Mais vous reviendrez, n'est-ce pas ?

— Absolument. Dès que nous le pourrons.

Un pompier souriant s'avança vers eux, un paquet à la main.

— Nous avons trouvé ça près de la rivière après votre départ en hélicoptère, dit-il. Nous avons pensé que vous auriez envie de le récupérer.

Le visage de Felix s'illumina lorsqu'il découvrit une peluche encore humide. Nobby !

Il câlinait Nobby, assis sur les genoux d'Elsie, quand leurs sauveteurs prirent enfin congé, satisfaits d'avoir si bien réussi leur mission, dans un accident qui aurait pu tourner à la catastrophe.

— J'ai voulu faire un vœu pour toi en allant me coucher, promit Felix au petit cheval, mais il n'y avait pas d'étoiles.

— Il y a toujours des étoiles, lui expliqua Anthony en s'accroupissant près du fauteuil roulant. On ne les voit pas toujours dans le ciel, mais on peut faire un vœu quand même.

Felix écarquilla les yeux.

— Toi aussi tu fais des vœux en contemplant les étoiles, grand-père ?

— Oui.

Felix se tourna pour regarder Elsie.

— Et toi, Nana ?

— Parfois, admit-elle.

Elle n'eut pas besoin de lever la tête pour croiser le regard d'Anthony.

— Et qu'est-ce que tu fais, comme vœu ? demanda-t-il, d'un ton plein de tendresse.

Tandis que Jonno faisait mine de ne pas écouter la conversation, Brianna tendit la main à Felix.

— Allons chercher un taxi pour nous ramener chez nous, d'accord ?

Mais Felix secoua la tête.

— Non. Je veux savoir !

Embarrassée, Elsie se mordit la lèvre, mais en voyant tout le monde sourire autour d'elle, elle comprit qu'ils savaient.

Anthony, Jonno et Brianna n'étaient pas seulement soulagés que toute la famille ait échappé au pire. Ils avaient deviné son vœu secret, et savaient qu'il était en train de se réaliser…

Jonno se tourna vers son père.

— Dis-moi, papa, tu serais resté dans cette voiture si nous n'avions pas pu faire sortir Elsie, n'est-ce pas ?

Sans hésiter, Anthony répondit :

— Oui.

Felix hocha la tête, pensif, avant de demander :

— Parce que tu ne voulais pas laisser Nana toute seule, c'est ça ?

— Oui. Parce que j'aime Nana, répondit Anthony. Très, très fort.

Oh… Elsie voyait la vérité dans les yeux d'Anthony, et savait qu'il était sincère. Elle n'espérait qu'une chose : qu'il voie le même amour dans ses yeux à elle parce que, pour le moment, elle était trop émue pour trouver les mots.

— Moi aussi, j'aime Nana ! déclara Felix.

— Nous aussi ! renchérit Brianna. C'est pourquoi nous devons la laisser seule avec grand-père quelques instants. Je crois qu'elle veut lui dire un secret. Viens, Felix…

Felix glissa docilement des genoux d'Elsie, mais il était contrarié.

— Je veux savoir, moi aussi, marmonna-t-il. C'était quoi, le vœu de Nana ?

Elsie prit une profonde inspiration, puis se jeta à l'eau.

— J'aimerais… J'aimerais pouvoir embrasser grand-père.

Felix semblait déçu.

— Pourquoi tu ne peux pas ?

Brianna et Jonno échangèrent un regard complice.

— Il n'y a aucune raison, dit Jonno.

— Nous pensons que c'est une excellente idée, en fait, confirma Brianna. Vous allez très bien ensemble, comme vos enfants, d'ailleurs.

Elle attrapa la main de Felix.

— Maintenant, viens, mon chéri. Nous devons ramener Nobby à la maison et le sécher avant qu'il n'attrape froid. Et puis nous avons un avion à prendre pour rentrer à la maison…

Tout à coup, Anthony et Elsie se retrouvèrent seuls. Mais ce tête-à-tête serait de courte durée, ils le savaient car, bientôt, ils devraient prendre un taxi pour l'aéroport. Pour l'instant, ils n'étaient ni l'un ni l'autre pressés de bouger, et savouraient cette parenthèse.

Sans la quitter des yeux, Anthony posa la main sur la joue d'Elsie et la caressa doucement.

— Je t'aime beaucoup, Elsie, dit-il, ému aux larmes. Grâce à toi, ma vie est plus belle qu'elle ne l'a jamais été mais… est-ce mal de vouloir plus ? De vouloir t'avoir dans ma vie, de vouloir que nous soyons… plus que des amis ?

— Si c'est mal, alors je suis coupable aussi ! répondit Elsie, le sourire aux lèvres. Je t'aime aussi, Anthony, et tu m'as tellement manqué ! Je pense que je suis tombée amoureuse de toi au moment où j'ai compris que tu n'avais jamais été aimé comme tu le méritais. Comme je t'aimerai toujours.

Anthony souriait, mais son regard brillait d'une lueur étrange.

— Tu sais quoi ?

— Quoi ?

— Je suis sur le point d'exaucer ton vœu.

En effet, songea Elsie, au moment où il déposait un tendre baiser sur ses lèvres. Un baiser chaste, tout à fait adapté à la situation, mais en même temps plein de fougue et de passion. Un baiser plein de promesses.

Mais ils avaient encore le temps de se prouver leur amour, même si le reste de leur vie n'y suffirait pas.

Brianna avait raison : Anthony et elle allaient très bien ensemble et, à ce stade de leur vie, ils avaient eu beaucoup de chance de se rencontrer.

Ils rompirent leur baiser, un sourire au fond des yeux. Peut-être était-ce mieux, finalement, de trouver l'amour maintenant ? Ils étaient assez sages pour savoir qu'ils devaient profiter au maximum de chaque instant passé ensemble.

Dès maintenant.

En commençant par échanger un autre baiser…

Épilogue

Un an plus tard…

La seconde « lune de miel » des Morgan touchait à sa fin.

Ces vacances avaient été pleines d'aventures et de découvertes de toutes sortes, surtout pour Felix, qui venait de fêter ses sept ans.

Sa petite sœur Bella, âgée de cinq mois, passait le plus clair de son temps dans le porte-bébé, nouvel accessoire favori de son papa, mais, à en juger par ses sourires radieux, elle semblait adorer, elle aussi, ses premières vacances en famille.

Les jeunes époux étaient tout aussi heureux. La cérémonie de mariage d'Anthony et Elsie fut célébrée dans le jardin de la grande et vieille maison familiale, près de l'étang désormais rempli de grenouilles. Elsie portait sa magnifique robe argentée tandis que Brianna, demoiselle d'honneur, arborait une très chic tenue couleur parme. Felix, lui, avait absolument tenu à mettre son nœud papillon rouge, assorti cette fois à celui d'Anthony. Quant à Bella, elle était ravissante avec le petit nœud de velours rouge qui ornait le joli bandeau glissé parmi ses boucles brunes.

Tout le monde s'accordait à dire que la fillette ressemblait à Felix au même âge et, grand frère comblé, celui-ci n'aurait pas pu être plus fier. Il aimait tellement sa petite sœur qu'il lui lisait une histoire tous les soirs au moment du coucher. L'histoire d'un certain petit cheval appelé Nobby…

Il y avait eu des moments d'angoisse avant la naissance, mais aussi beaucoup d'instants heureux. Brianna avait été très surveillée jusqu'à ce qu'elle ait dépassé le délai critique de sa grossesse. Elsie avait été en arrêt de travail le temps que son pied guérisse, mais Anthony avait assuré à Felix qu'il ne laisserait pas Nana trop longtemps seule.

Il aurait été heureux d'emménager dans la petite maison mitoyenne d'Elsie, et avait hâte de quitter l'appartement qu'il détestait, mais elle avait voulu qu'ils commencent leur vie commune dans un endroit complètement nouveau, qu'ils auraient choisi tous les deux. Un endroit où ils pourraient passer le reste de leur vie, sans que les fantômes du passé ne viennent les importuner.

Ils ne voulaient pas être trop loin de leur famille, car ils avaient avec elle des liens très forts, mais ils ne souhaitaient pas non plus vivre à proximité directe, pour conserver leur intimité. Alors ils avaient acheté un petit cottage dans un village à la périphérie de Bristol.

Juste pour eux.

Parce qu'ils étaient follement amoureux, tout autant qu'un couple plus jeune, et que tous les amoureux ont besoin d'intimité.

Retrouvez prochainement,
dans votre collection

BLANCHE

Le chirurgien de Gulf Harbour, de JC Harroway - N°1671

SÉRIE : URGENCES D'AUCKLAND - 1/2

Entièrement dévouée à sa carrière, Lauren aspire à devenir chef du service des urgences de l'hôpital Gulf Harbour. La romance, très peu pour elle ! Jusqu'au jour où Mason, l'homme qu'elle a tant aimé autrefois, réapparaît dans sa vie et sur son lieu de travail, en tant que nouveau chirurgien. Résolue à ne pas se laisser distraire, Lauren s'efforce d'ignorer les sentiments intenses que Mason suscite encore chez elle, contre toute raison…

L'infirmier de ses rêves, de JC Harroway

SÉRIE : URGENCES D'AUCKLAND - 2/2

Médecin et mère célibataire, Kat s'en tient toujours aux règles qu'elle s'est fixées. Mais sa rencontre avec Nash Grady, talentueux infirmier à l'hôpital de Gulf Harbour, bouleverse soudain ses habitudes. Auprès de cet homme si spontané, lui-même papa, elle se sent plus libre que jamais. Nash pourrait-il être le partenaire qu'elle n'attendait plus ?

Les jumeaux d'une sage-femme, de Fiona McArthur - N°1672

Lisandra a beau être sage-femme, elle panique quand, enceinte de jumeaux, elle perd les eaux dans l'ascenseur de la maternité. Heureusement, l'obstétricien bloqué avec elle dans l'étroit habitacle la prend immédiatement en charge, lui permettant de donner naissance à deux magnifiques garçons. Non content de cet exploit, le Dr Malachi Madden, touché de la découvrir seule en pareilles circonstances, lui propose bientôt de l'héberger chez lui avec ses nouveau-nés…

À force de l'aimer, de Susan Carlisle

Depuis la perte tragique de son fils, Marcy n'est que l'ombre d'elle-même. Elle passe son temps dans son laboratoire à chercher un remède contre le cancer. Mais ses retrouvailles avec Dylan, son ancien condisciple à l'université, viennent soudain briser sa solitude. Se pourrait-il que cet homme qu'elle aimait en secret autrefois lui insuffle le goût de vivre et d'aimer ? L'émotion qu'il suscite en elle lui donne envie de le croire…

Leur mission : sauver des vies.
Leur destin : trouver l'amour.

BLANCHE

Les amants d'Écosse, de Becky Wicks - N°1673

Sadie connaît Owen depuis dix ans. Embauchée en même temps que son meilleur ami dans la luxueuse clinique écossaise de Rothesay, elle est ravie à la perspective de le côtoyer chaque jour ! Seulement voilà, à peine sont-ils installés dans les Highlands que Sadie note un changement chez Owen. Quand est-il devenu cet homme sublime ? Et pourquoi rêve-t-elle soudain de troquer leurs innocentes conversations contre des étreintes torrides ?

Pour un sourire de Noah, de Charlotte Hawkes

Neurochirurgien célèbre, le Dr Seth Mulder est confiant dans ses capacités. Pourtant, le jour où il se retrouve tuteur de Noah, son neveu orphelin, il est complètement démuni. Pour secourir ce petit garçon muet de souffrance, Seth ne sait que faire. Aussi demande-t-il son aide à Andrea Perkins, sa collègue infirmière qui semble le détester. Car elle seule a été capable de faire sourire Noah…

Le mystérieux Dr Blackman, de Tina Beckett - N°1674

Kate ne se reconnaît pas : comment a-t-elle pu succomber à la passion entre les bras du Dr Luke Blackman – sur leur lieu de travail de surcroît ? Une seule explication : le mystère et la séduction que dégage cet homme la rendent folle… de désir. Sauf que, depuis cette étreinte passionnée, Luke fait tout pour l'éviter et refuse de lui parler. Comme s'il cachait un secret…

L'amour au bout du monde, de Joanna Neil

Éprouvée par son rythme de travail effréné aux urgences, Alyssa a décidé de s'accorder une pause ; on vient justement de lui proposer d'être consultante médicale sur un tournage, situé aux Bahamas ! Mais, bien loin de l'hôtel de rêve auquel elle s'attendait, elle se retrouve à devoir cohabiter avec un certain Connor Blakeley, qui se montre d'emblée odieux à son égard. Une situation d'autant plus troublante qu'Alyssa est irrésistiblement attirée par lui…

HARLEQUIN

Leur mission : sauver des vies.
Leur destin : trouver l'amour.

HARLEQUIN
www.harlequin.fr

BLANCHE

HARLEQUIN

Entre tes mains, d'Amy Ruttan - N°1675

Charlotte est prête à tout pour aider sa meilleure amie, et sauver le bébé qu'elle attend. Même si cela implique de faire appel à son ex-fiancé, le Dr Quinn Devlyn. N'est-il pas le meilleur chirurgien néonatal qu'elle connaisse ? Sauf que, en revoyant Quinn, Charlotte comprend immédiatement qu'elle l'aime toujours. À présent, elle a non seulement placé la vie de ce petit être entre les mains de cet homme, mais aussi son propre cœur…

Une rencontre explosive, de Lucy Ryder

Paige enrage. La voilà à moitié nue sur le pas de sa porte au beau milieu de la nuit ! Tout cela à cause de l'homme qu'elle vient d'assommer et qui – loin d'être un cambrioleur comme elle l'avait cru – n'est autre que le Dr Tyler Reese, son nouveau propriétaire ! Pire encore, au lieu de s'excuser de lui avoir fait peur, il la couve d'un regard brûlant de désir…

Leur mission : sauver des vies.
Leur destin : trouver l'amour.

HARLEQUIN
www.harlequin.fr

AZUR

GLAMOUR. INTENSE. IRRÉSISTIBLE.

Poussez les portes d'un monde fait de luxe, de glamour et de passions. Ici, les hommes sont beaux, riches et arrogants ; les femmes impétueuses, fières et flamboyantes. Entre eux, le désir est immédiat… et l'amour impossible.

11 romances à découvrir tous les mois.